EVEREST
1897

HASAN ALİ TOPTAŞ

1958'de, Denizli'de dünyaya gelen Toptaş, 1987'de *Bir Gülüşün Kimliği* ve 1990'da *Yoklar Fısıltısı* ile öykülerini kitaplaştırdı. Şiirsel metinlerden oluşan *Yalnızlıklar* (1993) yurtiçinde ve yurtdışında tiyatroya uyarlandı, yıllarca sahnelendi. *Ölü Zaman Gezginleri* öykü dosyası Çankaya Belediyesi ile *Damar* edebiyat dergisinin ortak düzenlediği yarışmada, 1992 yılında birinciliği aldı. 1993'te yayımlanan *Ölü Zaman Gezginleri*, 2001'den sonra seçme öykülerinin toplandığı kitabın adı oldu. Yine 1993'te, *Sonsuzluğa Nokta* adlı roman dosyasıyla Kültür Bakanlığı'nın düzenlediği yarışmada mansiyon ödülüne layık görüldü. Ardından, 1994'te *Gölgesizler* (1995) dosyasıyla Yunus Nadi Roman Ödülü'nü aldı. 1996'da *Kayıp Hayaller Kitabı*, 1997'de *Ben Bir Gürgen Dalıyım* yayımlandı. 1999'da *Bin Hüzünlü Haz* (1998) Cevdet Kudret Edebiyat Ödülü'yle, 2005'te *Uykuların Doğusu* Orhan Kemal Roman Armağanı'yla, 2013'te *Heba* Sedat Simavi Edebiyat Ödülü'yle buluştu. Kaleme aldığı denemelerini, 2007'de *Harfler ve Notalar*'da bir araya getirdi. 2009'da *Gölgesizler*, Ümit Ünal imzasıyla sinemaya uyarlandı, 2018'de Kürtçe'ye çevrildi. Toptaş ile yapılan söyleşiler, *Başlarken Yalnızsın, Bitirdiğinde Daha da Yalnız* adıyla 2014'te kitaplaştı. *Ölü Zaman Gezginleri*'ne dâhil olmayan öyküleri, *Geçmiş Şimdi Gelecek*'te (2016) bir araya geldi. Son romanı *Kuşlar Yasına Gider* 2016'da, yeni öykülerinin yer aldığı *Gecenin Gecesi* 2017'de yayımlandı. Kitapları bugüne kadar ABD, İngiltere, Almanya, Fransa, İtalya, Hollanda, Finlandiya, İsveç, Irak ve Güney Kore'de yayımlandı.

HASAN ALİ TOPTAŞ

BENİ KÖR KUYULARDA

Yayın No **1897**
Türkçe Edebiyat **774**

Beni Kör Kuyularda
Hasan Ali Toptaş

Editör: Mehmet Said Aydın
Kapaktaki fotoğraflar: Nuri Bilge Ceylan
Kapak tasarımı: Emir Tali
Sayfa tasarımı: Muzaffer Aysu

1. Basım: Kasım 2019 (100.000 adet)

ISBN: 978 - 605 - 185 - 443 - 4
Sertifika No: 43949

Baskı ve Cilt: Melisa Matbaacılık
Matbaa Sertifika No: 45099
Çiftehavuzlar Yolu Acar Sanayi Sitesi No: 8
Bayrampaşa/İstanbul
Tel: (0212) 674 97 23 Faks: (0212) 674 97 29

EVEREST YAYINLARI
Ticarethane Sokak No: 15 Cağaloğlu/İSTANBUL
Tel: (0212) 513 34 20-21 Faks: (0212) 512 33 76
e-posta: info@everestyayinlari.com
www.everestyayinlari.com
www.twitter.com/everestkitap
www.facebook.com/everestyayinlari
www.instagram.com/everestyayinlari

"Bir kez selâmete erdikten sonra, kendine hâlâ canlı demeye kim cesaret edebilir?"

E. M. Cioran

1

Hemen oracıkta beliriverdi Bahriye, başını çevirip sağa sola baktı. Bir eliyle belini tutarak, duvara vuran gölgesiyle birlikte hafifçe eğildi sonra, yavaş adımlarla kapıya doğru yürüdü.

"Çabuk ol," dedi eşiği geçerken. "Baban acıkmıştır!"

"Tamam," diye mırıldandı Güldiyar.

Ardından da, elindeki sefertasını duvarın dibine bırakıp odaya girdi hemen; ak topuklu tazecik bir rüzgârdı, koştu, aynanın karşısına geçti. Baban acıkmıştır cümlesini duyunca zihninde şöyle, ne yese doymak bilmeyen, gözleri pörtlemiş devasa bir baba canlanmıştı ama aynanın önünde durup kendi görüntüsüne bakar bakmaz küçüldü bu baba, eski hâlini aldı ve bir gölge gibi sessizce dükkânına gitti, tamir edilecek ayakkabıların arasına oturdu. Güldiyar da saçlarını taramaya başladı o sırada. O taradıkça saçları odayı aydınlatan minik çıtırtılar eşliğinde, olanca diriliğiyle gürül gürül aktı omuzlarından. Heveslerin rüzgârını almış bir hevesle, sonsuza dek akacakmış gibi aktı. Sonra bazen sağına, bazen soluna doğru hafifçe yan dönerek işaret parmağını birkaç defa burnunda, dudaklarında ve çenesinde yavaş yavaş gezdirdi Güldiyar. Kimi vakit gözlerini de yumdu bunu yaparken, yumdu ve büyük bir zevkle ruhunun derinliklerinde yankılanan kendi dokunuşlarının sesini dinledi. Derken içini bir hoş eden bu seslerin arasından döndü, elinde tarak, aynadaki görüntüsüne yeniden baktı hülyalı gözlerle. Bahriye camı tıklatıp, "Hadi artık kız, hadi!" diye seslenince de toparlandı hemen. Hatta aynadaki kız aynaya bakandan hızlı davrandı o sırada, elindeki tarağı bırakıp sefertasını kaptığı gibi kendini dışarıya attı.

Dışarıda güneş tepeden vurmuş, par par yanıyordu o gün.

Ayak seslerini duyunca, köşedeki dumanların arasından dönüp baktı Bahriye.

"Bu icat da nereden çıktı bilmem ki?" dedi öfkeyle.

"Hangi icat?" diye sordu Güldiyar.

Bir an sefertasının ışıltısı vurdu Bahriye'nin yüzüne, alnına düşen kâkülleri, burnunun etrafındaki çilleri ve çizgileri yaladı geçti.

"A benim saf kızım," dedi elindeki odunları yere bırakırken. "Hangi icat olacak, yemek götürme işini diyorum elbet! Düne kadar her sabah baban kendisi götürmüyor muydu?"

"Götürüyordu."

"Götürüyordu ama bugün götürmedi işte, uyku semesi, kalkar kalkmaz peşinden atlı kovalıyormuş gibi fırladı gitti! Eşiğe kadar seğirtip arkasından, yemeğini unuttun herif, yemeğini, diye bağırdım ama dönmedi nedense, Güldiyar ne güne duruyor, o getirsin yahu dedi avludan çıkarken."

Güldiyar başını çevirip gayriihtiyari avlu kapısına baktı.

Bahriye de baktı bir an için.

"Babanı aklı başında biri mi sanıyorsun sen?" dedi sonra sitemkâr bir sesle. "Neredeyse üç ay oldu bak, makineyi hâlâ tamir ettirmedi. Makine olmayınca biz de eski usule döndük mecburen, görüyorsun işte, ele güne karşı leğende habire çamaşır çitiliyoruz. Konu komşu muhakkak acıyordur bizim bu hâlimize. Lâkin baban acımıyor, hiç acımıyor o, hiç. Suratı zindan gibi kararıyor makineden söz ettiğimde. Elim dar diyerek lâfı da ağzıma tıkıyor hemen, tek kelime konuşturmuyor. Eli darmış güya, peh, o benim külahıma anlatsın onu, külahıma! Sıra kendi içeceği zıkkıma geldi mi eli hiç dar olmuyor nedense, ânında, şak diye genişleyiveriyor."

Güldiyar gözlerini dikmiş, öylece, kıvıl kıvıl tüten dumanlara bakıyordu.

"Keşke ağbim burada olsaydı," dedi birden.

Bahriye'nin gözleri buğulandı bunu duyunca, bir şey arıyormuş gibi sağına soluna şöyle bir bakındıktan sonra olduğu yere yavaşça çöktü.

Bakıştılar bir müddet.

Gecekonduların arasında gezinen uğultular perde perde gelip oraya toplandı onlar böyle bakışırken. Toplanınca da insanın başını döndüren derin bir sessizliğe dönüştüler. Ucu bucağı görünmeyen bu sessizliğin içinden etrafı yırtık pırtık seslerle çevrili daracık sokaklar geçti hatta, toza toprağa belenmiş iri gözlü çocuklar, seyyar satıcılar, açılıp kapanan kapılar, paslı tenekelerle ve briket duvarlarla kuşatılmış ıssız akşamlar, karanlık avlular ve yıllar geçti.

"Şu bizim makine," dedi nice sonra Bahriye, "titredi titredi de niye öyle zınk diye durdu bilmem ki?"

"Anne, bozuldu işte," dedi Güldiyar.

"Ben gideyim mi artık?" diye sordu ardından da, elindeki sefertasını azıcık havaya kaldırarak.

Ona başka bir dünyadan bakıyormuş gibi uzun uzun baktı Bahriye.

"Git tabii," dedi dudaklarının ucunda eriyiveren, titrek bir sesle. "Git ama dikkatli ol, tamam mı? Televizyon haberlerinde görüyorsun, her gün oğlan çocukları, kız çocukları kayboluyor. Sonra da tecavüze uğrayan bu körpecik çocukların parçalanmış cesetleri bulunuyor sağda solda. Ayrıca, biliyorsun, insanların gözleri önünde her Allah'ın günü kadınlar öldürülüyor. Bu yüzden diyorum dikkatli ol diye. Bir de, çabuk dön e mi, hiç hâlim yok benim, bunca çamaşırı tek başıma yıkayamam."

Çöktüğü yerden kalkmıştı.

"Merak etme, çabuk dönerim," dedi Güldiyar.

Der demez de avlu kapısından çıkıp hızla dizlerine kadar yükselen otların arasından bayır aşağı inmeye başladı. Mor benekli beyaz eteği, canlanıveren ot kokularıyla birlikte püfür püfür dalgalandı o böyle inerken; saçları da her adımda çok uzaktan bile okunan tatlı bir ahenkle belini dövdü, belini dövdü durdu. Derenin dibinden sessizce akan iki bilek kalınlığındaki boz bulanık suyun kenarına varınca yavaşladı Güldiyar, adamakıllı yavaşladı. Sonra çocukluğunu yâd edercesine, hiç gereği yokken şöyle bir sıçradı ve sıçrarken hafifleyip birdenbire kelebeğe dönüştü. Dönüşünce de etrafa saçılan o göz kamaştırıcı mor benekleriyle, taşlara hiç basmadan, havada titreşen ağartıların üzerinden uçtu hızla, küçük küçük, hoş kavisler çizerek kavakların tepesine kadar yükseldi, o yükseklikte bir müddet gezindi, gezinirken etrafa şöyle bir bakıp toprak yola indi ve dereyi sağına alarak, elindeki sefertasıyla birlikte gölgelere bata çıka epeyce yürüdü. Eteği bir kararıp bir şavkıdı o yürürken, bir kararıp bir şavkıdı.

Kollarını avlu duvarının üstüne koyan Bahriye, gözden kayboluncaya dek baktı onun arkasından. Mahallenin yarısını kaplayacak büyüklükte bir çift kanadı varmış da, iki yana açıp kızını onların altına almış gibi baktı. Ardından da aşağıdaki kavakların gerisinde kalan mavi boyalı eve çevirdi gözlerini, hiç acele etmeden, uzun uzun süzdü. Kapısı kapalıydı evin, avlusunda kimsecikler yoktu, in cin top oynuyordu. Sağ köşedeki kümesin üstünde, yere atlamak için cesaret topluyormuş gibi ikide bir kanatlarını açıp kapatan cılız bir horoz vardı sadece. Kanatlarını açıp kapatırken ibiği de tepesinde titrek bir alev hızıyla habire alçalıp yükseliyordu bu horozun.

Gözlerini kısıp ona son kez şöyle bir baktıktan sonra döndü Bahriye, bir eliyle belini tutarak yavaş yavaş köşeden yükselen dumanlara doğru yürüdü.

Avluya kırlangıçlar doluşmuştu o sırada, sivri kanatlarıyla, neredeyse çıldırmışçasına bir o yana bir bu yana dönüp duruyorlardı. Hatta nerede olduğu bilinmeyen biri kanatlarından tutup tutup havaya yenilerini salıveriyormuş gibi, gitgide çoğalıyordu bu kırlangıçlar. Gölgeleri de toprağın yüzüne düşüyordu patır patır, kırmızı leğenin içine, çamaşır sepetinin üstüne, ateşteki kazanın sağına soluna ve Bahriye'nin omuzlarına düşüyordu.

Derken beyaz gövdeli, kocaman bir uçak geçti havadan; mahalleyi zangır zangır sarsarak, insana tonlarca ağırlığındaymış gibi görünen korkunç bir gürültüyle gittikçe alçaldı, alçaldı ve ufku kaplayan bol ışıltılı, yüksek binaların gerisinde kayboldu. Gürültüsünün bastırdığı sesler hep birlikte yeniden ortaya çıktı o kaybolunca, sağa sola dağılan avlular, ağaçlar ve gecekondular gelip yerlerine yeniden oturdu. Tabii, kırlangıçlar da Bahriye'nin tepesinde deli gibi, çığlık çığlığa yeniden uçuşmaya başladılar.

O gün bir yandan çamaşırları yıkarken, bir yandan da avlu kapısına baktı durdu Bahriye. Güneşin altında ışıl ışıl parlayan terli bir alınla, her defasında oflayıp puflayarak baktı. Bir ara, kırlangıçlar olmasa kızı kapıdan giriverecekmiş gibi geldi ona; bu yüzden, tepesinde gezinen o yaygaracı yaratıklara dönüp kaşlarını çatarak, "Hadi gidin artık mübarekler, hadi gidin!" diye bağırdı. O böyle bağırınca mübareklerin de iştahı kabardı sanki, jilet gibi parlayıp sönen sesleriyle ortalığı birbirine kattılar. Kanat hışırtıları da çoğaldı birdenbire, karman çorman yere düşen ve insanın bakışlarına zikzaklar çizdiren o ele avuca sığmaz gölgeleri de çoğaldı. İşte o vakit, daha önce onları hiç bu kadar telaşlı, hiç bu kadar kalabalık görmediğini düşündü Bahriye. Sonra, neden böyle hiç durmadan ötüşüyorlar acaba, neden ortalığı velveleye veriyorlar diye düşündü ve birden huzursuz oldu. Zaman ilerledikçe, zaman kırlangıçlarla birlikte harekete ve gürültüye dönüştükçe, zaman bir kazan dolusu su olup ateşin üstünde kaynadıkça huzursuzluğu büyüdü sonra, çitilediği kısa kollu mavi gömleği leğenin içinde öylece bırakıp ayağa kalktı ve kalkar kalkmaz da avlu kapısında, kararmış tahtaların hizasında dikilen Güldiyar'ı gördü.

Ne hikmetse, kırlangıçlar aniden kayboldu o sırada, ortalığı derin bir sessizlik kapladı. Bu sessizliğin merceği altında, hâliyle, görüntüsü bir kat daha netleşti Güldiyar'ın; oradaydı hâlâ, hiç kımıldamadan, aynı şekilde duruyordu. Yüzü allak bullak olmuş, bakışları donmuş, evden çıkarken taradığı o güzelim saçları da biraz dağılmış gibiydi.

Bahriye'nin içi cız etti onun bu hâlini görünce.

"Niye dikiliyorsun öyle, gelsene kızım!" dedi sesini yükselterek.

Güldiyar söyleneni işitmiş olmalı ki, hafifçe sallandı olduğu yerde. Onunla birlikte, o an yeryüzünün çeşitli köşelerinde irili ufaklı milyonlarca gül de sallandı hiç kuşkusuz aynı şekilde; alı boyuna, boyu alına vurmuş milyonlarca gelincik, olgunundan hamına milyonlarca başak, envai çeşit milyonlarca ot, milyonlarca hayvan ve insan da sallandı. Hatta bu hareketlerin hepsi gelip Güldiyar'ın hareketinde toplandı bir an için, orada sisli bir derinlik oluşturduktan sonra da kendi yerlerine hızla geri döndüler ama Bahriye onları fark etmedi hiç, o kızının narin bir dal gibi sallandığını gördü sadece.

İşte o vakit, olmayan kanatlarını yine kocaman kocaman açarak, pürtelâş avlu kapısına doğru yürüdü.

"Kızım," dedi aralarında birkaç adım kalınca, "kızım, niye içeri girmiyorsun sen?"

Cevap vermedi Güldiyar, ağlayacakmış gibi dudaklarını büzerek gönülsüzce baktı. Sonra hemen yere indirdi gözlerini. Ardından da çizgileri bozulmuş kapkara bir suratla, annesine hiçbir şey demeden ansızın eve doğru koştu. Mor benekli beyaz bir etek, bir kucak saç eşliğinde neredeyse o gün dalgalanmaya bile fırsat bulamadan avluyu bir uçtan bir uca hızla geçti böylece. Geçer geçmez de kapının ağzında kayboldu.

Bahriye ne yapacağını bilemeden, yarı açık bir ağızla baktı kaldı onun arkasından. Bir yandan da, hiç böyle yapmazdı, bu kıza ne oldu durup dururken, nesi var acaba diye düşündü. Onun böyle düşünmesiyle birlikte avluya, Güldiyar'ın az önce koşar adımlarla geçtiği o boşluğa nereden geldiyse geldi, usul usul, incecik bir sis yayıldı. Sonra da beklenmedik bir şekilde, birdenbire erkekler çıktı bu sisin içinden. Bahriye'nin gözlerini yoran bir hızla kâh oradan kâh buradan, kâh öteden kâh beriden, her biri birbirinden koyu, karman çorman salkımlar hâlinde çıktılar. Bazıları geniş, bazıları dar alınlıydı bu erkeklerin; bazıları çöp misali ince, bazıları göbekliydi. Saçlarına kar yağmışlar da vardı içlerinde, bıyıkları yeni terlemişler de; müşfik duruşlular da vardı, hoyrat bakışlılar da. Vuruşmaya giden birer külhanbeyi edasıyla ceketini omzuna atmışlar, kıl ormanı görünsün diye bağrındaki düğmeleri çözmüşler, tespihini bileğine geçirmişler ve yakasına gül takmışlar da vardı. Hatta ilk defa ıslak rüya görmüşe benzeyen yeniyetmeler de vardı, bunların yanı sıra. Onlar kapıdan çıkmak vakit alır diye, apar topar rüyalarının penceresinden fırlayıp gelmiş gibi görünüyor ve yüzlerinde patlayan sivilcelerin gürültüleri arasından kafalarını uzatıp sağa sola iştahlı iştahlı bakarak kıpkırmızı bir dille habire yalanıyorlardı. Hem de öyle bir yalanıyorlardı ki, sadece ağızlarından değil, kırmızı kırmızı, gözlerinden de diller sarkıyordu sanki. İster istemez, Bahriye'ye erkeklerin hepsi yalanıyormuş gibi görünüyordu o zaman. Yakalara takılmış güllerden, bileklerdeki rengârenk tespihlerden ve birbirlerini sessizce biçimlendiren müşfik duruşlarla çıtkırıldım yürüyüşlerden ortalığa açlığın çeşitli ışıltıları yayılıyordu bir bakıma, kuyu kuyu derinleşip giden açlığın çeşitli karanlıkları yayılıyordu.

Derken hiç birbirleriyle konuşmadan ve birbirlerine bir kerecik bile çarpmadan, sıkışık vaziyette, mekik dokur gibi sisin içinde hızlı hızlı gezinmeye başladı bu erkekler. İsteseler de, derinden derine dalgalanıp duran sisin o narin kuvvetine karşı koyamıyorlardı sanki ve böyle bir o yana bir bu yana gezinirken tıpkı ortalıktan kayboluveren kırlangıçlara benziyorlardı. Çok değil, hepi topu birkaç saniye içinde avlu tıka basa dolmuştu artık, adım atacak, ayak basacak yer yoktu ve Bahriye bu ürkütücü manzara karşısında güçlükle nefes alıp veriyordu. Hatta oracığa yığılıp kalacağını düşünüyordu ki, buharlaşmış gibi, ansızın kayboldu bu erkekler.

Bahriye toparlanıp yürüdü o vakit, kendini hâlsiz hissetmesine rağmen, bir solukta avluyu geçip evin kapısına vardı.

İçeriye girer girmez de mutfağın karşısına düşen, sağ taraftaki küçük odaya koştu.

Orada, duvarın dibindeydi Güldiyar; başını öne eğmiş, sessizce oturuyordu.

"N'oldu kızım sana?" dedi Bahriye telaşla. "Bu hâlin ne böyle?"

Cevap vermedi Güldiyar, yüzünü yerden kaldırmadı bile.

"Bana bak," dedi Bahriye yeniden. "Ne olduysa anlatacaksın hemen! Haddini bilmezin biri bir şey mi dedi sana, yolda belde askıntı olan mı oldu, ne oldu?"

Yine cevap vermedi Güldiyar, kollarını göğsünün üstünde birbirine kavuşturarak, altındaki alacalı minderin ucuna doğru derin derin soludu sadece.

Bahriye de karmakarışık duygularla usulca onun yanına çöktü o sırada, elini uzatıp elinin birini tuttu.

"Kızım," dedi anne sütünden yapılmışa benzeyen sıcacık bir sesle, "yoksa dükkâna vardığında baban canını sıkacak bir şey mi söyledi?"

Birden içini çekti Güldiyar.

Pencerenin önündeki yatak gıcırdar, duvardaki ayna titrer, çivide asılı duran giysiler sallanır, sehpanın üstündeki saç tokalarıyla tarak da usulca tıkırdar gibi oldu o içini çekince.

"Yoksa o Cevher denen sivri kafalı zibidi mi musallat oldu sana, ha?" diye sordu Bahriye, yanlamasına eğilip kızının yüzüne yakından bakarak. "Bilmediğimi sanma, nicedir peşinde dolanıyor o senin, biliyorum. Söyle hadi, o mu musallat oldu sana? Tenha bir köşede kıstırıp elini kolunu tuttu da bir fenalık mı etti yoksa?"

Buna da cevap vermedi Güldiyar, yere, hep yere baktı. Öyle ki, altındaki minderin ucu lime lime eridi o baktıkça.

Canını sıkan şeyin rüzgârı geçsin de kafasının içindekileri derleyip toplasın diye, Bahriye bir müddet soru sormadı ona, bekledi. Pencereden vuran gün ışığı, Güldiyar'ın sol omzunda uzak bir kar hayali gibi dondu kaldı bu yüzden. Odanın havası da büsbütün ağırlaştı.

"Cevher'dir, kim olacak, mutlaka o kör olasıdır!" dedi Bahriye dişlerinin arasından, her hecenin üstüne olanca ağırlığıyla basa basa.

Der demez de ayağa kalktı, ne yapacağını bilemeden solgun bir yüzle etrafına bakındı. Avlunun görünen bölümü pencerede hayal meyal titredi o bakınırken, uzak tepelerdeki gecekondular tepelerle birlikte daha da uzaklara çekildi. Sonra geldi, bu uzaklara çekilmenin geniz yakıcı sessizliği de eklendi odanın içindeki sessizliğe. O vakit Bahriye birdenbire boğulacakmış gibi oldu.

"Bari bir şey söyle kızım," dedi ellerini iki yana açarak. "Geldiğinden beri susuyorsun, tek kelime çıkmadı ağzından?"

Ses vermedi Güldiyar, ellerini kucağına koyup öne eğilmiş, duvarın dibinde, neredeyse yumak gibi tostoparlak olmuştu. Gölgesi de aynı şekildeydi tabii, hiç kımıldamıyor, yaralarının üstüne kapanmış ikinci bir Güldiyar gibi, öylece duruyordu duvarın yüzünde. Bahriye gözlerini çevirip dikildiği yerden bir müddet korkuyla baktı ona. Sessizce yaklaştı sonra, boynunu bükerek yanı başına yeniden oturdu.

"Hadi benim güzel kızım," dedi yorgun bir sesle. "Bak avluda çamaşırlar dağ gibi yığılmış bizi bekliyor. Hadi söyle ne olduğunu, söyle de, ana kız baş başa konuşalım."

Güldiyar kımıldandı yavaşça, içini çekti ve yüzünü çevirip sol omzunun kenarından boş gözlerle annesine baktı.

Acaba ne söyleyecek diye, Bahriye hemen ona doğru uzattı başını. Bir yandan da kötü şeyler işiteceğini düşünerek korktu, Allahım, Allahım, genç aklıyla bu kız küçük bir şeyi abartmış olsun, diye dua etti içinden.

Güldiyar ağzını hafifçe araladı o sırada, araladı ve durdu. Dudakları bir çift yaprak gibi pembe pembe titredi bir müddet. Gözlerinin içinden de her biri birbirinden kara, karmakarışık bulutlar geçti.

"Cesaret mi edemiyorsun, ha?" diye fısıldadı Bahriye. "Kimse yok güzel kızım, kimse yok, bak, ana kız biz bizeyiz. Hadi konuş, ne oldu sana?"

Yüzünü buruşturarak, acı acı, birkaç defa yutkundu Güldiyar. Sonra saçlarını geriye atıp başını ellerinin arasına aldı ve annesine yeniden baktı. Bakarken de ağzı can havliyle açılıp kapandı, açılıp kapandı, açılıp kapandı. Kızcağız konuşmaya çalışmadı da, uzun süren bir suskunluğun ardından ağzı kendini kendisine hatırlatmak için öylesine açılıp kapandı sanki.

Bahriye elini uzatıp kızının saçlarına dokundu o vakit. Şefkatle okşayacaktı sözde, kızının içinde kopan fırtınaları yatıştıracaktı ama el saçlarına temas eder etmez dayanamadı Güldiyar, birden ağlamaya başladı. Ağlayınca da gözlerinden yaş yerine, yaş büyüklüğünde taşlar döküldü, ıslak ıslak ortalığa saçıldılar.

Bahriye yuvasından fırlamış kocaman gözlerle, dondu kaldı bu taşları görünce.

2

Sonra kollarını açıp Güldiyar'a sımsıkı sarıldı ve hıçkıra hıçkıra ağlamaya başladı Bahriye. Olup bitenlere inanamıyor, devasa bir ağırlığın altından çıkıyormuş gibi görünen yamyassı bir sesle, "N'oldu bize kızım, n'oldu bize böyle, n'oldu, n'oldu?" deyip duruyordu.

Annesinin kolları arasında küçücük bir kıza dönüşen Güldiyar da inanamıyordu olup bitenlere, zavallı, gözlerinden dökülen taşlara bakıp bakıp dehşete kapılıyor, kapıldıkça da kendi hıçkırıklarının ortasında deliler gibi habire çırpınıyordu.

Küçük odada, ana kız böyle saatlerce ağlaştılar o gün.

İkindi vakti hâlâ ağlaşıyorlardı ki, birden aklına yere saçılan taşlar geldi Bahriye'nin, onları yok ederse her şey yoluna girecekmiş hissine kapıldı. Kapılınca da görülmemiş bir telaşla kalktı, parmak uçlarında parlayıp sönen tuhaf bir ürperti eşliğinde, bir bir topladı hepsini. O sırada birkaç defa, inanılacak gibi değil, bu bir rüya mı Allahım, bu bir rüya mı diye geçirdi içinden. Sonra götürüp taşları pencereden atmaya kalktı ama yüreği elvermediği için yapamadı bunu, gün ışığının ortasında durdu, avcunu açıp yaşlı gözlerle baktı, baktı ve mahcup bir şekilde geri döndü.

Dönünce de taşları getirdi yine kızının yanına, minderin kıyıcığına bıraktı. Onları orada toplu hâlde görünce kendini tutamadı, bir nöbet daha ağladı Güldiyar; kurumaya yüz tutan yerdeki taşların sağına soluna ıslak ıslak yenileri düştü.

Daha sonra, ağlaması kesilince, başına gelenleri anlatması için kızına defalarca yalvardı Bahriye; ellerine sarıldı, saçlarını okşadı, hatta kalkıp etrafında kelebekler gibi döndü ama tek kelime etmedi Güldiyar. Bir kerecik olsun başını çevirip bakmadı bile.

Bahriye, ağlamaktan kıpkırmızı olmuş gözlerle odanın ortasında döndü kaldı bu yüzden; kolu kanadı kırıldı, sesi kısıldı. Hatta göğüs kafesinin içinde adam boğazlıyorlarmış gibi, bir süre sonra kargacık burgacık hırıltılar yükseldi ağzından. İşte o vakit, biraz hava almak için ellerinin tersiyle gözlerini kurulaya kurulaya dışarı çıktı hemen, kendini içindeki acının rüzgârına bırakarak avluda rastgele gezinmeye başladı.

Nereye gittiğini bile bilmeden, köşede duran kırmızı leğene doğru yürüdü ilkin, ona, yanı başındaki çamaşır sepetine, deterjan kutusuna ve maşrapaya adeta mühim bir şey arıyormuş gibi, eğilebildiğince eğilerek dikkatle baktı. Aynı şekilde, dönüp kazanın altındaki küllere baktı sonra. Hemen ardından da yan avluda kilim çırpan Emine'yi görmemezlikten gelerek, kaçarcasına uzaklaştı oradan; gitti, aşağıdaki kavakların gerisinde kalan mavi boyalı eve baktı.

Evin kapısı ardına kadar açıktı bu kez, avlusu da ıssız değildi; Cevher elinde klarnetiyle duvarın dibine bağdaş kurup oturmuş, karşısında dikilen küçük kardeşine bir şeyler söylüyordu. Çocuk giysileri giydirilmiş bir maymun gibi, kardeşi arada bir zıplıyordu onu dinlerken. Bir yandan da dışarı fırlayan gömleğinin ucunu pantolonunun içine sokmaya çalışıyordu.

Derken sustu Cevher, daha doğrusu sustuğu işitilmedi de, geri çekilip sırtını duvara dayayınca uzaktan görüldü.

Kardeşi nihayet gömleğinin ucunu pantolonunun içine sokmuş, birkaç adım öteden pürdikkat ona bakıyordu o sırada. O bakarken klarneti ağzına götürdü, bir an bekledi ve başını omuzlarının arasına gömerek hafiften üflemeye başladı Cevher. İlkin iniltiye benzeyen acı bir ses çıktı klarnetten, eğile büküle, simsiyah bir iplik gibi uzadı gitti. Cevher'in kardeşi bu sesten hiç hazzetmemiş olmalı ki, elleriyle kulaklarını kapatıp sırtını döndü hemen, ayaklarını yere birkaç defa sertçe vurdu. Cevher de aniden kıvrak bir oyun havasına geçti o böyle tepinince. Öteki ziyadesiyle memnun oldu tabii, döndü, ayaklarını birleştirip hafifçe eğilerek zarif bir şekilde selamladı Cevher'i.

Selamladıktan sonra da şaşılası bir ustalıkla kalçalarını çalkalaya çalkalaya oynamaya başladı.

Hatta Cevher de coştu birden, ağzındaki klarnetle birlikte kalkıp o da eşlik etti kardeşine, ikisi, avlunun tozunu attırdılar.

Onların bu neşesi, tepedeki duvarın üstünden bakan Bahriye'nin canını epeyce sıktı o gün, öfkesi topuklarına çıktı da dişlerini gıcırdattı durdu. Gidip Cevher'in yakasına yapışarak, sivri kafalı musibet, çabuk söyle kızıma ne yaptın diye hesap sormayı da düşündü ama Güldiyar neler olup bittiğini henüz anlatmadığı için vazgeçti bundan, bir hışımla döndü, eve doğru yürüdü.

"Kız Bahriye, bu ne hâl?" dedi Emine o sırada.

Kilim çırpmayı bırakmış, duvarın dibine kadar gelmişti. Hoş bir gülümseme vardı yüzünde, iri iri, parlak gözlerle onun içinden bakıyordu.

"Hâlimde ne varmış?" diye sordu Bahriye.

"Ne bileyim ben?" dedi öteki. "Çamaşıra başlamışsın ama bakıyorum, saatlerdir ortalıkta yoksun. Kazanın altındaki ateş bile sönmüş. Şimdi de yarım kalan işin başına geçeceğin yerde avluda dolanıp duruyorsun. Bu ne hâl, hayırdır?"

Ne diyeceğini bilemedi Bahriye, gözlerini kaçırıp hafifçe yutkundu.

Bir an, Güldiyar'ın başına gelenleri anlatsam mı acaba diye geçirdi içinden. Bunu çok istiyordu aslında, anlatırsa yüreğini dağlayan acı birazcık azalacakmış gibi geliyordu ona. Kızının gözlerinden yaş yerine taş döküldüğüne hâlâ inanamadığı için bir yandan da kimseye bir şey anlatmak istemiyor, anlatırsa bu rüyanın birdenbire gerçeğe dönüşeceğinden korkuyordu.

"Yorulmuştum," dedi bu yüzden Emine'ye, pek de inandırıcı olmayan ürkek bir sesle. "Kanepede otururken içim geçmiş."

"Bize niye getirmedin çamaşırları?" diye sordu öteki. "Makine tamir edilinceye kadar gel bizde yıka, hiç çekinme demiyor muyum ben sana?"

"Sizi de telaşeye sokmanın ne lüzumu var, yıkıyoruz işte, görüyorsun."

"Yok, sen Muzaffer'den çekiniyorsun besbelli. Kim bilir, belki de benim heriften çekiniyorsun. Onlar birbirine küsse küs, bize ne kız?"

"Öyle tabii," dedi Bahriye.

Derken de Güldiyar'ı merak ettiği için başını çevirip eve doğru baktı.

"Bir hâl var sende," dedi Emine yeniden, başını bilgiç bilgiç sallayarak. "Hüseyin'den haber mi aldınız yoksa?"

"Yok."

Bakışları iğne ucu gibi sipsivri olmuştu Emine'nin, yüzündeki gülümseme sönmüştü.

"Kız Bahriye," dedi, duvarın üstünden başını uzatarak usulca. "Bir şey soracağım ama bana gönül koyma, olur mu?"

"Sor."

"Elimde değil vallahi, ne vakit konu açılsa ben hep aynı hisse kapılıyorum. O sebeple soruyorum, sen Hüseyin'den hiç söz etmek istemiyorsun sanki?"

Bahriye öfkelendi birden, çekip gidecekmiş gibi etrafına bakındı.

"Hüseyin'in adını andığımda ağzım kuruyor benim," dedi sonra, öfkesini belli etmemeye çalışarak. "Kurumaktan da öte, cayır cayır yanıyor! İnsan evlâdını unutur mu hiç Emine, ondan söz etmek istemez mi hiç? Olacak şey mi senin bu dediğin? Hüseyin her an aklımda benim, her an söz ediyorum ben ondan, her an… Dile kolay, dört yıl oldu neredeyse. Dört yıldır yol gözlüyorum ben, aşağıda, dere boyunda incecik bir karaltı gördüğümde yüreğim yerinden oynuyor. Gece yarısı ufacık bir tıkırtı duyduğumda sıçrayıp kalkıyorum yataktan, yel yepelek kapıya koşuyorum acaba o mu geldi diye. Yaşadığını, hiç değilse yaşadığını bilseydim canım bu kadar yanmazdı ama onu bile bilmiyorum."

Bir şey diyemedi Emine, duvarın gerisinden dalgın dalgın baktı.

Bahriye de ona bakıyordu ki gözleri karardı birden, beti benzi soldu ve oracığa çömelip hüngür hüngür ağlamaya başladı.

Emine telaş içinde, duvarı aşıp geldi onun ağladığını görünce; ses etmeden, başucunda dikildi bir müddet. Sonra çömelip ellerini Bahriye'nin dizlerine koydu.

"Bir gün çıkar gelir Hüseyin, böyle harap etme kendini," dedi usulca.

Başını kaldırıp gözlerini sildi Bahriye.

"Dert bir değil ki komşu, hangisine yanacağımı şaşırdım ben," dedi buğulu bir sesle.

Ardından da artık daha fazla dayanamayıp Güldiyar'ı anlattı Emine'ye. Islak ıslak yere dökülen gözyaşı iriliğindeki taşlardan söz ettiğinde, Emine göğü tümden ciğerlerine dolduracakmış gibi kuvvetlice içini çekerek ellerini ağzına götürdü aniden. Yüzü inanılmayacak kadar genişlemiş, gözleri koca koca olmuştu.

"Deme öyle kız," dedi, ellerini ağzının hizasında çabuk çabuk oynatarak. "Kurbanın olayım bak, deme öyle, insanın gözünden taş mı dökülürmüş?"

Bir şey demedi Bahriye, içinde bulunduğu çaresizliğin içinden kıpkırmızı gözlerle baktı sadece.

Kalktılar sonra, önlerine düşen gölgelerinin üzerine basa basa, eve doğru yürüdüler.

"Başına ne gelmiş peki, anlattı mı?" diye sordu Emine, kapıya vardıklarında sesini alçaltarak.

"Tek kelime etmedi," dedi öteki.

"Üstelemedin mi?"

"Üstelemez olur muyum hiç, epeyce üsteledim, hatta yalvarıp yakardım ama tek kelime etmedi. Çok fena şeyler yaşadı da konuşmak mı istemiyor, bilmiyorum. Yoksa konuşamıyor mu, nutku mu tutuldu, onu da bilmiyorum."

"Nutku tutulduysa, geçer," dedi Emine.

Ayaklarının ucuna basarak, peş peşe, küçük odaya girdiler.

Güldiyar duvarın dibine kıvrılıp ellerini başının altına almış, uyuyordu.

"Çok ağladı ceylanım, uyandırmayalım," diye fısıldadı Bahriye.

Bir yandan da, evvelce dökülen taşları Emine'ye göstermek için gözlerini hızla yerde gezdirdi ama bir tekine bile rastlayamadı. Güldiyar uyanmasın diye olabildiğince dikkatli hareket ederek, alacalı minderin ucunu kaldırıp usulca oraya da baktı sonra. Hatta odanın öteki köşelerine, taşların yuvarlanıp gidemeyeceği yerlere de baktı tek tek.

"Görünürde taş maş yok," diye fısıldadı Emine o böyle bakarken.

"Vallahi döküldü gözlerinden," dedi Bahriye, eğildiği yerden çarçabuk doğrularak.

Emine de eğildi, ellerini dizlerine dayayıp birkaç adım sağa, birkaç adım sola gitti geldi.

"Yok," dedi yeniden.

"Allah Allah," diye doğruldu Bahriye. "Güpegündüz rüya görmedim ya ben? İşte şu ellerimle kaç defa dokundum hatta onlara. Sonra avcumda toplayıp pencereden dışarı atmaya bile kalktım ama olmadı, atamadım."

İkisi yine peş peşe, odadan çıktılar sessizce.

O akşam yemekten sonra, olup bitenleri anlatmak için Emine kocasının yanına sokuldu hemen. Pencerenin dibindeki kanepeye oturmuş, yeni aldığı sigara sarma makinesini inceliyordu kocası; nasıl yapıldığına bir türlü akıl erdiremiyormuş gibi habire elinde evirip çeviriyor, bir altına bir üstüne bakıyor, bakarken de kendi kendine bir şeyler mırıldanıp duruyordu.

"Dursun," dedi Emine, köşede oturan Yasin duymasın diye sesini alçaltabildiğince alçaltarak. "Dursun, biliyor musun, Güldiyar ağladığı vakit gözlerinden yaş yerine taş dökülüyormuş."

Bir an hareketsiz kalıp şöyle bir düşündükten sonra, "Yok, devenin nalı!" dedi Dursun öfkeyle. "Gözden taş mı dökülürmüş yahu, saçmalama!"

"Vallahi dökülüyormuş, annesi söyledi."

"Saçmalama yahu!" dedi Dursun, gözlerini belertip ters ters bakarak.

Konuşulanları işitmiş olmalı ki, Yasin kulaklarını dikip onlara doğru baktı oturduğu yerden. Gözleri yuvalarından fırlamış, ağzı da sulu sulu, hafifçe açılmıştı.

Kanepenin ucuna ilişen Emine ne yapacağını bilemedi bir an, sıkıntılı bir yüzle etrafına bakındı.

"İki kadın baş başa verip ipe sapa gelmez hikâyeler mi uydurmaya başladınız?" diye çıkıştı Dursun. "Lâfa bak, gözlerinden taş dökülüyormuş!"

Emine onun neden bu kadar öfkelendiğini anlayamamıştı. "Hikâye değil," dedi usulca.

Dursun elindeki makineyi kanepenin üstüne sertçe bırakıp ayağa kalktı hemen.

"İşte bütün bunlar," dedi, işaret parmağını hızlı hızlı sallayarak; "işte bütün bunlar, lüzumundan fazla televizyon seyretmenin neticesi! Tabii, iş yok güç yok, yayılıyorsunuz ekranın karşısına, sabahtan akşama kadar o abuk sabuk programları seyrediyorsunuz. Seyrettikçe de beyniniz uyuşuyor sizin, Allahıma, keçe gibi oluyor."

Birden sustu ve koparıp yiyecekmiş gibi alt dudağını birkaç defa kuvvetlice ısırdı Dursun. Tavandan sarkan ampulün tam altındaydı bunu yaptığında, ışık tepeden vurduğu için gözleri karanlıkta kalmış, başının gölgesi de bağrına düşmüştü.

"Taş döküldüğünü sen kendi gözlerinle gördün mü?" diye sordu karısına sertçe.

"Görmedim, Bahriye anlattı," dedi Emine.

"İşte bak, işte bak!" diye bağırdı Dursun, köşede oturan Yasin'e dönerek.

Çocuk yerinden fırlayacakmış gibi eğilip kafasını ileriye uzattı.

"Görüyorsun değil mi?" dedi Dursun. "Besbelli, kadın rüyasını anlatmış annene. Gerçekmiş gibi, o da şimdi bize anlatıyor!"

Kime inanacağını şaşıran Yasin boş boş baktı babasına.

Dursun çividen aldığı ceketi kolunun üstüne yatırıp kapıya doğru yürüdü o bakarken.

"Bu saçmalıklarla uğraşamam, ben kahveye gidiyorum!" dedi kelimeleri ağzından püskürür gibi, tuhaf bir hışırtıyla.

Ardından da bayır aşağı indikçe koyulaşan ot kokulu karanlığın içinde, tıpır tıpır, ayak sesleriyle birlikte kayboldu gitti. Onu yutan karanlık insanı ürpertecek kadar soğudu sonra, camlar, çerçeveler soğudu, duvarlar soğudu, yapraklar soğudu, kendi genişliklerini susan, kendi genişliklerini fısıldayan boşluklar soğudu, kapılar soğudu, sular soğudu ve gece çatıların, antenlerin, avluların, ağaçların ve cümle mahlûkatın üzerine basa basa yürüdü, o bir eliyle sokak lâmbalarının sarı ışıklarına tutunarak yürürken ağrısı sızısı, gamı kasaveti olmayanlar uyudu, içinden kafasına takılan şeyi izah etseydim şimdi yârimden ayrılmaz, mis gibi onun koynunda yatardım diye geçirenler yastıklarına sarılarak bir sağa bir sola döndü, işsizler gözlerini boşluğa dikip acı acı of çekti, çocuklar uçurumlarla dolu, korkunç ve karanlık rüyalar gördü, gemisini yürütmekten başka bir şey düşünmeyenler kafalarının içinde yeni taktikler, yeni manevralar, yeni güzergâhlar belirledi, bebekler altlarına işedi, hastalar sarı sarı bakıp sarı sarı inledi, emzikli kadınların meme uçları zonkladı, ihtiyarlar arada bir uyanıp sessizliği büyüten kendi kalp atışlarını dinledi ve artık sonunda, şafak söktü. Şafak söküp ortalık biraz ağarınca da ufku kaplayan o bol ışıltılı, yüksek binaların siluetleri hayal meyal seçilir, tepeleri pıtrak gibi saran gecekondular pusarık bir şekilde, az buçuk görünür oldu. Derken Cevherlerin avlusundan bir horoz sesi yayıldı mahalleye, kıpkırmızı, uzun bir şerit gibi havada asılı kaldı bir müddet.

Bahriye küçük odada, yatağın dibindeki kilimin üstünde oturuyordu o sırada; ne olur ne olmaz, bir delilik edip kendisine zarar verebilir diye gece boyunca Güldiyar'ı hiç yalnız bırakmamış, ikide bir yüzüne bakıp durmuştu.

Muzaffer de uyumamıştı o gece, evin içinde başka yer yokmuş gibi mutfak kapısının soluna çöküp orada sessizce beklemiş, kimi zaman da başını öne eğerek siyim siyim ağlamıştı. Cevherlerin avlusundaki horoz öttüğünde yine ağlıyordu.

Sendeleyerek yerinden kalkıp küçük odanın kapısına gitti sonra, başını uzattı ve minderin üstünde yatan Güldiyar'a baktı.

"N'oldu, konuştu mu?" diye sordu karısına.

"Yok," dedi Bahriye.

Muzaffer'in gözleri minderin kenarında biriken taşlardaydı.

"Uyuyor mu?" diye sordu sayıklarcasına, gözlerini taşlardan ayırmadan.

"Bir uyuyup bir uyanıyor," dedi öteki.

Döndü Muzaffer, baktığı hiçbir şeyi görmeden, sersemlemiş bir hayalet gibi evin içinde köşe bucak gezindi bir vakit, dışarıdan sızan pencerelerdeki ağartıların önünden defalarca geldi geçti. Sarsak adımlarla gitti, mutfak tezgâhının altında duran şarap şişelerinden birini açtı sonra, lıkır lıkır, bir dikişte neredeyse yarısına kadar içti. Bir o yana bir bu yana, biraz da avluda gezindi daha sonra, köşedeki dut ağacının gövdesine sırtını verip ağlamaklı bir yüzle dakikalarca tepelerdeki gecekondulara doğru baktı. İnsanlar ellerinde naylon torbalarla, ellerinde sefertaslarıyla birer ikişer sokaklara dökülmeye başladı o böyle bakarken. Hatta kararmış simit tablalarını, içi bez döşeli yayvan sepetlerini ve boya sandıklarını alıp kapılardan boy boy çocuklar da fırladı telaşla. Derken soluk mavi, boş bir kamyonet çıktı derenin dibinden, kasasını tangırdatarak kavakların gerisindeki toprak yoldan tepeye doğru bağıra bağıra tırmandı, sağa sola kıvrıldı, kıvrılırken bir ara kayboldu, sonra yeşil minareli caminin yanında yeniden belirdi ve nihayet vara vara vardı, oradaki bir sokağın başında durdu. Bütün bunların ardından artık güneş de doğdu ama o sabah dükkâna gitmek aklının ucundan bile geçmedi Muzaffer'in, dalgın dalgın avluda gezinmeye devam etti ve Güldiyar'ın konuşup konuşmadığını öğrenebilmek için, kuşluk vaktine kadar sürekli içeri girip çıktı.

Kuşluk vakti, elinde üstü tülbent örtülü melamin bir tabakla Emine geldi, avluda Muzaffer'i görünce birkaç adım ötesinde durup hem geçmiş olsun dedi hem de boynunu uzatarak merakla, Güldiyar'ın konuşup konuşmadığını sordu. Onun peşinden küçük küçük adımlarla ilerleyen, pire çevikliğinde, kısa boylu iki kadın daha geldi çok geçmeden. Sonra avlu kapısı açıldı ve yüzleri birbirine benzeyen, kara kuru, ihtiyar bir karı koca geldi. Onlar içeri girince, muhtarın yürümüyormuş da adeta yuvarlanıyormuş gibi görünen karısı geldi bu sefer de; onun peşinden somun iriliğindeki ellerini bel hizasında tutan ve etleri löpür löpür titreyen başka bir kadın, onun peşinden birbirleriyle fısıldaşıp duran fındık burunlu, pembe yanaklı iki genç kız, onların peşinden de tiridi çıkmış mavi önlüğüyle, elinde sigara, mahallenin en kıdemli esnafı berber Zahit geldi.

Küçük odaya girince Zahit öteki ziyaretçilerin meraklı bakışları altında, dizlerinin üstüne çöküp minderin kenarındaki taşları inceledi hemen. Birkaçını alıp büyük bir dikkatle avucunun ortasına koydu önce, gözlerini kısarak uzun uzun baktı onlara. Ardından, her birine ayrı baktı, defalarca evirip çevirdi, baş parmağıyla işaret parmağının arasında ovaladı ve havaya kaldırıp bir müddet pencereden vuran gün ışığına tuttu.

Tutarken de odanın içinde derin boşluklar oluşturan tuhaf bir sesle, "Şu Allah'ın işine bak hele, şu Allah'ın işine bak," diye mırıldandı.

"Bu çocuğu doktora götür," dedi sonra, yüzünü çevirip baş ucunda duran Muzaffer'e dik dik bakarak. "Bana kalırsa hiç bekleme, hemen götür!"

Muzaffer, tamam, götürürüm anlamında başını salladı o gün.

Zahit kalktığında da avlu kapısına kadar eşlik etti ona, elini muhabbetle sıkıp uğurladı.

Gelgelelim, gece baş başa kaldıklarında, doktora gitme fikrine karşı çıktı Bahriye.

"Büsbütün dile düşürmeyelim ceylanımı," dedi, ellerini hızlı hızlı ovuşturarak. "Götürüp ateşlere atmayalım. Şimdi şehrin göbeğindeki o hastaneye varınca, biz ömrümüzde böyle bir şey görmedik diye, cağıl cuğul, herkes kızın başına toplanır. Lâf bir kez yola düştü de yayılmaya başladı mı önünü ardını alamayız. Acele etmeyelim bence, belki gelip geçici bir şeydir bu. Allah'ın işi belli mi olur, bakarsın kendiliğinden düzelir."

"Birkaç gün bekleyelim, öyle mi?" diye sordu Muzaffer.

"Bekleyelim," dedi Bahriye.

Dedikten sonra da yine olmayan kanatlarını kocaman kocaman açarak küçük odaya gitti, Güldiyar'ı yalnız bırakmamak için sabaha kadar baş ucunda oturdu. Gözlerini ondan hiç ayırmadı hatta, arada bir yutkunarak yüzüne baktı durdu. Güldiyar defalarca bebeğe dönüştü o böyle bakarken, ılık süt kokularının içinden pespembe, minicik elleriyle defalarca annesine doğru uzandı, ayağa kalkıp onun kollarına atılabilmek için yekindi, yekinirken serpilip aniden büyüdü ve büyüyünce de her defasında minderin üstünde uyumaya devam etti. Gece yarısı uyandığında, başına gelenleri anlatsın diye Bahriye onu bir kez daha konuşturmaya çalıştı ama ağzını açmadı Güldiyar, elleriyle yüzünü kapatıp dizlerinin üstüne doğru eğilerek ağladı her zamanki gibi, gözlerinden yine pıtır pıtır taşlar döküldü. Güneş doğuncaya dek Bahriye hiçbir şey düşünemeden, altları kararmış kıpkırmızı gözlerle o taşlara baktı boş boş.

Ziyarete gelenler de aniden çoğaldı o günden sonra, daha neler oluyor, bu haber nasıl yayıldı demeye bile kalmadan ev sürekli dolup taşmaya, her taraf kum gibi insan kaynamaya başladı.

Tabii, Muzaffer'le Bahriye, hiç beklemedikleri bu durum karşısında neye uğradıklarını şaşırdılar. Kapının önünde biriken ayakkabıların, habire hareket edip duran ellerin, ayakların, eğilip doğrulan gövdelerin, meraklı bakışların ve tekrar tekrar sorulan soruların haddi hesabı yoktu artık ve bir türlü bitmek bilmeyen bu karmaşa bilhassa Bahriye'yi canından bezdiriyor, onu gün boyu sırtında taş taşımışçasına hâlsiz düşürüyordu. Gelenler üzüntülerini belirtip usûlünce geçmiş olsun temennisinde bulunduktan ve vaktiyle şahit oldukları bazı akıl almaz olaylardan söz ettikten sonra, Güldiyar'ın gözlerinden taşların nasıl döküldüğünü görebilmek için saatlerce bekliyorlardı çünkü. Bekleyişlerine gerekçe oluştursun diye de, inanılmaz bir gayretle, beyhude şeyler hakkında lâf avurtlayıp duruyorlardı. Onlar böyle lâfı sakalından tutup derede tepede, dağda bayırda gezdirmeye başladı mı ortalıkta boşa dönen, kayışı kopmuş hayalî bir kasnak takırtısı yankılanıyordu sanki. O sırada her kafadan bir ses çıkıyordu hâliyle, cümleler amansızca birbirine giriyor, bazıları daha doğarken ölüyor, bazıları uzun süre can çekişiyor, bazıları da yaşasa bile o hengâmede mutlaka sakat kalıyordu. Dişe dokunur türden olanlar da evin içinde çalkalanıp duran gürültünün köpükleri arasında kaybolup gidiyordu zaten, işitilse bile ancak yakında oturan birkaç kişi tarafından işitiliyordu.

Güldiyar o gün ağlamamışsa, taşların döküldüğünü göremedik diye, yüzlerine birer mağdur edası takınarak hemen ertesi sabah tekrar gelen ziyaretçiler de oluyordu. Onca insan kutu kadarcık evin içine doluşunca o sıkışıklıkta herkesi ister istemez hararet basıyordu tabii, diller, damaklar kuruyor, bu nedenle de Bahriye devamlı elinde sürahiyle gezinerek nerede bir yanmış varsa ona su yetiştirmek zorunda kalıyordu. Su isteyen kadınlardan bazıları bardağı geri verirken fısıltıyla, evde temizliği yarıda bıraktıklarını, henüz yemek hazırlamadıklarını ya da kocalarının dönüş saatinin yaklaştığını belirtiyor, peşinden de Güldiyar'ın ağladığını görebilmek için ne kadar daha beklemeleri gerektiğini soruyorlardı ona. Bu sorular fena hâlde sinirlendiriyordu Bahriye'yi, misafirdir, ayıp olur diye gündüzleri dişini sıkıyor, yatsı ezanından sonra ev boşaldığında da bir köşeye oturup hüngür hüngür ağlıyordu.

"İçlerinde zerre kadar merhamet kalmamış, insanlıktan çıkmış bunlar, insanlıktan çıkmış!" diye söyleniyordu ağlarken.

Yedinci gün biri patavatsızlık edip yine böyle bir şey sorunca birden nevri döndü Bahriye'nin, aynı anda gözleri de karardı ve kalabalığın ortasında yere yıkılacak gibi oldu.

Sarı belikli, ayağına çabuk bir kız koşup elinden sürahiyi kaptı hemen, beline sarılarak onu yavaş yavaş Güldiyar'ın yanına götürdü.

O sırada kalabalık hafifçe hareketlendi ve içeriye peş peşe üç adam girdi. Biri uzunca boylu ve ak sakallıydı bu adamların, ağzı sımsıkı kapalıydı, kasıla kasıla ötekilerin önünde yürüyor, yürürken de hiç sağa sola bakmıyordu. Büyük meşgalelerle dolu başka bir âlemde yaşıyormuş da, lütfedip dünyaya şöyle bir uğramış gibiydi sanki. Ya da büyük bir rahatlıkla, kendi içindeki düzlüklerde yürüyormuş gibiydi.

"Hocam, işte kız bu!" dedi arkasındaki adamlardan biri, azıcık yana açılıp eliyle Güldiyar'ı göstererek.

Ak sakallı, minderin kenarında topluca duran ve daha evvel ziyaretçiler tarafından defalarca ellenen taşların başına çöktü hemen, lanetli bir şey görmüşçesine, hiç dokunmadan, gözlerini kısıp uzun uzun baktı onlara. Sonra sakalını sıvazlayarak döndü, belli bir mesafeden Güldiyar'ın yüzüne baktı.

"Vah çocuğum vah," diye fısıldadı bakarken.

O böyle fısıldayınca Güldiyar birden ağlamaya başladı ve nicedir bu ânı bekleyen ziyaretçiler, taşların nasıl döküldüğünü görebilmek için yerlerinden kalkıp paldır küldür duvarın dibine doğru seğirttiler.

Ak sakallının adamlarından biri, ellerini havada yelpaze gibi hızlı hızlı sallayarak sessizce geri püskürttü onları.

Öteki adam da, "Hocam konuşacak, susun!" diye bağırdı.

Herkes pıstı o bağırınca, hatta gövdeler bile yok oldu da geriye sadece ışıl ışıl parlayan gözler kaldı sanki ve bir oda dolusu göz acaba ne söyleyecek diye ak sakallı adama baktı.

"Benim gördüğüm odur ki, kızımızın içinde şeytanlar cirit atıyor," dedi adam, işitildiği anda insanı derinden etkileyen telleri parıltılı, güzel bir sesle. "Nasıl fırsat bulup girmişlerse, bu şeytanlar oraya adamakıllı yerleşmişler. Yerleşmişler dememdeki maksat şu; farz edin ki meydanıyla, duvarlarıyla, değirmeniyle ve damlarıyla bir köy kurmuşlar orada. Bacası tüten, çarkı dönen bir köy nasıl olursa, işte öyle bir köy... Kurmuşlar, evet. Hatta bununla da kalmayıp bu azgınlar, zamanla çoluk çocuğa karışmışlar."

Sustu birden, sesine tezat oluşturan sert bir ifadeyle adamlarına doğru baktı.

"Hocam konuşacak, susun!" dedi az önceki adam, sanki içeride gürültü varmış gibi.

"Efendim..." diye devam etti ak sakallı, ellerini dua edercesine açıp hafifçe oynatarak. "Az evvel söylediğim gibi, insana kötü amellerini süslü göstermekle, şirin göstermekle, cazip göstermekle iştigal eden şeytan taifesi, bir fırsatını bulup kızımızın içine adamakıllı yerleşmiş. Akılları sıra şimdi oradan dışarıyı, dünyayı taşlıyorlar. Demem o ki, şu gördüğünüz taşlar şeytanların fırlattığı taşlardır."

O konuşurken adamları emmebasma tulumba gibi, habire başlarını sallıyorlardı. Hatta onun sözlerini onayladıklarını göstermek için, iki baş sallayış arasında da yavaşça gözkapaklarını indirip kaldırıyorlardı. Ak sakallı adam göz ucuyla arada bir bakıyordu onlara. Arada bir de gözlerini kalabalığın üzerinde gezdiriyordu ki Muzaffer bir hışımla kalktı yerinden, oturanların arasından geçip uzun adımlarla onun yanına gitti hemen.

"Birader, hadi dışarı çıkalım," diye fısıldadı kulağına.

"Bir an evvel kızı bu azaptan kurtarmamız icap eder," dedi adam.

Muzaffer bir eliyle kolundan, bir eliyle belinden tutarak adeta sürükledi onu, insanların şaşkın bakışları altında itişe kakışa dışarı çıktılar.

"Bana bak," dedi, kapının önüne vardıklarında Muzaffer. "Geçmiş olsun demeye geldiysen amenna, fakat söylediğin diğer lâflara karnım tok benim, anlıyor musun?"

"Fesuphanallah," diye mırıldandı öteki, sakalını üst üste sıvazlayarak. "Sen söylediklerimi işitmedin galiba, kızı bu azaptan kurtarmak icap eder."

Muzaffer, beni daha fazla konuşturma dercesine dik dik baktı onun yüzüne.

"Şarap kokuyorsun sen," dedi o sırada ak sakallı, yüzünü buruşturarak.

Yutkundu Muzaffer, döndü, yanlarından gelip geçen insanlara baktı.

"Kızın içindeki o şeytanlar başınıza çok iş açacak, benden söylemesi!" dedi adam o böyle bakarken, sözlerini Muzaffer'e söylemiyormuş da evin önüne bırakıyormuş gibi.

Bunu dedikten sonra da iki adamıyla birlikte kasıla kasıla avlu kapısına doğru yürüdü ve orada, tam da kararmış tahtaların hizasına varmışken, buharlaşmış gibi aniden kayboldu.

Sonraki günlerde bu adamın sözünü ettiği şeytanlar zaman zaman konuşuldu ziyaretçiler arasında, hatta Güldiyar'ı falanca türbeye, feşmekânca hocaya götürün diyenler de oldu ama Muzaffer hiçbirine kulak asmadı bunların. Dahası, anlatılanların birçoğunu dinlemeye tahammül bile edemedi. Fakat üçüncü haftanın ikinci gününde çıkıp gelen, fötr şapkalı, tıknaz bir adamın söylediklerini, ellerini dizlerinin üstüne koyup başını da usulca sağa yatırarak can kulağıyla dinledi.

"Bana kalırsa," dedi adam o gün, gözlerini Güldiyar'a dikerek; "kızınız herkes gibi ağlayıp herkes gibi gözyaşı döküyor. Fakat yaşlar hava ile temas eder etmez taşa dönüşüyor."

"Beyim, ne yapmalı peki?" diye sordu Muzaffer.

"Hastaneye götürün, yapılacak başka bir şey yok!" dedi adam.

Muzaffer o an kararını verdi. Yatsı ezanından sonra ev boşaldığında, Güldiyar'ın yanı başında iki büklüm oturan karısına da söyledi bunu.

"Ev yolgeçen hanına döndü," dedi çaresizlikten tel tel dağılan, kederli bir sesle. "Bu böyle olmayacak, kızı hazırla, yarın sabah doktora götürelim."

Bu kez karşı çıkmadı, götürelim anlamında usulca başını salladı Bahriye.

Ertesi gün hastanede kokmasın diye o gece şarap içmedi, mutfaktan uzak durdu Muzaffer, geç vakte kadar avluda, yüzüne çarpan serinliğin içinde dalgın dalgın gezindi. Durup karanlık tepelere baktı bir ara, gecenin alnına yapıştırılmış küçük küçük pullara benzeyen sarı ışıklı pencerelere, dut ağacının gerisinde kararıp duran kayalıklara, ufku kaplayan bol ışıltılı, yüksek binaların uzaklığına ve bu uzaklığın ötesinden yükselen şehrin rengârenk uğultularına baktı.

Eve girip salondaki kanepeye üzerindeki giysilerle birlikte uzandı sonra, bir müddet hastanede Güldiyar'ı muayene ettiklerinde doktorların ne söyleyeceğini düşündü. Kasvetli koridorlar geçti gözlerinin önünden bunu düşünürken, adlarını bilmediği irili ufaklı cihazlar, kapılar, beyaz önlüklü doktorlar, yataklarında yatan mor bakışlı, sarı bakışlı, yeşil bakışlı hastalar, oradan oraya sürüklenen sedyeler, sesler, hemşireler ve ilaç kokuları geçti.

Sonra uyudu Muzaffer.

Sabah erkenden uyandı ama Güldiyar'ı hastaneye götüremedi.

Bahriye, küçük odanın eşiğinde cansız yatıyordu çünkü.

3

Dursun sofradan sessizce kalktı, pencerenin dibindeki kanepeye oturdu.

"Ne çabuk doydun?" dedi Emine.

Cevap vermedi Dursun, döndü, arkasındaki mor çizgili mavi perdenin kenarından dışarı baktı. Yüzleri pek seçilemiyordu ama yan avluda karaltılar geziniyordu hâlâ, ayak tıpırtıları bir yaklaşıp bir uzaklaşıyor, dut ağacının bulunduğu köşeden yaprak hışırtısına benzeyen inişli çıkışlı sesler geliyor, hatta birileri itişip kakışıyormuş gibi karanlık arada bir sert homurtular eşliğinde zangır zangır sarsılıyordu. Sarsılınca çeşitli iniltiler de dökülüyordu sanki gecenin içine, iniltilerle birlikte hıçkırıklar, hıçkırıklarla birlikte kıyıda köşede kalmış, irili ufaklı sessizlikler de dökülüyordu.

Dursun kolunun birini kanepenin arkalığına koyup yüzünü biraz daha yaklaştırdı perdeye doğru.

Emine de sofrayı alelacele topladı o sırada, geldi, aynı yere yeniden oturdu.

"Bu küslük kabak tadı verdi," dedi sonra, kocasına doğru dönerek. "Neden küstüğünüzü bilmiyorum ama hakikaten kabak tadı verdi. Şu hâle bak, komşumuzun evinde kıyamet kopuyor, sen burada öyle, kulağının üstüne yatıyorsun!"

Dursun başını çevirip ters ters baktı karısına.

"Kulağımın üstüne mi yatıyorum yahu?" dedi, öfkeyle. "Gördün işte, küs olmamıza rağmen gittim cenazeye de katıldım, baş sağlığı da diledim."

Emine, kilimin üstüne dökülen ekmek kırıntısını uzanıp aldı oturduğu yerden.

"Bu da lâf mı şimdi?" dedi kocasına, buruk bir sesle. "O kadarını herkes yapar. Yaptılar da zaten, görmedin mi, o gün cenazenin başında Muzaffer'i tanımayan birçok insan vardı. Hatta avlunun dışında kalmıştı bazıları, içeri girememişlerdi sıkışıklıktan. Apak sakalıyla bir ihtiyar vardı hele dışarıda, dirseklerini duvarın üstüne koymuş, devamlı tabuta bakıyordu. Kimdi bilmiyorum. Dayanamayıp arada bir o apak sakalını titrete titrete hıçkırıyordu. Hiç unutamıyorum onu, hiç. Demek istediğim, cenazeye herkes katıldı. Fakat siz eskiden Muzaffer'le kardeş gibiydiniz, öyle değil mi, içtiğiniz su ayrı gitmezdi. Şartlar ne olursa olsun, birbirinizin her derdine koşardınız. Vakti zamanında bu evlerin yerini bile, şehrin etrafında geze geze birlikte bulmadınız mı?"

"Bulduk," diye mırıldandı Dursun.

"Emin misin," dedi Muzaffer, ellerini ovuşturarak. "Burada mı bekleyecekti bizi?"

Gömlek cebindeki kâğıdı çıkarıp baktı Dursun.

"Eminim," dedi. "İşte, 258 numaralı durak yazıyor. Ayrıca o bizi beklemeyecek, biz onu bekleyeceğiz."

Başını salladı Muzaffer, düzeltir gibi, elini saçlarının üzerinden şöyle bir geçirip sağa sola bakındı.

Zafer Çarşısı'nın önünden kaldırım boyunca uğul uğul, alacalı bulacalı bir insan seli akıyor, kimileri mağazalara girip çıkıyor, kimileri vitrinlere bakıyor, kimileri de işportacıların başına toplanmış, muşambaların üzerindeki malları seçebilmek için ikide bir eğilip doğruluyordu.

"Nasıl birisi bu?"

"Kim?" diye sordu Dursun.

"Şu adam işte."

"At cambazına benziyor," dedi Dursun.

Kızılay tarafından cayır cayır yanan koyu kırmızı bir rüzgâr eşliğinde, uzun mu uzun, körüklü bir otobüs geldi o sırada, bir iki kez yaylanıp etrafa keskin mazot kokuları saçarak kaldırımın kenarında durdu. Toz toprak içindeydi bu otobüs, camları el izleriyle kaplıydı ve içi de birbirine yapışmış, yüzleri görünmeyen bulanık gövdelerle doluydu.

O durunca, durakta bekleyenler gölgeden çıkıp düzensiz bir şekilde hemen ön kapıya hücum ettiler. Kısa süren bir kargaşa yaşandı ve otobüs kaportasını titreten bir gürültüyle ansızın hareket edip Sıhhiye'ye doğru uzaklaştı.

Aradan beş on dakika geçince, bir otobüs daha geldi sonra ve durur durmaz onun kapısından gözleri velfecri okuyan, uzun boylu, eğri burunlu bir adam indi. O sıcakta yenleri kararmış, krem rengi bir ceket giyen bu adam Dursun'a doğru yürüdü hemen.

"Geldiniz mi?" dedi, bezgin bir sesle.

"Geldik," dedi Dursun.

Adam, söyleyeceği şeylerin duyulmasından korkuyormuş gibi tuhaf bir yüzle etrafına bakındı.

"Minibüs durağına kadar yürüyelim hele," dedi sonra.

Kaldırım boyunca ilerleyerek Abdi İpekçi Parkı'na indiler çok geçmeden, hep birlikte fıskiyelerin serinliğine girip çıktılar ve köprünün altında, büyüyüveren araba gürültülerinin ortasında durdular. Betona çarptıkça yankılanan bu gürültülerin içinden cızır cızır kokoreç ve köfte kokuları fışkırıyordu o sırada. Satıcılar da ellerindeki maşaları sağa sola uzatarak dumana batmış yağlı bir sesle habire bağırıyorlardı.

"Köprünün üstüne çıkalım," dedi adam.

Kalabalığın arasından sıyrılıp sağ taraftaki merdivenin beton basamaklarını tırmandılar peş peşe.

Tırmanınca da adam aldı, uzun süren sarsıntılı, püsküllü ve şarkılı bir minibüs yolculuğundan sonra şehrin dışına çıkardı onları; eciş bücüş evleri geride bırakarak, engebelerle dolu sert bir arazide, konuşa konuşa, ter içinde yürüdüler bir müddet. Yürürlerken arada bir Dursun Muzaffer'e, Muzaffer Dursun'a baktı heyecanla ve her ikisinin de ayaklarının altından beyaz beyaz bulutlar aktı. Hatta ortalıkta görünmeyen irikıyım bir hallaç kirişe tokmağını habire "Dan... tığzz... dan... dan!" diye vurup pamuk niyetine atıyormuş gibi her adımda kabardı bu bulutlar. Kabarınca tepeler silme beyaza kesti hâliyle, ahlat ağaçlarının sadece uçları görünür oldu.

Sonunda işte bu ahlat ağaçlarının uçlarına basa basa, içlerine kazıklar çakılmış, dört yanı tellerle çevrili birer, ikişer evlik yerlerin epeyce uzağına gidip kayalıkların dibinde durdular.

Çağıl çağıl, sesi ta uzaktan işitilen küçük bir dere vardı durdukları yerin aşağısında, kıyıdaki taşlarda titreşen parıltısıyla, otların arasından sağa sola kıvrılarak şehre doğru akıp gidiyordu. Yukarıya tek tük kuş sesleri geliyordu onun çağıltısıyla birlikte, renk renk havalanıp kayboluyorlardı.

"Dediğim yere geldik," dedi, at cambazına benzeyen uzun boylu adam. "İşte burası münasip bence. İki ev rahatça sığar bu genişliğe, yan yana yapar, komşu olursunuz."

Üçü, irili ufaklı taşlarla dolu düzlüğe baktılar.

"Briketi, kumu, kiremidi, çimentoyu, efendime söyleyeyim, kalasından dilmesine kadar ihtiyaç duyulan her türlü malzemeyi temin eder, traktörle buraya getirip ayaklarınızın dibine yığarım ben," dedi adam, insana güven veren yumuşacık bir sesle. "İşin o yanını hiç düşünmeyin!"

Üçü de sustu bir vakit.

"Yahu, burası şehre çok uzak sanki," diye fısıldadı o sırada Muzaffer, ağzını Dursun'un kulağına yaklaştırarak. "Üstelik her taraf taş. Olur mu dersin, sence de münasip mi?"

Dursun gözlerini kısıp düzlüğe yeniden baktı o böyle deyince. Taşları yokladı bakışlarıyla bir bir, bulundukları yerle kayalıklar arasındaki uzaklığı yokladı, toprağı yokladı ve yoklarken de yorgun bir yüzle daldı gitti.

"Niye daldın?" dedi Emine birden. "Muzaffer'le kardeş gibiydiniz, öyle değil mi?"

Usulca içini çekti Dursun.

"Haklısın," dedi, farkında olmadan ellerini dizlerinin üstüne hızlı hızlı sürterek. "Eskiden kardeş gibiydik ama çok değişti artık o, saldı, büsbütün dağıttı kendini. Sağda solda, özellikle de mahallenin kuytu ve karanlık köşelerinde, ne idiği belirsiz kişilerle şarap içip duruyor. Oralarda o meymenetsizlerle zıkkımlandığı yetmiyormuş gibi dükkânda da içiyor her gün. Şöyle maşrapadan hallice, beyaz kulplu, porselen bir bardağı var, sürekli tezgâhın üstünde tutuyor onu. Eli ona uzanmadan duramıyor çünkü. Tık tık, iki çivi çakıyor, eli ona uzanıyor; iki iplik geçiriyor, eli ona uzanıyor; iki tutkal sürüyor, eli ona uzanıyor. Soranlara çay içtiğini söylüyor ama çoluk çocuk, yediden yetmişe herkes o bardaktakinin şarap olduğunu biliyor. Zaten, insanın suratına kırmızı kırmızı bakan Muzaffer'in kendi gözleri yalanlıyor dilinin söylediğini. O bardak da epeyce meşhur, çarşıda pazarda sürekli konuşuluyor. Senin anlayacağın, bu sebeple kendisini tanıyanlar arasında zerre kadar itibarı kalmadı Muzaffer'in. Müşteri de ayağını kesti dükkândan, ne gelen var ne giden, gün boyu ufak tefek yamalarla uğraşıyor zannımca."

"Ee, siz bunun için mi küstünüz?"

"Yok, o mesele başka."

"Neymiş?"

"Söyleyemem, Muzaffer'e sorsan o da söylemez, eminim."

Üstelemedi Emine, avucundaki ekmek kırıntısına bakıp sustu bir müddet.

"Şarap içmeyip de ne yapsın?" dedi sonra, kocasına dönerek hafifçe çatallanan yorgun bir sesle. "Sen de biliyorsun, dört yıldır adamın bağrı evlât hasretiyle yanıyor. Oğlu Hüseyin'in, kapılara sığmayan o dalyan gibi çocuğun ölü mü diri mi olduğu bile belli değil. Dört yıldır, gece gündüz yol gözlüyorlar ama ne kendisi geliyor ne haberi... Kolay mı sanıyorsun? Bak, oğlunun acısı yetmiyormuş gibi, adam şimdi de karısını toprağa verdi."

Dursun hiç sesini çıkarmadan, dalgın dalgın baktı ona.

"Kızına gelince," diye devam etti Emine, "o biçarenin ne yaşadığı, babasına yemek götürdüğü gün nasıl bir felâkete uğradığı hâlâ meçhul. Ağzını açıp tek kelime söylemiyor çünkü, habire ağlıyor ve ağladıkça gözlerinden pıtır pıtır taş dökülüyor. Taş döküldüğüne inanamayan ve bunu bizzat kendi gözleriyle görmek isteyen insanlar da, karga sürüsü gibi her gün başına toplanıyorlar kızın. Bir görsen, sabahın köründen yatsı ezanına kadar evin etrafı da, içi de vıcır vıcır insan kaynıyor. Bazıları su istiyor bu insanların, bazıları babalarının mülkündeymiş gibi ortalıkta başına buyruk geziniyor, bazıları çeşitli bahanelerle mutfağa girip çıkıyor, bazıları kolunu daldırıp ağzını yamultmuş, sandık, sepet karıştırıyor, bazıları yana yakıla bebeğini emzirecek bir köşe arıyor, bazıları vakti kaçırmayayım diye namaza duruyor, bazıları tütün sarıyor, bazıları tuvaletin yerini soruyor, bazıları da çocuğunun elinden tutmuş, karnı çok acıktı bunun, azıcık ekmek yok mu diyor... Başa çıkmak mümkün değil! Diyeceğim o ki, eskiden senin kardeş gibi sevdiğin Muzaffer şimdi perişan, hem de çok perişan. Yazık, adamcağız tek başına döndü kaldı dünyanın ortasında!"

Suratı allak bullak olmuş, Emine'nin ağzından çıkan kelimeler oraya isabet etmiş gibi, sol kaşının kenarı da hafiften seğirmeye başlamıştı Dursun'un. Seğirmeyi dur-

duramayacağını bile bile, işaret parmağının ucuyla kaşının kenarını ovdu bir süre, hatta kuvvetlice bastırıp elini orada tuttu ama olmadı.

Kalktı sonra, çividen ceketini aldı, karısına hiçbir şey demeden hızla dışarı çıktı.

Yan avlu sessizliğe gömülmüştü o çıktığında, gezinip duran karaltılar yok olmuş, köşedeki dut ağacı susmuş, evin kapısı da sımsıkı kapatılmıştı. İçeriden ses gelmiyordu ama ön cephedeki küçük odanın penceresi aydınlıktı hâlâ, perdesi düzgün çekilmediği için kenarından dışarıya kol inceliğinde, sapsarı bir ışık düşüyordu. Dursun kapının önünde durup gözlerini hiç kırpmadan, duvarın dibindeki o ışığa baktı bir müddet. Toprağın yüzünde birkaç metre ilerleyen bu ışığın içinde bir şey kımıldadı o böyle bakarken, bir şey hamur gibi kabarıp usulca ikiye bölündü, havada uçuşan pembe titreşimler eşliğinde şekillendi ve bu şekillerden biri birdenbire Muzaffer, biri Güldiyar oldu. Olunca da şefkatli bir dokunuşun hayaliyle ürpermişçesine, başlarını çevirip sessizce baktılar. Dursun döndü o vakit, burnundan soluyan eli ceketli bir karaltı hâlinde avlunun o köşesinden bu köşesine, dizlerinin takati kesilinceye dek yürüdü.

Ertesi gün uyandığında da işe gitmedi, yarım bardak çay eşliğinde alelusûl birkaç lokma atıştırdıktan sonra ceketini kaptığı gibi Muzaffer'in evine koştu.

Güldiyar'ı görmek isteyenler her zamanki gibi erkenden gelmiş, kadınlı erkekli, mahşerî bir kalabalık oluşturmuşlardı o vardığında. Öyle ki, bir ucu seyrele seyrele kırlangıçlarla birlikte dereye doğru iniyordu bu kalabalığın, bir ucu almış başını gitmiş, keçi sürüsü gibi dut ağacının gerisindeki kayalıklara tırmanıyor, bir ucu da sıkışık mı sıkışık bir vaziyette eşiğe dayanmış, ışıl ışıl parlayan meraklı gözlerle öylece kapının açılmasını bekliyordu.

Dursun o gün adeta cenk edercesine, itişe kakışa, avlu kapısına bile zor yaklaştı bu yüzden. İçeriye girer girmez de, "Yol verin hele, yol verin!" diye bağırdı birkaç defa, yengeç gibi yan yan ilerleyerek kalabalığı yardı, omuzlara, sırtlara, kollara sürtüne sürtüne gitti, kabarıveren homurtularla kalın ter kokularının arasından geçti, kazaen bazı kişilerin ayağına bastı ve nihayet, bir şekilde varıp evin kapısına ulaştı.

Ulaşınca da soluk soluğa döndü, ne yapacağını bilemeden, gözlerini kalabalığın üzerinde gezdirdi bir müddet.

"Böyle de olmaz ki canım!" diye bağırdı sonra, kollarını aniden havaya kaldırarak. "Adabımuaşeret diye bir şey var, öyle değil mi? Elinizi vicdanınıza koyun, bu kızcağıza da yazık!"

Kalabalık kol kol, omuz omuz dalgalandı bu sözleri duyunca, hafifçe bulandı hatta, su gibi, insanın içine doğru yürüyen tatsız bir uğultu eşliğinde çalkalandı. Geride dikilenlerin arasından, parmak uçlarında yükselip boyunlarını uzatarak zayıf bir sesle tek tük itiraz edenler de oldu ama Dursun görmemezlikten geldi onları.

"Hep birlikte bu kızcağızın başına üşüşmenin ne âlemi var, ha?" dedi, sesini bir perde daha yükselterek. "Düşünün bakalım, onun yerinde siz olsanız ne yapardınız?"

Kalabalığın uğultusu kesildi birden.

Dursun'un arkasındaki kapı da yavaşça açıldı o sırada, genişleyiveren birkaç karışlık loşluğun içinden, iki büklüm, Muzaffer başını uzatıp baktı. Kavlamış dudaklarında kül-rengi bir titreme, kırmızı kırmızı ışıldayan gözlerinde de asla yok olmayacakmış gibi görünen derin bir korku vardı. Onun çökmüş avurtlarıyla armut sapına dönen incecik boynunu görünce, bir insanın kısa sürede bu kadar değişebileceğine inanamadı Dursun. Bir an, gitgide sabırsızlanan kalabalığa mı yoksa Muzaffer'e mi bakacağını da bilemedi.

"Lâf anlamıyorlar," dedi gözlerini yere indiren Muzaffer, ağlamaklı bir sesle. "Ben bıktım usandım artık. Geçmiş olsun diye gelene de git denmiyor ki."

Dursun ilkin diyecek bir şey bulamadı, sadece baktı ona.

"Ben hallederim," dedi sonra. "Hadi sen içeri gir, merak etme!"

Başını umutsuzca salladı Muzaffer, döndü, içinden çıktığı loşluğun içinde kayboldu. Kaybolurken kapıyı açık bırakmıştı, eşiğe yakın olanlar bunu görünce içeri girmek için hemen ileriye atıldılar. Fakat Dursun kollarını açıp durdurdu onları.

"Bundan böyle paldır küldür girilmeyecek, içerideki o zavallı kız bunaltılmayacak!" dedi.

Ardından da insanları sıraya sokup eve yedişer, sekizer kişilik gruplar hâlinde almaya çalıştı ama bu konuda bir hayli zorlandı. Zorlanmak ne kelime, düpedüz, anasından emdiği süt burnundan geldi. Sırayı oluşturmak bile dünyanın en meşakkatli işiydi çünkü, kuyruk avlunun içinde kıvrıla kıvrıla uzayıp giderken bazı açıkgözler öne geçmek için kaşla göz arasında yer değiştiriyor, ötekiler bunu fark etti mi ânında hır çıkıyor, hır çıkınca da artık sıra mıra kalmıyor ve ister istemez başa, o karmaşık hâle geri dönülüyordu. Zeybek oynuyormuş gibi elini kolunu geniş geniş sallayarak bazen yüksek sesle, burası sinema salonu mu yahu, niye sıraya giriyoruz birader, niye, diye itiraz edenler de oluyordu tabii. Hatta insanın yüreğini parçalayan etkileyici birer mazeret uydurup kendilerine öncelik tanınmasını isteyenler, o güne dek hiç ortalıkta görünmedikleri hâlde ben Güldiyar'ın anne tarafından, baba tarafından akrabasıyım diyenler ve sancısı tutmuş gibi aniden suratını buruşturup hasta rolü yapanlar da oluyordu.

Etrafa hoş kokular saçan şık giyimli bazı kadınlarla bazı erkekler de, sıraya girmeyi gururlarına yediremedikleri için bir vakit iki arada bir derede kalıyor, bizim üst tabakadan olduğumuzu görmüyor musun dercesine Dursun'dan yana şöyle sitemkâr birkaç bakış fırlatıyor, sonra da uzak bir köşeye çekilip orada öylece bekliyorlardı. Suratlarına küskün bir çocuk edası takınarak habire ceket düğmeleriyle ya da çantalarının tokalarıyla oynuyorlardı beklerken. Kalabalığa da kendi başlarına değil, birbirlerine iyice sokularak hep birlikte bakıyorlardı hatta ve bazen gördükleri her şey onları iğrendiriyormuş gibi, gayet ince bir şekilde, acı acı gülümsüyorlardı.

Bunlar olup biterken, beklemekten sıkılanlar da arkalarındaki kişilere, bak ben senin önündeyim ha, yerim sana emanet diyerek sıradan çıkıp küçük odanın penceresine koşuyor ve Güldiyar'ı camdan görmeye çalışıyorlardı.

Omuzlarını birbirine yapıştırıp hep birlikte kafalarını cama uzatınca, sığışamadıklarından, dirsekleriyle orada birbirlerini itip duruyorlardı hâliyle, birbirlerinin ayağına basıp birbirlerinin kolunu, kanadını çekiştirip duruyorlardı.

Bazen de camdan bakan bu adamlar ansızın kuyrukta bekleyenlere dönerek, işte şimdi Güldiyar ağlamaya başladı, doğruymuş, vallahi de billahi de gözlerinden taş dökülüyor diye yalan söylüyor, sonra da hayallerinde canlandırdıkları bu sahneyi acıdan gerim gerim gerilmiş bir yüzle, ahlar, vahlar ve sahte çırpınışlar eşliğinde dakikalarca anlatıyorlardı. Yalanlarını süslerken hızlarını alamayıp nura benzeyen mucizevi bir ışıktan da söz ediyorlardı hatta, bu ışığın altında ağarıp birdenbire görünmez olan eşyalardan, kızcağızın gözünden tüten dumanlardan ve ne anlama geldiği bilinmeyen birtakım esrarengiz seslerden de söz ediyorlardı.

Bu anlatılanlar kuyrukta bekleyenleri büsbütün meraklandırıyordu tabii, içlerinden bazıları daha fazla dayanamayıp yerinden fırladığı gibi kocaman gözlerle pencerenin dibine koşuyor, orada kafasını uzatacak bir aralık bulamayınca çarçabuk geri dönüyor, sıradakiler ona artık hakkını kaybettiğini söyleyince de hararetli bir ağız dalaşı yaşanıyordu.

Taraflardan biri asabi çıkarsa, işin ağızları aşıp yumruklara indiği ve tok sesler eşliğinde art arda çenelere, gözlere ve alınlara doğru yükseldiği bile oluyordu. Gövdeler hızla birbirine kenetlenip yumağa dönüşüyordu o vakit, hızla çözülüp dağılıyor, dağılınca kollar bir yana, bacaklar bir yana, başlar bir yana savruluyor, bunlar yaşanırken de havada sıkılmış dişlere benzeyen, her biri birbirinden tozlu çeşit çeşit küfürler uçuşuyordu. Kavga farklılıkları silip insanları birbirine benzettiği için kimin kim olduğu asla seçilemiyordu o sırada, taraflar ayrıldığında yeniden kendileri olabiliyorlardı ancak.

Bu arada, evin içine giren o yedişer, sekizer kişilik gruplar da varıp küçük odaya postu serdiler mi yerlerinden kalkmak bilmiyorlardı bir türlü, kızın ağladığını henüz göremedik diye oturdukça oturuyorlardı. Onlar işi böyle ağırdan alınca dışarıda bekleyenler sabırsızlanıyordu hâliyle, hep birlikte Dursun'a söylenmeye başlıyor, onu haksızlık etmekle, adam kayırmakla suçluyor, hatta bazen yerlerini kaybetme pahasına sıradan çıkıp içeridekilere müdahale etmeye kalkıyorlardı.

Bu yüzden o gün ikindi vakti pes etti, geç de olsa işin böyle yürümeyeceğini anladı Dursun. Anlayınca da telefona sarılıp nicedir işsiz olan yeğenini yardıma çağırdı.

Arkadaşı Rüstem'le birlikte, duman altı olmuş yeşil çuhalı bir okey masasının başından kalktı geldi Cihan, iki bıçkın delikanlı, perçemlerini savurta savurta kalabalığın arasından geçip kapıda bekleyen Dursun'un karşısına dikildiler.

"Bence bu işin bir tek yolu var dayı," dedi Rüstem, davudi bir sesle. "Liste yapalım!"

"Bence de," diye atıldı Cihan.

Bu fikir aklına yattı Dursun'un, avluda kımıldanıp duran kalabalığa doğru bakıp olur, öyle yapalım anlamında üst üste başını salladı.

Böylece liste yaptılar o gün, Cihan'ın bulup getirdiği kâğıtlara insanların adlarını teker teker yazdılar ve eve yine yedişer, sekizer kişilik gruplar hâlinde almaya devam ettiler. Adı okunanlara Dursun refakat ediyor, önlerine düşüp onları sıkıntıdan ifadesini yitirmiş donuk bir yüzle küçük odanın kapısına kadar götürüyor, eşikte bekliyor, belli bir süre geçince de, malûm, sırada bekleyenler var, hadi artık daha fazla oyalanmayın, hadi diyerek hepsini alıp dışarı çıkarıyordu.

Ufak tefek aksaklıklar dışında düzen bir ölçüde sağlanmış gibiydi.

Küçük odanın penceresinden Güldiyar'ı görmeye çalışan adamlar da yoktu artık, "Ayıptır yahu, ayıptır!" diye bağırıp üstlerine doğru yürüyerek Rüstem çoktan kovmuştu onları. Adamların gıkı bile çıkmamış, onun sesini duyunca kuzu kuzu uzaklaşmışlardı hemen. Hatta içlerinden bazıları uzaklaşırken korkudan dönüp birkaç adımda bir arkasına bakmıştı.

Hiç kimseninkine benzemeyen korkutucu bir yanı vardı çünkü Rüstem'in, üstünden başından etrafa her an kontrolden çıkacakmış gibi görünen soğuk bir gücün titreşimleri yayılıyor, insanlar da bu titreşimleri kolayca hissediyordu. Evin önüne gelip liste yapalım dediğinden beri, Cihan'la Dursun dahil, acaba ne söyleyecek diye herkes onun ağzına bakıyordu bu yüzden. Sadece insanlar mı, avluyu çevreleyen duvarlar, üstlerine kazanı oturtmak için kullanılan isli taşlar, onların yanında unutulan naylon maşrapa, Bahriye'nin el izlerini taşıyan çamaşır ipi, havada belirip kaybolan kırlangıçlar ve tiril tiril titreşen yapraklarıyla köşedeki dut ağacı da onun ağzına bakıyordu. Rüstem de farkındaydı bunun, işleri yoluna koyabilmek için habire sağa sola koşuyor, her konuda lüzumlu lüzumsuz emirler yağdırıyor, ufacık bir pürüzle karşılaştığında da öfkelenip o davudi sesiyle bar bar bağırıyordu. O böyle bağırdı mı, paldır küldür, birkaç Rüstem daha fırlayıp çıkıyordu sanki sesinin içinden ve bu durum karşısında insanlar korkudan ne yapacaklarını bilemiyorlardı.

Ertesi gün derenin dibinden çıkıp geldiğinde ona hemen yol açtılar bu yüzden, birbirlerinin üstüne yığılırcasına iki yana çekilip daracık bir koridor oluşturdular. Rüstem elinde sigara, altında görünmez bir at varmış da onu sürüyormuş gibi perçemini hoplata hoplata geçti gitti bu koridordan, kapının önünde duran Cihan'la Dursun'a hiçbir şey demeden alelacele eve girdi.

Upuzun boyu ve geniş omuzlarıyla küçük odanın kapısında beliriverince, Muzaffer başını çevirip baktı ona. O bakar bakmaz Hüseyin'in yüzü geçti Rüstem'in yüzünden, kayboldu bir daha, kayboldu bir daha geçti. Muzaffer'in gözleri ışımış, kalp atışları hızlanmıştı.

"N'oldu, niye baktın öyle?" diye sordu Rüstem.

"Hiç," dedi Muzaffer.

Rüstem, duvarın dibinde oturan Güldiyar'a çevirdi gözlerini, ağzını sımsıkı kapatarak dikkatle, uzun uzun baktı.

"Doktora götürmemişsin bu kızı, öyle mi?" dedi azarlar gibi.

Odanın havası dalgalandı birden.

Muzaffer de usulca boynunu büktü o sırada.

"Götüreceğimiz gün annesi öldü," dedi odanın içinde eriyiveren, zayıf bir sesle. "Bir daha da fırsat bulamadık."

Ona doğru şöyle bir baktıktan sonra hızla dışarı, sundurmanın altına çıktı Rüstem, elindeki sigarayı yere fırlatıp ayağının ucuyla kuvvetlice ezdi.

"Kızı doktora götürüyoruz," dedi Cihan'a dönerek. "Hadi getirin hemen, araba aşağıda bekliyor!"

"Şimdi mi?" diye sordu öteki şaşkınlıkla.

Bir şey demedi Rüstem, bir an, kaşlarının altından sertçe baktı ona.

Dursun hemen içeri girdi onun böyle baktığını görünce, kolundan tutup Güldiyar'ı oturduğu yerden yavaşça kaldırdı, merak etme, doktora gidiyoruz kızım, doktora gidiyoruz diyerek dışarı çıkardı.

Cihan da öteki kolundan tuttu sonra, üçü, Rüstem'in ardı sıra kalabalığın arasından yavaş adımlarla avlu kapısına doğru yürümeye başladılar.

Alelacele toparlanıp dağınık bir gölge hâlinde Muzaffer de seğirtti onların peşinden, ceketinin eteği iki yanında pır pır uçuştu seğirtirken, kolları bir öne bir arkaya, bir öne bir arkaya defalarca gitti geldi.

Hafif bir uğultu eşliğinde avlu kapısına doğru aklı karalı, morlu yeşilli bir su gibi kalabalık da aktı o sırada, Güldiyar ellerinden alınıyormuşçasına birdenbire telaşa kapıldı insanlar.

Bazıları zıplayıp avlu duvarının üstüne çıktı hatta, olup bitenlere oradan baktı.

Bayır aşağı götürüp derenin dibinde bekleyen taksiye bindirdiler sonra Güldiyar'ı; sağına Dursun, soluna da ezile büzüle babası oturdu.

"Sür bakalım," dedi taksiciye, ön koltuğa kurulup kapıyı sertçe kapatan Rüstem. "Çankaya'ya gidiyoruz, Cinnah Caddesi'ne!"

Kalabalığın şaşkın bakışları altında, ufku kaplayan uzaktaki o bol ışıltılı, yüksek binalara doğru ilerlediler böylece; briket duvarlarla çevrili eğri büğrü sokakları, rüzgârda zangırdayan paslı tenekeleri, seyyar satıcıları, çöplükleri, köşe başlarına açılmış ufacık dükkânları, yıkıntıları ve çipil gözlü çocuklarla kapı önlerinde birer zaman birikintisi gibi oturup duran ihtiyarları geride bırakarak geniş kaldırımlı geniş bir caddeye, oradan da iki yanı akasyalarla, iki yanı atkestaneleriyle dolu başka caddelerle başka sokakları dolana dolana bulvara çıktılar. Dünyanın renkleri değişti onlar ilerledikçe, dünyanın sesleri, sessizlikleri değişti, şekilleri sonra, kapıları, kapılarından girip çıkanları değişti, gülenleri, ağlayanları, yürüyenleri değişti, ağaçları, çimenleri, yaprakları değişti, güzellikleri, çirkinlikleri değişti, hatta bütün bunlarla ve daha başka şeylerle birlikte mesafeleri, boşlukları ve bu mesafelerle bu boşluklarda gezinen kokuları da değişti.

Sonunda Cinnah Caddesi'ne vardılar.

"Şu tabelâyı geçince dur," dedi Rüstem, para çıkarmak için cebine davranırken.

Taksiden inip sırf camdan ibaretmiş gibi görünen büyük bir binanın kapısından peş peşe içeri girdiler. Girer girmez ilâç kokularıyla birlikte her tarafı saran, göz kamaştırıcı, beyaz bir sessizlik karşıladı onları. Pek kalabalık değildi, kıyısında köşesinde hepi topu bir avuç insan vardı bu sessizliğin; orta yaşlı bir erkek bankoya abanmış, fısır fısır, gözlerini bir an bile bilgisayar ekranından ayırmayan küt burunlu, esmer kadınla konuşuyor, tonton bir erkekle iki kadın duvar dibinde ayakta duruyor, ince yüzlü genç bir kadın oturduğu yerde iki büklüm olmuş, parmaklarını seri bir şekilde hareket ettirerek cep telefonuna bir şeyler yazıyor, birkaç kişi de ellerinde kâğıtlarla sol taraftaki kapılardan birinin önünde bekliyordu.

Bu bekleyenlerin gerisinden küçük küçük adımlarla yürüyen, kıvırcık saçlı, şişmanca bir kadın çıktı geldi sonra; şaşkın gözlerle etrafına bakınan Güldiyar'ı aldı, koridorun öteki ucundaki odaya götürdü.

Muzaffer kızını yalnız bırakmak istemedi o sırada, ellerini ovuşturarak, ben de geleyim diye ısrar etti ama kadın izin vermedi buna.

"Olmaz, siz bekleyin lütfen," dedi.

Bir an, Güldiyar'ın öteki koluna girecek gibi oldu Muzaffer.

"Hayır, siz bekleyin," dedi kadın yeniden.

Bunu derken de sert bir ifade takındı yüzüne ve çenesinin ucuyla, duvar dibinde kubarmış birer hindi gibi duran gri koltukları gösterdi.

Gömleğinin sol cebine sağ eliyle birkaç defa hafifçe dokunduktan sonra, çaresiz, o koltuklardan birine oturup bekledi Muzaffer.

Beklerken Dursun'la konuşmadı hiç, ikide bir başını çevirip koridorun öteki ucuna baktı durdu.

Yerler boydan boya seramik kaplıydı, yeni cilalanmışçasına pırıl pırıldı, beyazdı ve tavandaki küçük yuvalara yerleştirilen ampuller net bir şekilde zemine de yansıdığı için, aynı anda hem yukarıdan hem aşağıdan ışık fışkırıyormuş gibiydi. Koridorun öteki ucundaki oda gerçekte olduğundan daha uzak görünüyordu bu yüzden. Işık yağmurlarıyla beslenen bu uzaklığın içinde de ellerini ceplerine sokmuş, heyula gibi, uzun adımlarla Rüstem gezinip duruyordu. Gezinirken gövdesi etrafta titreşen parıltıların arasında incecik bir çizgiye dönüşüyordu bazen. İşte o vakit bu çizgi seramiklerin yüzüne düşen ve her adımda silinip yeniden ortaya çıkan gölgesiyle birlikte gidiyor, gidiyor ve koridordaki kapılardan birinin ağzında aniden kayboluyordu.

Çalmaya gerek duymadan, oraların sahibiymiş gibi, her odaya girip çıkıyordu Rüstem.

Bazen de hangi odaya girdiyse oradan fırlayıp birdenbire Muzaffer'in burnunun dibinde bitiyor, bitince ona kaçamak bir bakış fırlatıyor, sonra da oradan geçen beyaz önlüklü birinin peşine takılıyor ve ışıkların altında incele incele, Güldiyar'ın götürüldüğü odaya doğru tekrar uzaklaşıyordu.

Bir keresinde yine böyle uzaklaşmışken, insanın zihnini karıştıran o keskin parıltıların içinden Güldiyar'la birlikte döndü Rüstem.

Yanlarında kıvırcık saçlı, şişman kadın da vardı, eğik suratlı bir sessizlik hâlinde, önceki gibi küçük küçük adımlarla yürüyordu.

Onları görünce Muzaffer fırladı hemen.

Ardından Dursun da koştu.

"Ne dediler, nesi varmış?" diye sordu Muzaffer aceleyle.

Rüstem bir an Güldiyar'ın solunda duran şişman kadına doğru baktı.

Kafasını kaldırıp hiçbir şey söylemeyen donuk gözlerle kadın da ona baktı sessizliğinin içinden.

"Nesi varmış?" diye yeniden sordu Muzaffer o sırada.

"Yapılacak bir şey yokmuş dayı," dedi Rüstem öne doğru eğilerek.

Güldiyar ağlayacakmış gibi dudaklarını büzmüş, yere bakıyordu.

"Nasıl yokmuş?"

"Yokmuş işte."

Sustular bir müddet.

Dursun bir Muzaffer'e, bir Rüstem'e baktı.

"Nasıl yokmuş?" dedi Muzaffer yeniden.

"Yokmuş, zaten bugüne kadar böyle bir şeyle karşılaşmamışlar," dedi Rüstem.

Ardından da, hafifçe, hadi gidiyoruz anlamında elini salladı.

Mahzun bir şekilde, peş peşe dışarı çıktılar.

Çıkınca, Rüstem sağ tarafa doğru on beş yirmi adım uzaklaşıp telefona sarıldı hemen, aradığı kişi oradaymış gibi, gözlerini karşıdaki ağaçların gerisinden yükselen Atakule'ye dikti ve bir vakit elini kolunu sallayarak yüksek sesle konuştu.

Hızla gelip geçen arabaların gürültüsünden ne dediği hiç anlaşılamadı tabii.

O telefonu kapatıp cebine koyar koymaz da nereden çıktıysa, ışıl ışıl parlayan siyah camlı siyah bir minibüs yanaştı kaldırımın dibine, durdu ve kapısı kendiliğinden, sessizce açıldı.

"Hadi, binin!" dedi Rüstem.

Bindiler ve eve doğru yola koyuldular böylece, daha evvel geçtikleri iki yanı akasyalarla, iki yanı atkestaneleriyle dolu caddeleri ve sokakları yeniden geçtiler, geçince ele avuca sığmayan siyah bir rüzgâr olup zamanın içinde aktılar, akınca ufku kaplayan bol ışıltılı, yüksek binaları geride bıraktılar, sonra yine bacalarından incecik dumanlar tüten, tamtakır kuru bakır evlerle çevrili daracık sokaklara girdiler, kapılarına rengârenk naylon toplar asılmış dükkânlara, çocuklara, pencerelere ve avlularda uçuşan çamaşırlara göründüler, bir vakit inişlerden inip bir vakit yokuşlara sardılar, ufak sarsıntılar eşliğinde önlerine çıkan uğultuları, mavilikleri ve bulutları yardılar ve işte bu şekilde ilerleye ilerleye, aşağı yukarı bir saat sonra da derenin dibinde hışırdayan o sarılı yeşilli kavakların gölgesine vardılar.

Orada, elinde kâğıtlarla Cihan karşıladı onları, kim olduklarını fark edince bayır aşağı koştu geldi, minibüsün kapısını açtı.

Yukarıda da Güldiyar'ı görmek için gelenler vardı, evin etrafı ve avlunun içi hâlâ ana baba günüydü. Her zamanki gibi o gün de yatsıya kadar gitmedi bu insanlar, adlarımız okunacak mı diye beklediler, beklerken de mırıltılardan oluşmuş ince bir uğultu eşliğinde, tıpkı bir böcek sürüsü gibi bir o yana, bir bu yana kımıldanıp durdular.

Onlar dağıldıktan sonra küçük odadan usulca kalktı, kapının önüne çıktı Muzaffer. Kafasının içinde, yapılacak bir şey yokmuş dayı, diyen Rüstem'in sesi yankılanıyordu. Bir eliyle sundurmanın direğine yaslanıp kafasındaki o sesin gerisinden avluya baktı.

"Komşu, biz de gidiyoruz artık," dedi Dursun onu görünce.

Sağında Cihan, solunda da gitgide koyulaşan heybetli bir gölge hâlinde Rüstem duruyordu.

"Allah üçünüzden de razı olsun," dedi Muzaffer, her birinin yüzüne ayrı ayrı bakarak. "Vallahi ne diyeceğimi bilemiyorum ben, işinizi gücünüzü bırakıp hem başımıza toplanan kalabalığı düzene soktunuz hem de kızımı doktora götürdünüz. Allah bin kere razı olsun."

"Merak etme dayı, evvelallah, yarın yine geliriz," dedi Rüstem.

Dursun'la Cihan başlarını sallayarak onayladılar onu.

Gittiler sonra, üçü, yorgun adımlarla avlu kapısından çıkıp karanlıkta kayboldular.

Muzaffer de sol omzunu direğe verip boynunu uzatarak onların arkasından baktı bir müddet. İçini tuhaf bir his kaplamış, gözleri dolu dolu olmuştu.

"Daha insanlık ölmemiş," diye mırıldandı kendi kendine. "Vallahi ölmemiş."

Hemencecik mutfağa seğirtti ardından da, çay tepsisinin üzerine bir tabak taze fasulyeyle yarım ekmek koyup Güldiyar'a götürdü.

"Acıkmışsındır," dedi tepsiyi önüne koyarken, yumuşacık bir sesle. "Hadi kızım, hadi karnını doyur."

Güldiyar başını kaldırıp göz ucuyla tabağa baktı.

"Yok, ben pişirmedim," dedi Muzaffer. "Sağ olsun, dün akşam Emine getirdi her zamanki gibi."

Güldiyar tepsiyi dizlerinin dibine çekmiş, hafifçe eğilerek yemeğini yemeye başlamıştı. Yüzü sapsarıydı ve hareket ettikçe elleri ince ince titriyordu.

"Emine, sağ olsun, haftada bir iki defa getiriyor böyle," dedi Muzaffer, sözleriyle kızının ellerindeki titremeyi örtmek ister gibi.

Güldiyar bir lokma daha aldı o sırada, duvara vuran gölgesiyle birlikte, ağır ağır çiğnedi. Sonra da bıraktı yemeyi, önündeki tepsiyi alacalı minderin kenarına itti ve azıcık yan dönerek sağ omzuyla başını duvara yasladı. O şekilde, hiç kımıldamadan derin derin soludu bir vakit. Sırtını döndüğü için, oturduğu yerden babası onun sadece sol yanağını görebiliyordu.

Ev sessizliğe gömülmüştü artık, dışarıdan ne olduğu anlaşılamayan, her biri birbirinden boğuk, karanlığa batmış uzak uzak sesler geliyordu bazen. Onlar da işitilir işitilmez, varlıklarına sinen uzaklığın içinde kaybolup gidiyorlardı.

"Güldiyar," dedi nice sonra Muzaffer, öne doğru eğilip başını uzatarak. "Biliyor musun, ben iki gün evvel rüyamda anneni gördüm."

Birazcık kımıldadı ama yüzünü dönmedi Güldiyar.

"Rüyamda, sen minderin üstündeydin yine," diye devam etti Muzaffer. "Tıpkı şimdiki gibi oturuyordun. Ben de hem sigara içeyim hem de azıcık hava alayım diye dışarı çıkmıştım. Her yer zifirî karanlıktı. Sigaramı yakıp ben daha sonra şöyle birkaç adım yürüdüm. Yürürken gözüm avlunun öteki ucunda, tam da dut ağacının altında duran bir karaltıya ilişti. İlkin ne olduğunu anlayamadım tabii, kendi kendime, ne ola ki bu, dedim. Sonra bir de baktım, annen. Evet, annen; elleri iki yanında, duruyor öyle. Yüzünü de eve dönmüş, dosdoğru küçük odanın penceresine bakıyor. Küt küt atan kalbimle ben ona doğru koştum hemen, bir yandan da, Bahriye, Bahriye, diye seslendim. Fakat o benim yaklaştığımı görünce kaçmaya başladı. Evet, benim ben olduğumu gördüğü hâlde, sanki ona bir hastalık bulaştıracakmışım ya da başka türlü bir kötülük edecekmişim gibi, o kenarları oyalı beyaz başörtüsünü eline alıp can havliyle kaçmaya başladı."

Sustu Muzaffer, nefesini tutup Güldiyar'a baktı.

Kız da anlatılanları dinlediğini göstermek ister gibi, azıcık kımıldandı o sırada.

"Evet, annen nedense kaçmaya başladı," diye devam etti Muzaffer. "O kaçınca, hâliyle ben de hızlanabildiğimce hızlandım. İşte o sırada bir hışırtı duydum, rüzgâr sesi gibi, acayip bir hışırtı. Sonra bir de baktım ki annenin kanatları var, kocaman kocaman açmış onları, önüm sıra yürümüyor da uçuyor. Uçuyor, evet. Koştum ben artık, tam avlu duvarına yaklaşırken aniden uzanıp kanatlarından yakaladım onu. Fakat annen öyle bir gayretle sıçradı ki o sırada, ok gibi fırladı gitti ellerimin arasından. Senin anlayacağın, kanatlarını çırpa çırpa göğe doğru yükselerek gözden kayboldu. Ben uyandım o vakit, terden sırılsıklam, gözlerimi tavana dikip bir müddet öylece durdum. Kalbim deli gibi çarpıyor, soluğum ağzıma sığmıyordu. Sonra öyle durup biraz sakinleşince bir sıcaklık hissettim sağ elimde, avcumu açıp bir de baktım, içinde üç tüy var. Biliyor musun, iki gündür gömleğimin cebinde taşıyorum ben onları. Sol cebimde, tam da kalbimin üstünde. Bak, sana da göstereyim."

Elini cebine attı Muzaffer, tüyleri yavaşça çıkardı ve onlara bir an sevgiyle baktıktan sonra ayağa kalkıp Güldiyar'ın yanına gitti.

Kız çoktan uyumuştu.

Eğilip onun yüzüne baktı bir müddet.

Tam o sırada dışarıdan bir klarnet sesi geldi hafifçe, geldi ve kayboldu.

4

O akşam Güldiyar'ı usulca yatırıp üstüne sarı çubuklu, mavi bir battaniye örttü Muzaffer.

Sonra minderin kenarında duran tepsiyi aldı, mutfağa götürdü. Tezgâhın neresine koyacağını bilemedi onu, ağırlığını öne verip boynunu uzatarak, çukura kaçmış gözleriyle bir müddet sağa sola bakındı. Her yer karman çormandı çünkü, evvelce kullanılan ne kadar kap kacak varsa hepsi yıkanmadan gelişigüzel bırakılmış, ortalığı ekşi ekşi tüten tuhaf bir koku sarmış, nicedir el değmediği için eviyenin içi de ışıltısını yitirip kenarları sarıya çalan kahverengi bir hâl almıştı. Üstelik ip gibi kıvrılıp duran gevşek vızıltılar eşliğinde, varla yok arası, ufacık sinekler geziniyordu kapların tepesinde. Bu yapışkan yaratıklar bazen tabakların, kaşıkların üstüne konuyor, titrek kanatlarıyla bir müddet yiyecek artıklarının etrafında dolanıyor, sonra da hiç beklenmedik bir anda incecik bir vızıltıya dönüşerek yeniden havalanıyorlardı. Telaştan Muzaffer onları görmedi o sırada, elindeki tepsiyi üst üste yığılmış tabaklarla geniş karınlı, alüminyum bir tencerenin arasına sıkıştırıp hemen avluya çıktı.

Çıkınca ayakları farkına bile varmadan dosdoğru sağ tarafa, dut ağacının bulunduğu köşeye götürdü onu. Oraya varır varmaz döndü, bir yere yetişmeye çalışıyormuş gibi, bu sefer de kamburu çıkmış çelimsiz bir karaltı hâlinde hızlı hızlı avlu kapısına doğru yürüdü. Bir ara, duraksayıp sigara da yaktı yürürken, cebinden çıkardığı manyetolu çakmağın alevi çıt diye, kıpkırmızı, aniden parlayıp söndü avuçlarının içinde. O sırada elleriyle birlikte yüzü de aydınlandı birden. Hatta belleğindeki uğultular da aydınlandı sanki, her gün işittiği o ucu bucağı görünmeyen konuşmalarla bir yaklaşıp bir uzaklaşan ayak seslerini yeniden işitir gibi oldu.

Sonra gidip avlu kapısının birkaç adım sağında durdu ve oradan karmakarışık bir ruhla aşağıya, dereye doğru baktı Muzaffer.

Gece çatıların, antenlerin, avluların, ağaçların ve irili ufaklı cümle mahlûkatın üzerine basa basa yürüyüp epeyce ilerlemişti artık, sokaklar hepten boşalmış, tepeleri saran gecekonduların çoğu gözden kaybolmuş, ufuktaki yüksek binaların gerisinden gelen şehrin gürültüleri de incelip şehirle birlikte biraz daha uzaklara çekilmişti. Seyrek de olsa, ortalıkta sarı sarı ışıldayan sokak lâmbaları vardı sadece. Bir de onların zar zor aydınlattığı, yarım kalmış soluk resimlere benzeyen, köşe başı, duvar parçası, yol ağzı ya da dükkân önü gibi bölük pörçük görüntüler vardı.

Derken üç karaltı belirdi derenin dibindeki sokak lâmbasının altında, biri önde ötekiler arkada, sessizce bayırı tırmanmaya başladılar. Tırmanırken öne eğilmek zorunda kaldıkları için, ister istemez boyları kısaldı bir süre sonra.

Kısalınca da kaplumbağalara benzediler adeta, bir vakit, oldukları yerde sayıyormuş gibi göründüler. Dallı budaklı, kollu kanatlı üç yassı karaltı hâlinde, eşinircesine, hiç yol kat edemeden orada kımıldanıp durdular daha doğrusu. Sayıları bir ikiye düştü o sırada, bir üçe çıktı, bir ikiye düştü, bir üçe çıktı. Nasıl olduysa, aniden yaklaştılar ardından da, tıpır tıpır, boşlukta yankılanan ayak sesleriyle birlikte gelip duvarın öteki tarafına, tam da Muzaffer'in karşısına dikildiler.

Öndeki uzun boylu, ak sakallı karaltının sırtında az evvel ütülenmiş gibi duran, etekleri yerde, beyazımsı bir pardösü vardı. Karşı karşıya gelince duvarın dibine kadar sokulup bu karaltı neredeyse birkaç karış yakından, küskün küskün baktı Muzaffer'e. Bakarken acı, çok acı bir şekilde yutkundu hatta, gözlerinin içinden dağınık bir ışıltı yumağı geldi geçti.

"Demiştim sana," dedi daha sonra, kaşlarını çatarak. "Kızın içindeki şeytanlar başınıza çok iş açacak demiştim!"

Muzaffer ürperdi bu sözleri duyunca, rüyadaymış gibi, elinde sigara, şaşkın şaşkın baktı kaldı. Bir yandan da, bu adamın dedikleri doğru mu acaba, ona vakti zamanında haksızlık mı ettim• diye geçirdi içinden. Hâliyle kafası karıştı birdenbire, o an ne yapacağını, nasıl davranacağını bilemedi.

Öteki, bir şey demesi için karşısındakine mühlet tanımış da onun dolmasını bekliyormuş gibi sustu o sırada. Susarken de sinirli sinirli sakalını sıvazladı. Parmaklarının arasından göbeğine, göbeğinden de yere doğru, un misali, incecik bir ağartı döküldü sanki.

"Allah bilir daha neler olacak?" dedi sonra bu adam, yılan tıslamasına benzeyen acayip bir sesle.

Der demez de pardösüsünün eteğini savurtarak kaskatı bir öfkeyle döndü, omuzlarını oynata oynata, gerisingeri derenin dibine doğru yürümeye başladı.

Adamları da koştu apar topar onun peşinden, üçü bir anda bayırdan inip kavakların hizasında karanlığa karıştılar.

Muzaffer ağzını açmaya bile fırsat bulamadan, dili tutulmuşçasına, baktı kaldı onların arkasından. Sonra sigarasını söndürüp eve doğru yürüyordu ki, iniltiyi andıran, incecik bir klarnet sesi duydu. Nereden geliyor diye avlunun ortasında durup sağa sola bakındı ama ses kesildi birden. Muzaffer de yürüyüp eve girdi ortalıkta kimseyi göremeyince, Güldiyar'ı rahatsız etmemek için ayaklarının ucuna basa basa küçük odaya geçti ve üzerindeki elbiselerle birlikte öylece, duvarın dibine kıvrılıp yattı. Allah bilir daha neler olacak diyen o ak sakallı adam, sırnaşık bir sinek gibi göz kapaklarının altında döndü durdu bir vakit. Aynı sözü yeniden söyledi üstelik, derenin dibinden çıktı geldi yeniden, çıktı geldi yeniden, çıktı geldi yeniden söyledi. Sonra artık yoruldu mu ne, sesi de hareketleri de yavaşladı gitgide, derenin dibinden çıkıp gelemedi bir daha. O gelemeyince, Muzaffer de çok geçmeden uyudu.

Ertesi gün insanlar erkenden evin önüne toplandılar yine, dalga dalga, gözlerini dikip beklemeye başladılar.

Muzaffer kapıyı açmadı, her zamanki gibi küçük odanın penceresinden, el izleriyle dolu, tozlu camın gerisinden baktı onlara.

O kederli bir yüzle oradan bakar, güneş yavaş yavaş yükselir, insanlar da bu güneşin altında birbirleriyle fısıldaşırken avlu kapısında Rüstem belirdi sonra, peşinden kovalayan varmış gibi hiç etrafına bakmadan hızlı adımlarla geldi, adeta yuvarlanırcasına, tangır tungur içeri girdi.

Muzaffer küçük odadan çıkmıştı onu görünce, ikisi, mutfak kapısının önünde karşılaştılar.

"Ötekiler geldi mi dayı?" diye sordu Rüstem.

"Gelmediler," dedi Muzaffer.

Evin içini ilk kez görüyormuş gibi, gözlerini kısarak sağa sola dikkatlice baktı Rüstem. Su içmek için mutfağa girdi sonra, kararmış eviyeyi, ekşi ekşi tüten kokuyu ve sinekleri fark etmiş olmalı ki, buruşuk bir suratla hemen geri döndü.

"Belki de işleri çıkmıştır," dedi Muzaffer'e doğru kaçamak bir bakış fırlatarak.

Sonra bir şey daha diyecekmiş gibi oldu ama tam ağzını açacakken vazgeçti nedense, diyeceklerini sustu. Mahcup bir şekilde, başını yere eğerek hafifçe yutkundu susarken. Ardından da duvarın dibinde duran kâğıtları alıp alelacele dışarı çıktı.

Kapı kapanıp ev eski loşluğuna bürününce, çaresiz, küçük odaya geçti Muzaffer, pencerenin önüne dikildi, Dursun'la yeğeni gelecek mi acaba diye camdan bakmaya başladı.

Rüstem o rüzgârlı perçemiyle kalabalığın ortasına doğru yürümüş, arada bir kâğıtları tutan elini havaya kaldırarak insanlara bir şeyler söylüyordu. Ne dediği anlaşılmıyordu evin içinden, hep birlikte üzerime gelmeyin yahu, evvela liste yapılacak, durun, biraz anlayış gösterin türünden birtakım sözler ediyordu muhtemelen. Fakat bunu yaparken nedense eskisi gibi herkesin yüreğine korku salmıyor, asla bağırıp çağırmıyor, alenen cazgırlık edenlerle uzaktan uzağa laf sokuşturanlar şöyle dursun, hemen oracıkta, burnunun dibinde itişip kakışanlara bile sesini çıkarmıyordu. Ne hikmetse birdenbire değişmiş, muhallebi gibi yumuşacık olmuştu. Onun bu yumuşaklığı da kalabalığın üzerinde hatırı sayılır bir gevşemeye yol açmış, seslerle birlikte hareketler biraz daha canlanmıştı.

Derken siyah elbiseli üç adam belirdi Rüstem'in yanında, ellerini uzatıp onunla teker teker tokalaştılar. Ceketlerinin içine üçü de dik yakalı beyaz gömlek giymişti bu adamların, üçü de pehlivan gibi geniş omuzlu, iri cüsseliydi. Bunlar, renkten renge akan avludaki sıcak kımıltıların ortasında Rüstem'le birlikte küçük bir halka oluşturdular daha sonra, gaga gagaya verdiler ve kendi aralarında bir vakit konuştular. Konuşurken, her biri gözlerini kısarak defalarca sağa sola bakıp başını salladı. Ardından da hemen kolları sıvadılar ve Rüstem'e yardım etmeye başladılar.

Böylece, Güldiyar'ı görmek için sabırsızlanan kalabalığı birlikte düzene soktular o gün; Rüstem durgun bir suratla kapıda beklerken adamlardan biri kalemi kâğıdı alıp isimleri yazdı, öbür ikisi de zırt pırt öne çıkanları yumuşak hareketlerle kışkışlayıp geri püskürttü. Kâğıtlardan biri dolunca da, vakit kaybetmemek için sıradakilerin isimlerini okuyup her zamanki gibi gruplar hâlinde, yavaş yavaş içeri almaya başladılar.

Muzaffer'in görebildiği kadarıyla, iyi aile terbiyesi almış, altın kalpli, zarif insanlardı bu adamlar; ayrıca, güler yüzlüydüler. Bakışlarında da insanın içini ısıtan kadifemsi bir yumuşaklık vardı. Bu tür işler için daha evvel sıkı bir eğitimden geçmişçesine, pire misali oradan oraya sıçrıyorlardı üstelik; birbirlerine arada bir kaş göz işareti yapıyor, yapınca da tekrara gerek duymadan ne demek istendiğini şıp diye anlıyorlardı. Bu yüzden ağızlarını kırk yılda bir açıyorlardı zaten, söyleyeceklerini susarak ya da bakışarak söylüyor, bazen de vakit bunlara yetmeyecek kadar darsa yahut hızlı hareket edilmesini gerektirecek acil bir şey varsa, birbirlerine işte böyle sıkıca düğümlenmiş minik birer söz çıkınını andıran küçük küçük işaretler gönderiyorlardı. Ne zaman parlayıp söneceği belli olmayan bu işaretlerden bazılarını havada yakalasa da Muzaffer onların ne mânâya geldiğini anlayamıyordu tabii, başını çevirip yorgun bir yüzle boş boş bakıyordu sadece.

Dayanamadı sonra, odadan ayrılan gruplardan birinin peşine takılarak kapının önüne çıktı öğleye doğru, gitti, davudi bir sesle isimleri okuyan Rüstem'in yanına kıyın kıyın sokuldu.

Sokulunca da ona bu siyah elbiseli adamların kim olduğunu sordu usulca.

"Yardım ediyorlar işte dayı," dedi Rüstem, insanın içini ürperten soğuk bir sesle. "Dursun'la Cihan gelmedi, ne yapsaydık?"

Bir şey diyemedi Muzaffer, başını sallayarak sessizce içeri girdi.

Bu siyah elbiseli adamlardan biri telefon edip en yakın yerden poşetler dolusu pide ve lahmacun getirtti sonra, işi hiç aksatmadan, avurtlarını şişire şişire, herkes bir köşede sırayla yedi yemeğini. Küçük odaya getirip Muzaffer'in eline de ortalığa sıcacık kokular yayan, biri kaşarlı, biri kıymalı iki paket tutuşturdular. Ezilip büzüldü o sırada Muzaffer, utançtan kıpkırmızı kesilen bir yüzle çaresizce sağına soluna baktı. Yer yer eprimiş, kırmızı güllü mavi perdelerle çıplak duvarlar oldukları yerde bir kez daha var oldular o böyle bakınca ve üşümüş gibi hafifçe titrediler. Yerdeki ahı gitmiş vahı kalmış kilim de titredi onlarla birlikte, sırtaran çözgüleri ak ak, saçakları tel tel birbirine karıştı. Nereden geldiyse geldi, odanın içini karanlık bir uğultu kapladı sonra. Muzaffer yüzünü kapıya çevirdi o vakit ve birden, eşikte dikilen Rüstem'le göz göze geldi.

"Al dayı, al, bundan sonra hep gelecek böyle," dedi Rüstem.

Sesi soğuktu yine, durgundu ve hızla kendi içine doğru kıvrılıyordu.

Paketleri aldı Muzaffer.

"Sağ ol evlâdım," dedi.

Hiç vakit kaybetmeden, yerinden kalkıp birini Güldiyar'a götürdü sonra, önüne dikkatlice koydu.

"Hadi kızım, hadi ye," dedi usulca.

Kız gözlerini pakete dikip yutkundu.

O rahatça yesin diye Muzaffer yerine döndü hemen, geldi, duvarın dibine oturdu yeniden.

Rüstem hâlâ kapının ağzındaydı o sırada, yanını söveye vermiş, yumuşak mı sert mi olduğu kestirilemeyen tuhaf bir yüzle onlara bakıyordu.

O oradan bakarken, dizlerinin dibindeki paketi yavaş yavaş açtı Muzaffer. Tuzu, peçeteyi ve kırılıverecekmiş gibi görünen plastik çatalı bir kenara koyup karton kutunun kapağını kaldırdı. Dilimlenmiş pideyi öyle sıcak sıcak görünce duraksadı nedense, aç olmasına rağmen eli gitmedi bir türlü. Gitmeyince de yüzünü çevirip gayriihtiyari kapıya baktı.

"Afiyet olsun dayı," dedi Rüstem.

Derken de gülümsedi nedense.

Muzaffer başını çevirdi hiçbir şey demeden.

O günden sonra da onu bir daha görmedi, tıpkı Dursun'la Cihan gibi, birdenbire Rüstem de kayboldu çünkü.

Ertesi sabah derenin dibinde titreşip duran pusun içinden siyah elbiseli adamlar çıktı geldi sadece, üstelik bu sefer üç değil beş kişiydiler ve yürürken birbirlerine habire el şakası yapıyorlardı. Aynı zamanda gülüşüyorlardı tabii, pembe pembe, attıkları kahkahalar onların önünden yürüyordu. Adamların görüntüleri de bu kahkahaların gerisinde, neşelerinin sıcaklığından yumuşamış da buharlaşmak üzereymiş gibi, bir uzayıp bir kısalıyordu.

O gün öğleye doğru, kapının önüne çıkıp bu adamlardan birine Rüstem'in neden gelmediğini sordu ama dişe dokunur bir cevap alamadı Muzaffer.

"Bilmiyoruz dayı," dedi adam, nazik bir dille. "Nereden bilelim, bilmiyoruz."

"İyi de," dedi Muzaffer, "o sizin arkadaşınız değil miydi, siz buraya ona yardım etmek için gelmemiş miydiniz?"

Adam duraksadı bir an, elinde hışırdayan kâğıtlarla birlikte dönüp karmakarışık bir yüzle ötekilere baktı.

Ötekiler hep birlikte yaklaştılar.

İçlerinden biri başını öne eğerek belli belirsiz gülümsedi o sırada, dudaklarının kenarından Muzaffer'i işkillendiren küçücük bir kımıltı geldi geçti.

"Bugünlük işi çıkmıştır belki," dedi sonra yanakları bıngıldayan, ablak suratlı biri. "Yarın gelir dayı o, merak etme, neredeyse çıkar gelir."

Rüstem ertesi gün gelmedi tabii, daha sonra da gelmedi ama o siyah elbiseli adamlar her sabah, güneşin doğuşuyla birlikte avluya damladılar.

Üç hafta sonra, sevdiğini nereden öğrenmişlerse artık, bu adamlar Muzaffer'e ucuzundan şarap da aldılar, üç şişe. Günlerdir getirtilen onca yemeğin ardından şarabı da görünce Muzaffer'in omuzları düştü büsbütün, oturduğu yerde, başını öne eğerek bir müddet hareketsiz kaldı. Siyah bir poşetin içinde getirilip şıngır şıngır yanı başına bırakılan şişelere dönüp bakmadı hiç. Ne var ki dizinin üstünde duran eli ansızın hareketlendi bir süre sonra, başına buyruk, şişelere doğru gitti. Muzaffer içinden haşarı bir yaratığa seslenir gibi yüksek sesle onu defalarca geri çağırdı ama olmadı, el yolundan dönmedi bir türlü, dönmeyince de kaşla göz arasında gitti, poşetteki kırmızı parıltılara yapıştı kaldı. Hatta onları alıp mutfağa götürdü, dikkatlice, tezgâhın altına zula etti.

O gece Güldiyar uyuduktan sonra yavaşça kalkıp bu şişelerden birini avluda, tam da Bahriye'yi kanatlarından yakaladığı yerde lıkır lıkır içti Muzaffer. Evin etrafı hâlâ insan kaynıyormuş gibi, mahcup bir ifadeyle sağına soluna bakarak içti. Bitirince, dumanlı kafayla gidip öteki şişelerden birini daha getirdi mutfaktan. Kırıcı bir soğuk vardı o sırada, ara ara tepelerdeki karanlığın içinden aşağıya doğru kamçı gibi şaklayan sert bir rüzgâr esiyordu. Duvarın dibine oturunca, ceketini ilikleyip yakasını kaldırdı bu yüzden. Şarabın etkisiyle içi nispeten ısınmıştı ama elleri ve yüzü üşüyordu.

Cebinden çıkardığı kemik saplı çakıyla plastik tıpayı kesip şişeyi kafasına dikti hemen, çenesi havada, öyle kaldı bir müddet. Sonra, artık gerisini gıdım gıdım, idareli içmeliyim diye düşündü. Ardından da duvarın dibine iyice büzülerek şişeyi bacaklarının arasına sıkıştırdı ve başını kaldırıp göğe baktı.

"Gitmesen iyiydi," diye mırıldandı bakarken. "Gitmesen iyiydi Bahriye... Ne elimizden tutanımız var artık ne ardımızdan toplayanımız, biz burada, baba kız dağıldık kaldık. Güldiyar konuşmuyor, nasıl bırakıp gittiysen, işte öyle, aynı şekilde duruyor hâlâ. Nereden çıkıp geliyorlarsa, insanlar da akın akın her gün geliyorlar. Başa çıkılır gibi değil, ne durdan anlıyorlar ne vurdan, cağıl cuğul, hep birlikte kapıya hücum ediyorlar. Mecburen gruplar hâlinde alıyoruz onları içeri. Alınca, küçük odaya girip maymun seyreder gibi acayip bir iştahla kızımızı seyrediyorlar. İçlerinden birkaçı âdet yerini bulsun diye, dilinin ucuyla geçmiş olsun diyor, inşallah düzelir diyor, derdi veren Allah elbet dermanını da vermiş, bir kıyıya koymuştur falan diyor. Fakat geri kalanı bunu bile demiyor Bahriye. Sıkışık vaziyette, gelip diz dize, omuz omuza oturuyorlar. Sonra da kafalarını uzatıp aç aç, Güldiyar'ın yüzüne bakıyorlar hep birlikte. Ağladığını göremezlerse hem somurtuyor hem de kötü kötü homurdanıyorlar kalkıp giderken. Gözlerinden taş döküldüğünü gördüler mi de, gördük, gördük diye seviniyorlar. Seviniyorlar diyorum, anlıyor musun?"

İri bir yudum aldı şaraptan, ağzının içinde gezdirip usulca yuttu.

"Bunca insan," dedi, yine göğe doğru bakarak; "karınca sürüsü gibi nereden çıkıp geliyor hiç bilmiyorum. Taşları görecekler de ne olacak, onu da bilmiyorum Bahriye. Bu arada, gelenlerin içinde her türlü insan vardır, kimileri kalkıp kızın yüreğine oturacak ya da aklını karıştıracak fena bir şey söyleyiverir diye korkuyorum tabii. Yanlarında getirdikleri herhangi bir otu, çöpü gizlice yediriverirler diye de korkuyorum. Güldiyar'ı hiç boş bırakmıyorum bu yüzden, merak etme. Tıpkı senin yaptığın gibi, yanından bir an bile ayrılmıyorum. Bir delilik edip kendisine zarar vermesin diye geceleri de bekliyorum başını. Sen gideli, inan bana tek gözüm açık uyuyorum. Öyle de yapmam gerekiyor zaten, kız eskisi gibi değil, güçten kuvvetten düştü çünkü. Çok zayıfladı. Zar zor yemeğini yiyor ama kalkıp tek başına tuvalete gidemiyor, koluna girip ben götürüyorum mecburen."

Bir yudum daha aldı şaraptan.

"Biliyor musun Bahriye, sen gittikten sonra, yıllardır küs olmamıza rağmen Dursun bize yardıma geldi. Yan avludan hâlimizi görüp acıdı da mı geldi yoksa aramızdaki küslüğe mi son verdi, orasını pek anlayamadım. İlk gün, Güldiyar'ı görmek için yırtınan kalabalıkla başa çıkamadı tabii, bu sebeple yeğenini çağırdı. O delikanlı da tuttu, Rüstem diye, iri yapılı bir arkadaşını getirdi yanında. Getirmesi iyi oldu aslında, bir ara, Rüstem'in sayesinde kızı doktora götürdük. Hastanede herkesi tanıyordu bu çocuk, oraların sahibiymiş gibi her odaya keyfince girip çıkıyordu. Fakat daha sonra evvela Dursun'la yeğeni, ardından da Rüstem kayboldu Bahriye. Evet, ne hikmetse üçü de kayboldu. Neden kayboldular bilmiyorum, gelmiyorlar artık. Geceleri Güldiyar uyuduktan sonra avluya çıkıp bazen Dursun'un evine doğru bakıyorum ama kimseyi göremiyorum. Sadece sarı bir ampul yanıyor pencerelerinde, ölü gözü gibi. Ev terk edilmiş de, o kısık nefesli ampul açık unutulmuş sanki. Şimdi de öyle bak, hiçbir şey yok o ışıktan başka, ortalıkta in cin top oynuyor. Koskoca evde ufacık bir çıtırtı da mı olmaz Bahriye? Gördüğün gibi, yok işte... Neden sesiniz soluğunuz çıkmıyor diye, gidip kapılarını çalayım diyorum bazen. Tabii, arada onca yıllık küslük var, çekiniyorum. Bakarsın deli damarı tutar Dursun'un, tersler mersler, yeni bir maraza çıkar durduk yerde. Emine'yi görsem neler olup bittiğini öğrenirdim ama o da gelmiyor artık. Eskiden, yatsı ezanı okunduktan sonra elinde bir tabak yemekle gelir, usulca kapıyı tıklatırdı."

Birkaç yudum daha aldı şaraptan.

Tepelerdeki sokak lâmbaları, aydınlattıkları o birer avuçluk görüntülerle birlikte beşik gibi sallanmaya başlamıştı.

"Şimdi, o adamlar var," diye mırıldandı Muzaffer. "İşe gelir gibi her sabah geliyorlar. Rüstem tanıyordu bunları, vakti zamanında o çağırmıştı hepsini. Dursun yeğeniyle birlikte kaybolduğunda çağırmıştı. Kendisi gitti ama bu adamlar, dediğim gibi, her sabah geliyorlar. Üstelik bize her gün yemek ısmarlıyorlar Bahriye. Haddizatında benim onlara ısmarlamam gerekir, bunu biliyorum bilmesine de, elde yok avuçta yok, ne yapayım. Allah seni inandırsın, cebimde on beş lira var sadece. Bu parayla da bizim çarşıdaki pideciye girsen, mümkün değil, karnını doyuramazsın. Kolay değil tabii, utancımdan, yer yarılıyor da içine giriyorum ben adamlar bize yemek ısmarladıkça. Yine de, yukarıda Allah var, ne yalan söyleyeyim, sayelerinde azıcık karnımız doyuyor. Lâkin bu adamların her gün böyle gelmesi, gelmekle kalmayıp bize de her gün böyle yemek ısmarlaması hiç hayra alâmet değil Bahriye. Evet, hiç hayra alâmet değil. Demek istediğim, iyiliğin bu kadarı fazla."

İçinde ne kadar kaldığını göremediği için şişeyi alıp şöyle bir tarttı elinde, ağzına götürdü ve birkaç yudum içti. Bacaklarının arasına yeniden sıkıştırdıktan sonra da başını kaldırıp göğe baktı uzun uzun.

"İşte," diye mırıldandı, "bu yüzden ben bütün bunların altından eninde sonunda bir şey çıkacak diye korkuyorum Bahriye. Nicedir diken üstündeyim. Durup dururken elin adamı bize niye yardıma gelsin, hadi geliyor, üstüne bir de niye yemek ısmarlasın öyle değil mi? Ne menfaati var? Malûm, bir menfaati yoksa bu devirde kimse yere düşeni bile kolundan tutup kaldırmıyor. Bu sebeple, işler büsbütün sarpa sarmadan köye dönelim diyorum ben. Şu evi satalım, hayırlısıyla gidip eski yurdumuza yerleşelim. İki göz de olsa oradaki kerpiç ev yeter bize. Varır varmaz elime malayı alır duvarlarını sıvarım ben onun güzelce, köşe bucak siler süpürür, çöken, göçen yerleri varsa tamir ederim. Bu evin parasıyla belki birkaç inekle birkaç koyun da alırız oraya yerleşince. Ne olacak, bir şekilde, kendi yağımızla kavrulur gideriz. Her gün başımıza üşüşen bu insanlardan da kurtulmuş oluruz böylece."

Bacaklarının arasında duran şişeyi kaldırıp kafasına dikti birden, âdemelmasını oynata oynata, hepsini içti. Biraz daha büzülerek, başını çevirip sağına soluna baktı sonra.

"Biliyor musun Bahriye," dedi, karısı bir kol boyu uzağında oturuyormuş gibi. "Bugünlerde Hüseyin çıkıp geliverecekmiş gibi bir his var içimde. Gözüme ikide bir onun hayali çalınıyor."

Boşalan şişeleri alıp duvarın dibinden kalktı yavaşça, ayakta zor duruyor, her an yıkılacakmış gibi öne arkaya sallanıyordu. Eve doğru yürümeye başlamıştı ki birden bir hışırtı duydu. Bahriye'nin orada olduğunu, hışırtının da onun kanatlarından geldiğini düşünüp hızla geri döndü ama kimseyi göremedi, karanlıkta, yüzüne kuru bir esinti çarptı sadece.

O da o vakit sallana sallana yürüyüp eve girdi.

Daha sonra, kapının arkasında duran kâğıtlardan birini alıp üzerine hiç vakit kaybetmeden, o gece tükenmezkalemle yanlamasına, SATILIK yazdı Muzaffer. Uzaktan okunabilsin diye üstlerinden gide gele, gide gele harfleri iyice kalınlaştırdı. Ardından da nasıl olsa her gün onca insan geliyor, eve çarçabuk alıcı çıkar umuduyla kalktı, kâğıdı küçük odanın penceresine astı.

Kedi gibi, duvarın dibindeki minderin üstüne kıvrılıp yattı sonra, yüklükten indirdiği yorganı omuzlarına çekti ve gecenin sessizliğinde, uzun uzun köyünü düşündü. Bayırın yüzüne dağılmış, kimi iki katlı kimi alçacık, kimi kiremitli kimi toprak damlı çeşit çeşit evler geçti gözlerinin önünden, ıssız avluları ve avlularından yükselen badem ağaçlarıyla birlikte. Sokaklar boyunca yürüyüp sağa sola kıvrılan, ak sıvalı, yamru yumru duvarlar geçti sonra, alınları bulutlara gömülü dağlar, pıt oraya, pıt buraya sıçrayan çekirgeler, gelinciklere, papatyalara bürünmüş düzlükler, tandırlardan yayılan taze ekmek kokuları, ince ince uçuşan mavi damarlı dumanlar ve sığır, sıpa sesleri geçti. İnsanın bakışlarını dinlendiren dantel dantel gölgeler geçti ardından da, cırıltılarının içine saklanmış cırcırböcekleri, çam kokulu serin çeşmeler, toprağın yüzünde yama gibi duran birer, ikişer evlek genişliğindeki göletler ve bu göletlerdeki berrak suların aynasında derinleşip giden göğün uçsuz bucaksız maviliği geçti.

Derken bu görüntülerin arasından yürüye yürüye köyün üst başına kadar gitti Muzaffer, orada, sessizce kerpiç evlerden birinin avlusuna süzüldü. Avluyu çevreleyen taş duvarların dibinden ebegümeçleri, papatyalar, efelekler ve beyaz çiçekleriyle üzerlikler fışkırmıştı, dipdiriydi hepsi. Yıllar önceki gibi güncşin altındaydılar yine, sükûnetin içindeydiler. Onları görünce durup baktı Muzaffer çocuksu bir hevesle, ayrı ayrı, sessizliklerini dinledi.

Duvarın arkasındaki yoldan eşeğiyle birlikte köylülerden biri geçti o sırada, başında kasketi ağzında sigarası, hiç sağa sola bakmadan uyurgezer gibi uzaklaştı gitti. Eşeğin ayaklarından sıçrayan nal sesleri siyah noktacıklar hâlinde, bir müddet yankılandı avludaki sükûnetin içinde. Onlar yok olunca, eve doğru yaklaştı Muzaffer, kararmış budak izleriyle dolu tahta kapının dibinde durdu ve nefesini tutup usulca açtı. Kapının açılmasıyla birlikte ortalığa insanın içini titreten sıcacık bir anne kokusu yayıldı hemen. Kürekle savruluyormuşçasına, bu kokunun peşinden rengârenk cam bilyeler sökün etti sonra, ak sıvalı duvarların arasından hoplaya zıplaya gelip şıngır şıngır avluya dağıldılar. Topuklarına kırmızılar çarptı Muzaffer'in, ayaklarının ucundan maviler sekti, yanı başından yeşiller, sarılar, morlar, beyazlar yuvarlandı. O da yorganın altında büsbütün heyecanlandı, kolunu, bacağını nasıl uzatacağını bilemedi o vakit. Kızıyla birlikte köye yerleşeceğini düşündükçe de sabaha kadar sevinçten bir o yana, bir bu yana döndü durdu.

5

Sabahleyin, siyah elbiseli adamlar gelir gelmez onların yanına koştu hemen.

"Hayrola dayı?" dedi içlerinden biri. "O camdaki nedir öyle?"

Muzaffer, gayriihtiyari dönüp küçük odanın penceresine baktı.

"Evi satıyorum," dedi sonra, aniden canlanıveren kararlı bir sesle. "Olmuyor böyle, kızımı da alıp köye döneceğim."

Adam sessizce arkadaşlarına baktı.

Bakınca onlar da yaklaştılar Muzaffer'in yanına, biçimsiz bir yay şeklinde, peş peşe gelip karşısında durdular.

Avlu yavaş yavaş dolmaya başlamıştı o sırada, sağda solda ışıldayan gözler çoğalmıştı. Gözlerle birlikte ayak sesleri, ayak sesleriyle birlikte kumaş hışırtıları, kumaş hışırtılarıyla birlikte konuşmalar ve nefes alıp vermeler de çoğalmıştı hâliyle. On beş, yirmi erkek de pencerenin dibine toplanmıştı, bunlar orada hiç kımıldamadan, enselerinde güneş, habire camdaki kâğıda bakıyorlardı. SATILIK kelimesinin içinde kolayca görünmeyen başka kelimeler varmış da, sanki bakışlarıyla onlara ulaşmaya çalışıyormuş gibiydiler.

"Demek satıyorsun," dedi aynı adam, elini çenesinde gezdirerek. "Kararlısın yani?"

Muzaffer, kararlıyım anlamında başını salladı.

"Ben içerdeyken," diye rica etti ardından da, "alıcı falan çıkarsa, size zahmet, haber edin olur mu? Üçün beşin önemi yok, bir an evvel satıp gidelim biz köye. Hem sizi de daha fazla uğraştırmamış oluruz, işinize gücünüze dönersiniz."

"Merak etme dayı," dedi adam. "Alıcı çıkarsa derhâl haber veririz."

Sonra ötekilere döndü aniden.

"Öyle değil mi arkadaşlar?"

Ötekiler de, öyle tabii, öyle anlamında başlarını salladılar.

Böylece, çok geçmeden her şeyin yoluna gireceğini düşünen Muzaffer o gün biraz daha diri adımlarla döndü içeri, küçük odaya geçti, her zamanki gibi duvarın dibine oturdu. O orada otururken, aradan içi çeşitli insanlarla, tıklım tıklım gürültülerle ve itişip kakışmalarla dolu birkaç hafta geçti, sonra bu haftaların peşinden aynı şekilde birkaç hafta daha, birkaç hafta daha geçti ama eve bir türlü alıcı çıkmadı. Derken günlerden bir gün, dokuz, on kişilik bir grupla birlikte berber Zahit girdi küçük odanın kapısından. Göbeğinin büyüklüğünden bastığı yeri göremeyen şişmanca bir kadınla avurtları çökmüş kara kuru bir erkeğin arkasındaydı. Muzaffer onu fark edince, hoş geldin demek için usulca kalktı oturduğu yerden. Ne var ki Zahit kaşlarını çatarak şöyle bir bakıp başını çevirdi hemen, yürümeye devam etti.

Muzaffer onun neden böyle davrandığını anlamadı tabii, bekledi sessizce.

"Hoş geldin," dedi sonra, dayanamayıp çekingen bir ifadeyle. "Selam sabah yok mu?"

"Yok," dedi Zahit, ötekiler duymasın diye sesini iyice alçaltıp başını da uzatabildiğince uzatarak. "Sana selam sabah yok! Ben buraya sadece şu çocuğun durumunu merak ettiğim için geldim."

Gruba refakat eden kıvırcık saçlı adam kapının dışındaydı o sırada, arkadaşlarından biriyle, verecekleri yemek siparişini konuşuyordu.

"Ne yaptım ki ben sana?" dedi Muzaffer.

Zahit ötekilerle birlikte Güldiyar'a doğru yürüyecekken odanın ortasından döndü, birden, üzerine çullanacakmış gibi iki adım daha yaklaştı ona.

"Hiç utanmıyor musun sen?" diye fısıldadı öfkeyle. "Kızının derdinden para kazanmaya hiç utanmıyor musun? Şaraba mı veriyorsun o paraları?"

Muzaffer beyninden vurulmuşa döndü bu sözleri duyunca, gözleri yuvalarından fırladı, koca koca oldu.

"Demek dükkânı da bu yüzden boşladın sen," diye devam etti Zahit. "Demek burada böyle tıkır tıkır işleyen bir değirmen kurdun?"

"Yahu," diye kekeledi öteki, ellerini çaresizce oynatarak; "neler saçmalıyorsun sen, nereden çıkarıyorsun bütün bunları?"

Zahit kapının dışındaki adamlara doğru kısa bir bakış fırlattıktan sonra biraz daha yaklaştı Muzaffer'e. Büyüyüveren yüzünün ortasında gözleri öfkeden alev alev yanıyordu.

"Şeyimden uydurmuyorum herhâlde!" dedi, dişlerini sıkarak. "Ben buraya girebilmek için kapıdakilere para verdim!"

Ne diyeceğini bilemedi Muzaffer, çaresizce ağzını açıp kapadı o sırada.

Zahit sırtını odanın içindeki gürültülere dönmüş, dikkatle onun yüzüne bakıyordu.

"Adam başı elli lira alıyorlar," dedi.

"Benim bundan hiç haberim yok," diye mırıldandı Muzaffer, güçlükle. "Kitap çarpsın haberim yok!"

"Nasıl olmaz yahu?" dedi öteki.

O an hafifçe başı döndü Muzaffer'in, geri çekilip arkasındaki duvara yaslandı.

"Kızın yanından ayrılamıyorum ki ben," dedi. "Dışarıda olanları nereden bileyim Zahit?"

Yüzünü ellerinin arasına alıp gözlerini kıstı sonra, bir vakit, boşluğa bön bön baktı.

"Dursun mu tezgâhladı acaba bütün bunları, bilemiyorum ki."

"Boş yere onun günahını alma," dedi Zahit. "Zaten bu iş yüzünden hırpalamışlar epeyce."

"Dursun'u mu?"

"Dursun'u."

"Kim hırpalamış?"

Zahit gözleriyle kapıda hâlâ yemek siparişini konuşan adamları işaret etti.

Öfkeden yüzü pancar gibi kızaran Muzaffer o sırada aniden adamlara doğru atıldı ama öteki vücudunu siper edip onu engelledi hemen. Babacan bir tavırla, böyle fevri hareket etmemesi gerektiğini söyledi. Söyledikten sonra da tepeden tırnağa süzdü onu ve acıdı birden, alt dudağını hafifçe ısırarak, vay senin hâline vay dercesine birkaç defa başını sağa sola salladı.

Ardından da körük gibi soluyan Muzaffer'i olduğu yerde öylece bırakıp odanın öteki ucuna, Güldiyar'ın yanına gitti Zahit. Bekleşen insanların arasından öne doğru eğilerek erkeklerin omuzlarına dokuna dokuna geçti, varıp alacalı minderin dibine sokuldu, bir müddet kederli gözlerle kızın yüzüne baktı, baktı ve geri döndü.

Sırtındaki o tiridi çıkmış mavi önlüğün ceplerine ellerini sokup Muzaffer'in yanına yeniden yaklaştı geri dönünce.

"Bu arada," dedi, "insanlar tamire verdikleri ayakkabıları almak için her gün senin dükkâna gelip gidiyor, haberin olsun."

"Onların derdi de kelikler mi?" diye hayıflandı Muzaffer.

"Öyle deme, öyle deme," dedi öteki.

Muzaffer cebinden dükkânın anahtarını çıkarıp Zahit'e uzattı.

"Vakit tamam!" dedi o sırada kapıdaki kıvırcık saçlı adam, elini ahşap söveye pat pat vurarak. "Oyalanmayın hadi, daha bir sürü bekleyen var!"

"Bunlar çok fena," diye fısıldadı Zahit, anahtarı alırken. "Sana dost tavsiyesi, düşün taşın, bir an evvel bu işe bir çare bul!"

Odadakiler gönülsüzce kalkmış, hani kızın gözlerinden taş döküldüğünü göremedik diye mızırdanarak kapıya doğru ilerlemeye başlamışlardı. Mecburen Zahit de yürüdü onların peşinden, küçük küçük adımlarla kapıdan çıkıp gözden kayboldu.

Hâlâ ayakta duran Muzaffer ne yapacağını bilemedi oda boşalınca. Daha doğrusu, nicedir elleri ve ayakları bağlıymış da sanki o sırada çözülüvermiş gibi, tuhaf bir serbestlik hissetti. Böyle hissedince de karmakarışık bir suratla koştu, palas pandıras kapının önüne çıktı.

"Bana bak," dedi, elindeki listeden isimleri okumaya hazırlanan adama. "Siz burada, insanlardan para mı alıyorsunuz, ha?"

Adam çenesine doğru sarkan siyah bıyıklarıyla dönüp baktı bir an. Gözleri, kaşlarının gölgesine bırakılmış bir çift boncuk gibi ışıl ışıl parlıyordu ama o bıyıklarıyla baktı.

"Söyle, para mı alıyorsunuz?" diye tekrarladı Muzaffer.

"Sen ne diyorsun len, hıyarağası?" dedi adam birden.

Sesi kamçı olmuş, suratına şakkadak inmişti Muzaffer'in.

Sağdan soldan ötekiler de koştu geldi o sırada, siyah siyah, kapının önüne toplandılar.

"Gidin," dedi Muzaffer, boğazını yakan acı bir sesle. "Hemen şimdi, evimi terk edin!"

O böyle deyince, adamlardan alnı açık, gözleri çekik olanı yaklaşıp koluna girdi hemen, "Bu meseleyi uluorta konuşmayalım, hele gel gözünün yağını yediğim, hele gel," diyerek kapıya doğru sürükledi Muzaffer'i. İçeriye sokar sokmaz da mutfak kapısının önünde tartaklamaya başladı.

"Biz burada bunca zamandır babamızın hayrına mı kürek çekiyoruz len?" diye bağırdı tartaklarken.

Muzaffer neye uğradığını şaşırdı tabii, adamın elleri ve yüzü birdenbire büyüyüp amansız bir hâl alınca karşı koymaya bile vakit bulamadı. Kollarını başının üstünde tutup sağa sola eğilerek kendini korumaya çalıştı sadece. Bunu yaparken birkaç defa sendeleyip yere yıkılacak gibi oldu ama öteki elinden, eteğinden tutup hırsla çekti onu, çektikçe de burası kaşı, orası gözü, şurası duluğu muluğu demeden üst üste yumrukladı.

"Pideleri hapır hupur yerken iyiydi ama değil mi?" diye bağırdı dişlerinin arasından. "Hiç sormuyordun bu değirmenin suyu nereden geliyor diye, ha? Söylesene, sormuyordun, öyle değil mi?"

Cevap vermedi Muzaffer, boğuk boğuk yankılanan sesini işitti ama adamın ne dediğini hiç anlamadı o sırada. İyice sersemlediği için daha fazla dayanamadı zaten, çenesine yediği okkalı bir yumruğun ardından birdenbire yere kapaklandı. Öteki büsbütün hırslandı onun düştüğünü görünce, adeta kendinden geçti ve o çekik gözlerini acayip bir şekilde pörtleterek bu sefer de var gücüyle tekmelemeye başladı. Tekmeleri yedikçe, menteşelerinden kurtulan kapılar korkunç bir gürültüyle fırıl fırıl döndü Muzaffer'in etrafında. Kapılarla birlikte duvarlar, duvarlarla birlikte çivilere asılmış giysiler, giysilerle birlikte her an yere damlayacakmış gibi görünen tavan tahtalarındaki budak izleri de döndü. Köydeki mis kokulu kırlar da döndü hatta, bağlardan, bahçelerden sarkan gölgeler, uğultularının içinden yükselen dağlar, göletler, ağaçlar ve şıngır şıngır avluya saçılıveren o rengârenk bilyeler de döndü.

Sonra, birdenbire Güldiyar'ın yüzü belirdi küçük odanın kapısında. Gürültüyü patırtıyı duyunca dayanamayıp emekleye emekleye eşiğe kadar gelmiş, ellerinin üstünde, korku dolu kocaman gözlerle olup bitenlere bakıyordu.

Adam durdu onu görünce, üstünü başını düzelterek birkaç adım geri çekildi.

Onun çekilmesiyle birlikte Muzaffer rahatladı bir nebze, genişleyiveren soluğu neredeyse pof diye fırladı çıktı ağzından. Soluğu böyle fırlayıp çıkınca etrafı da az buçuk aydınlandı sanki ve nicedir bükülü duran bacakları kendiliğinden gevşedi. Sonra bir eliyle karnını tutarak, kanlar içinde, yüzünü yavaşça kaldırdı yerden. Kaldırır kaldırmaz da eşikten bakan Güldiyar'la göz göze geldi. Utancından ne yapacağını bilemedi, şar şar, başından aşağı kaynar sular döküldü o sırada. Boynunu uzatıp ellerinin üstünde yaylanarak kız da bir şey söyleyecekmiş gibi ağzını birkaç defa açtı kapadı ama konuşamadı. Çok kötü oldu konuşamayınca, kendi çizgilerinin içinde kıvranıp duran sapsarı bir yüzle baktı kaldı kapının kenarından. Dudakları hafifçe titredi sonra, bakışları titredi ve birden ağlamaya başladı. Ağlayınca da o güzel gözlerinden taşlar döküldü yine, ıslak ıslak ortalığa saçıldılar.

Çekik gözlü adam apar topar dışarı çıktı o vakit, içerisi görünmesin diye kapıyı da arkasından sessizce kapattı.

"İsimleri hemen okuma len," dedi, eşikte duran arkadaşına. "Biraz bekle!"

Öteki, başını salladı ve oyalanmak için, sanki listelerde bir karışıklık varmış gibi elindeki kâğıtları evirip çevirmeye başladı.

O akşam kalabalık dağılınca, küçük odanın penceresindeki SATILIK yazısını kaldırdı bu çekik gözlü adam, o hoyrat elleriyle kâğıdı haşır huşur buruşturdu, avuçlarının içinde eze eze yusyuvarlak etti, sonra da ağzından saçılan karanlık homurtular eşliğinde kapının dışına doğru fırlatıp attı.

Ötekiler sağdan soldan koştu geldi hemen, yan yana dizilip hep birlikte, sanki mucizevi bir şey olacakmış gibi kâğıdın düştüğü yere baktılar.

Çekik gözlü bakmadı hiç, o burnundan soluya soluya gitti, bir müddet uzun adımlarla avluyu harmanladı. Karanlığın içinde bozarıp duran avlu bir o yana, bir bu yana sallandı o harmanladıkça. Sonra nereden geldiyse eteğinde pul pul yapraklar uçuşan bir rüzgârdır geldi, yönünü şaşırmışçasına, dut ağacının dallarını takırdatarak ortalıkta dört dönmeye başladı. Sıçrayıp çıktı, çatıyı tırmaladı bir vakit görünmeyen pençeleriyle, oradan indi, geniş mi geniş bir dille taşı, toprağı yaladı, ardından doğruldu, göğün derinliklerine doğru tepelerdeki sokak lâmbalarını titreten bir şiddetle uludukça uludu. Avluyu çevreleyen briket duvarlar da karanlığın koynuna akmış besili bir yılan gibi, belli belirsiz kımıldandı o böyle ulurken. Hatta bütün bunların yanı sıra, toprağın göğsü hiç beklenmedik bir şekilde birkaç defa kalkıp indi, kalkıp indi.

Çekik gözlü adam her nasılsa sakinleşti sonra, avluyu harmanlamaktan vazgeçip küçük bir el işaretiyle ötekileri başına topladı ve onlara fısır fısır bir şeyler söyledi.

Ardından da, avludan çıkıp hep birlikte karanlığın içinde kayboldular.

Kaybolmadan önce, içlerinden biri yanından geçerken çamaşır ipini file yerine koyup bir voleybol oyuncusu gibi aniden sıçradı ve gayet fiyakalı bir şekilde, karşıdan gelen hayalindeki topa iki eliyle vurmaya çalıştı. Yeterince yükselemediği için beceremedi tabii, çuval misali, boşluğa abandı kaldı. İpin koptuğunu fark etmedi bile o sırada, ötekilerle birlikte gülüşerek arkasında bırakıp gitti öylece.

Didilmiş beyaz bulut parçacıklarına benzeyen gülüşmeleri de orada, avlu kapısının üstündeki karanlığın alnında asılı kaldı bir müddet.

Onlar gittikten sonra Muzaffer dünyadan elini eteğini çekmiş de kendini çürümeye bırakmış gibi, hiç kımıldamadan duvarın dibinde saatlerce oturdu. Kimi zaman vücudunun acıyan yerlerini, kimi zaman derinleştikçe derinleşen kızının sessizliğini, kimi zaman da dışarıdan gelen rüzgârın uğultusunu dinledi otururken. Ardından, gözlerini boşluğa dikip uzun uzun Zahit'in söylediklerini düşündü. Dursun geçti gözlerinin önünden, gelip tepelerine çöken adamlar geçti acımasız suratlarıyla, Bahriye geçti.

Kalktı sonra, yıllar evvel İtfaiye Meydanı'ndaki kullanılmış giysi yığınlarının içinden seçip aldığı ahşap düğmeli, kırçıl paltoyu getirdi öteki odadan. Elleriyle kat izlerini düzeltmeye çalışarak, onunla birlikte Güldiyar'ın yanına gidip dizlerinin üstüne çöktü.

"Kızım," dedi, birisi duyacakmış gibi sesini alçaltarak. "Şimdi kulağını aç, iyi dinle beni, tamam mı? Bizim ne yapıp edip bu adamlardan kurtulmamız lâzım. Burada olmamalıyız sabahleyin onlar geldiğinde."

Güldiyar sağ omzunu duvara vermiş, sırtı kapıya dönük, sessizce yere bakıyordu.

"Duyuyor musun beni?" dedi Muzaffer.

Güldiyar cevap vermedi, saçları yüzünün iki yanında belli belirsiz titredi.

"İyi dinle beni," dedi Muzaffer yeniden. "Kaçalım hemen, bu gece terk edelim bu evi! Başka çare yok kızım, başka çare yok... Kaçınca ne yaparız, nereye gideriz diye epeyce düşündüm ben. Dursunlara gitsek dedim, olmaz, bu puştların, bizi aramak için akıllarına ilk orası gelir çünkü."

Güldiyar duvara vuran gölgesiyle birlikte usulca kımıldandı oturduğu yerde, dizinin birini dikti, çenesini onun üstüne koydu.

Gözleri minderin ucundaydı.

"Sen yürüyemezsin, biliyorum. Fakat merak etme, sırtıma alırım ben seni, bayırı iner, gecenin bu saatinde kimseciklere görünmeden, anlıyor musun, doğruca berber Zahit'in evine gideriz. Onun evini biliyorum ben, tepedeki yeşil minareli caminin hemen berisinde. Sokağın başında barakaya benzeyen, kapısına naylon toplar asılmış, kümesten hallice küçük bir bakkal var, işte onun çaprazındaki üçüncü kapı Zahit'in evi. Baktın mı, Hüseyin Gazi Türbesi çok daha yakın görünüyor oradan. Elini uzatsan dokunacakmışsın gibi sanki, o kadar yakın. Neden öyle görünüyor bilemiyorum tabii, nereden bileyim, herhâlde vardır bir hikmeti. Uzun lâfın kısası, şimdi, saklanabileceğimiz en iyi yer Zahit'in evi diyorum ben. Mesafe epeyce var ama olsun, canımızı dişimize takar, icabında ara sıra dinlenir, gideriz bir şekilde. Hani elimde telefon, cebimde para olsa başka türlü de gidilirdi ya, sadece on beş liramız var kızım. Bizi iki sokak öteye bile götürmez bu kadarcık para."

Kız, çenesini kaldırıp babasına bakacak gibi oldu ama bakmadı.

"Hemen kaçalım, hemen!" diye fısıldadı Muzaffer, kucağındaki paltonun üstünde duran ellerini dövünürcesine birkaç defa kaldırıp indirerek. "Demin de dediğim gibi, doğruca Zahit'in evine gidelim. O bir gece saklar bizi, n'olacak, alt tarafı bir gece. Sabah olunca da yol parasını borç alırız ondan, verir, niye vermesin? Feleğin çemberinden geçmiş biridir o, hâlden anlar. Yol parasını alınca da artık hiç vakit kaybetmeden terminale gider, otobüse atladığımız gibi memlekete döneriz. Zahit bu adamların şerrinden korkup bizi evine almayabilir de tabii. Öyle yapacak olsa bile yine de yardım elini uzatır o, otobüs varsa, gece baca demez, ne yapar eder bizi memlekete gönderir. İyi adamdır çünkü, anlıyor musun?"

Sustu Muzaffer, gözlerini dikti, hadi artık, hemen yola koyulalım dercesine Güldiyar'ın yüzüne baktı. Kolundan tutup yönünü döndürmeye çalıştı sonra, sırtına alabilmek için.

Kız elektrik çarpmış gibi sıçradı birden, gözleri koca koca oldu.

"Oyalanmayalım, hemen kaçmamız lâzım," dedi Muzaffer yeniden.

Kalktı, kucağındaki paltoyu kızına giydirdi.

"Az buz değil, yolumuz epeyce var, üşüme," diye fısıldadı giydirirken.

Rüzgâr kudurmuş, büsbütün şirazeden çıkmıştı o sırada; bir yanıyla gidip habire dut ağacını silkeliyor, bir yanıyla gelip camları, duvarları ve kiremitleri tırmalıyor, bir yanıyla da nereden sızıyorsa içeri sızıp ufalanmış bir ıslık gibi evin her yerinde ince ince geziniyordu.

Sırtını dönüp çömeldi Muzaffer. Ellerini omuzlarının üstünden aşırıp geriye doğru uzattı.

"Hadi kızım, hadi gel," dedi.

Güldiyar'ı sırtına alıp kalktı sonra, iki büklüm, kapıya doğru yürüdü.

Tahmin ettiği kadar ağır olmadığını görünce, çok zayıflamış bu kız, neredeyse bebek kadar kalmış Allahım, bebek kadar, diye geçirdi içinden. Ardından da ağlamaklı bir yüzle, boğazına bir şey takılmış gibi üst üste yutkundu.

Eşiğe varınca durdu birden.

"Buraya göçtüğümüzde," dedi kendi kendine konuşurcasına, elini uzatıp söveye yaslanarak; "Hüseyin yedisindeydi, sen üçündeydin. Ufacıktın daha, dilli düdük gibi, bıcır bıcır konuşur dururdun da susturamazdık bir türlü. Pılıyı pırtıyı traktöre yükleyip geldiğimiz gün, şehre göçtük diye öyle sevinçli, öyle sevinçliydik ki sorma gitsin! Sen evin önüne indirdiğimiz eşyaların arasında gezinerek ellerini çırpıyordun habire. Hüseyin de tezikmiş oğlak gibi ikide bir sıçrayıp avlu duvarının üstüne çıkıyor, ağzı kulaklarında, kocaman gözlerle hayran hayran şehre bakıyordu. Mekânı cennet olsun, rahmetli annen de sevinçliydi tabii ziyadesiyle, ben de sevinçliydim. O gün bana, len Muzaffer, şimdi sen böyle cicilerini giyinmiş bayram çocuğu gibi seviniyorsun ama yıllar sonra bu şehirden fena hâlde yaka silkecek, silkince de bir gece kızını sırtına alıp apar topar köye kaçacaksın deselerdi, güler geçerdim herhâlde. Evet, güler geçerdim! Böyle bir şeyin olacağına da katiyen ihtimal vermezdim. Fakat neticeyi görüyorsun işte, bu şehir bize yaramadı kızım, hiç yaramadı."

Bir eliyle duvara tutunup sağına soluna bakına bakına yürüdü yeniden. Güldiyar'ın kolları boynunda, nefesi sol kulağının dibindeydi.

"Annenin gelmesi imkânsız artık," dedi, hafifçe içini çekerek. "Malûm, onun gittiği yerden dönülmüyor. Fakat kardeşin... o hâlâ sağ bana kalırsa. Yıllardır evine dönmediğine göre, belli ki bir şey elini kolunu bağlıyor, ona engel oluyor. O engel ortadan kalksa diyorum, şimdi, tam da şimdi başımız dardayken geliverse ne iyi olur, değil mi?"

Mutfak kapısının önünden geçip avluya çıktılar.

On beş, yirmi adım kadar ilerleyince, uğuldayan rüzgârın ortasında durup azıcık belini doğrulttu Muzaffer; ceketinin etekleri pır pır uçuşuyor, pantolonu bacaklarına yapışıyordu. Başını çevirip vedalaşırcasına eve doğru baktı. Kaçtıkları belli olmasın diye küçük odanın lâmbasını açık bırakmıştı çıkarken, perdedeki o solgun güllerin arasından avluya sapsarı, cılız bir ışık süzülüyor, süzülürken de hayalî bir tül gibi belli belirsiz titriyordu.

"Hadi artık, hadi oyalanmayalım," diye mırıldandı ışığın öyle titrediğini görünce, durup eve bakan kendisi değilmiş gibi.

Döndü hemen, yerde yatan çamaşır ipinin kenarından geçip çabuk çabuk yürümeye başladı.

Birkaç adım atmıştı ki durdu birden. Upuzun boyu ve geniş omuzlarıyla Hüseyin avlu kapısındaydı çünkü, karanlıkta dikilmiş, gözünü bir an bile ayırmadan, hoş bir gülümsemeyle onlara bakıyordu. Onu görünce nefesi kesilecek, kalbi duracak gibi oldu Muzaffer'in. Sırtından Güldiyar'ı indirse mi indirmese mi onu da bilemedi, öyle, yarı açık bir ağızla, içini dolduruveren sevincin içine çakıldı kaldı.

Hüseyin de rüyadaymış gibi, sessiz adımlarla onlara doğru yürüdü o sırada. Karanlık boyunu, yüzünü, omuzlarını ve gülüşünü az buçuk belirsiz kılıyordu ama her şeyiyle aynıydı, hiç değişmemişti. Sol kolu diğerine göre daha az sallanıyor, neredeyse hareketsiz kalıyordu yine, omuzları eskiden nasılsa öyle inip kalkıyor, dar alınlı, kalın kaşlı yüzü de ne kadar doğrultursa doğrultsun ikide bir hafifçe sağa yatıyordu. Derken, değişmeye başladı gitgide, çizgileri titreyip sağa sola dağıldı, dağıldıkları yerde kırılıp ufalandı, sonra hızla toplandı, toplanınca toplandığı gibi kaldı ve neticede Hüseyin bambaşka bir hâl aldı.

Bambaşka bir hâl alınca da, "Yolculuk nereye dayı?" dedi birden.

O an dizlerinin bağı çözüldü Muzaffer'in, kanı çekilir gibi oldu. Neredeyse Güldiyar'la birlikte yere yığılıp kalacaktı ama çarçabuk toparladı kendini.

"Gir içeri len, gir içeri!" dedi öteki sertçe.

Demekle kalmayıp kendisine hayretle bakan Muzaffer'in baldırlarına doğru, hedefine ulaşmayacağını bile bile kocaman bir tekme savurdu hatta, savururken de tükürüyormuşçasına ağzından cık diye tuhaf bir ses çıkardı. Havada geniş bir kavis çizen sivri burunlu ayakkabısının ışıltısına cak diye büyüyerek düştü bu ses. Adam gecenin o saatinde, tekme atarken yere tüküren komik bir adamı taklit etti sanki. Hemen ardından da oyun oynuyormuş gibi, nazik bir şekilde, işaret parmağının ucuyla omzundan itekleye itekleye sırtındaki Güldiyar'la birlikte gerisingeri eve soktu Muzaffer'i. Kapıyı da üstlerine gecenin direklerini sarsan bir şiddetle güm diye kapattı.

"Dangalak işte!" dedi öfkeyle. "Dangalak!"

Bir sigara yakıp gevşek adımlarla dut ağacına doğru yürüdü sonra, arada bir sağa sola bakarak duvarın dibine kadar gitti.

Ağacın gerisindeki karanlığın içinden, ağzında sigara, biri daha çıktı o sırada; nefesinin üzerinde yürüyormuş gibi hırıldaya hırıldaya yaklaştı. Tam bir adam azmanıydı bu, deri ceketinin fermuarını göbeğinin üstünden aşırıp çenesinin altına kadar çekmiş, ellerini de ceplerine sokmuştu.

"Patron haklıymış," dedi onu görünce beriki. "Vallahi tüyecekti adam, gördün mü, kızıyla birlikte tüyecekti!"

Öteki, gördüm anlamında kalın kalın başını salladı ilkin. Ardından da ağzından dumanlar saçarak gitti, sağındaki duvara yanlamasına yaslandı.

"Geliyor seninki," dedi sonra. "Buyur bakalım, işte geliyor."

Hüseyin'e benzeyen adam hızla dönüp arkasına baktı.

Sırtındaki Güldiyar'ı küçük odaya bırakan Muzaffer dışarı çıkmış, ürkek bir kedi gibi ağır ağır onlara doğru geliyordu.

Adamın suratı ekşidi onu görünce, elini birkaç defa cebine sokup çıkardı farkında olmadan.

“Bu dangalakla hiç uğraşamam ben, al hayrını gör, sana havale ediyorum,” dedi sonra.

Der demez de adeta kaçarcasına hızlı adımlarla uzaklaştı ama Muzaffer onu bırakmadı, rüzgârı bağrına alıp seğirtti arkasından.

“Dur hele evlâdım,” dedi, seğirtirken yorgun bir sesle. “Evlâdım beni dinle, bırakın biz gidelim, vallahi canımıza tak etti artık, bırakın gidelim!”

Adam duymamazlıktan geldi onu, karanlığı yara yara, hızını hiç kesmeden avlu kapısına doğru yürümeye devam etti.

Birkaç adım geriden soluk soluğa Muzaffer de yürüdü onunla birlikte, bırakmadı peşini.

“Bizi görmemiş oluverin evlâdım, ne var ki bunda, çok şey mi istiyorum sizden, bizi görmemiş oluverin,” diye yalvardı yürürken.

Adam ona dönüp bakmadı bile.

“Beni dinle evlâdım,” dedi Muzaffer yeniden, ellerini öne doğru uzatarak. “Her gün çektiğimiz azabı en iyi siz biliyorsunuz, vallahi canımıza tak etti, n'olur, bırakın da biz gidelim, yalvarıyorum!”

Adam ağzını açmadı hiç, mermerden yontulmuşa benzeyen kaskatı bir yüzle, tek başınaymış gibi uzun uzun gezindi avluda, bir o yana, bir bu yana defalarca gitti geldi. Onun peşinden arada bir tökezleyerek Muzaffer de yürüdü habire, o hızlanınca hızlandı, o dönünce döndü, o ilerleyince ilerledi. Bir yandan da rüzgârda dağılıp parçalanan bir sesle yalvardı ona hiç durmadan. Yalvarırken aynı sözleri o kadar çok, o kadar çok tekrarladı ki, artık bir süre sonra kendisi de söze dönüştü sanki, Hüseyin'e benzeyen o adamın birkaç adım gerisinde, çırpınan elleri ve rüzgârda uçuşan ceketiyle boğuk boğuk yankılanmaya başladı.

Avlu duvarına yaslanan adam da, ağzından hırıltılar saçarak, uykulu bir yüzle sessizce onları seyretti o gece, yerinden kımıldamadı hiç. Başını sağa sola çevirdikçe ensesi geniş bir ağartı hâlinde uzayıp kısaldı sadece. Gömleğinin yakasına yayılan gerdanı da arada bir kat kat çalkalandı.

Derken, avlu kapısına kim bilir kaçıncı kez vardığında aniden durdu Hüseyin'e benzeyen adam. Durunca da göğüs hizasına kadar yükselen tahtaların üstünden eğilip aşağıya, dereye doğru baktı.

Onun birkaç adım gerisinde, kalbi yaprak gibi titreyen eciş bücüş bir karaltı hâlinde Muzaffer de durdu o sırada.

"Sen benim oğlum yaşındasın evlâdım," dedi ağlamaklı bir sesle. "Üstelik ona o kadar çok benziyorsun ki. Gel etme eyleme, şu kadersiz kızımı da alıp gideyim ben, n'olur."

Adam yine cevap vermedi ona, yüzüne çarpan rüzgârın gerisinden, dal takırtılarıyla dolup taşan deredeki karanlığa bakmaya devam etti.

"Buralarda oturan akraban var mı senin?" dedi sonra.

Bunu duyunca, onun insafa geldiğini düşündü Muzaffer, içinden, kaçmamıza göz yumacak herhâlde diye geçirdi.

"Sana soruyorum, buralarda oturan akraban var mı?"

"Yok," dedi Muzaffer. "Benim bu şehirde hiç akrabam yok. Akrabalarımın hepsi köyde..."

Adam başını çevirip hâlâ aşağıdaki karanlığa bakıyormuş gibi, kısık gözlerle süzdü onu.

"İki saat önce evin etrafında genç biri dolanıp duruyordu," dedi. "Koltuğunun altında da klarnet vardı, kim o, tanıyor musun?"

"Bilmiyorum," diye mırıldandı Muzaffer.

Bir şeyler sakladığını düşünmüş olmalı ki, adam ona şüpheyle baktı bir an. Sonra ellerini cebine sokup hızlı hızlı dut ağacının bulunduğu köşeye doğru yürüdü. Peşinden Muzaffer de seğirtti tabii, yeniden yalvarıp yakarmaya başladı.

Dursun penceredeydi o sırada, perdeyi azıcık aralamış, sımsıkı bir ağızla Muzaffer'in avlusunda olup bitenlere bakıyordu.

"Yine mi kalktın sen?" diye seslendi Emine arkasından.

Dursun bir vakit cevap vermedi ona, duymamış gibi, camdan bakmaya devam etti.

"İçim kan ağlıyor," dedi sonra. "Muzaffer'in başına bu adamları ben musallat ettim. O gün Cihan'ı yardıma çağırmasaydım, o da yanında o Rüstem haydudunu getirmeseydi bunlar olmayacaktı."

"Nereden bilecektin ki böyle olacağını?" dedi Emine. "Suçlayıp durma artık kendini, yeter."

Dursun dönüp yeniden baktı dışarı, Muzaffer hâlâ o adamın peşinden koşuyor, koşarken de habire bir şeyler söylüyordu. Sırtından çekip alacakmış gibi rüzgâr ceketini omuzlarına doğru havalandırıyordu bazen. O vakit Muzaffer kanatlanmış bir kuşa benziyor, benzeyince de ayakları neredeyse görünmez oluyordu. Yere bir konup bir uçuyor, bir konup bir uçuyordu sanki.

"Ihlamur kaynatayım mı sana," diye sordu Emine. "Göğsünü yumuşatır, kaynatayım mı, ha?"

Muzaffer, hızlı hızlı gezinip duran adamla birlikte gözden kaybolmuştu.

Dursun cama burnunu iyice yaklaştırıp baktı ama göremedi onları.

"İşin nereye varacağını fark ettiğimde engel de olamadım," diye hayıflandı kısık bir sesle, kendi kendine konuşuyormuş gibi. "Hep birlikte tepeme çullandılar çünkü. O çam yarmaları tepeme çullanınca, Rüstem haydudu da sıvışıverdi hemen."

Emine bir vakit acıyarak baktı ona.

"Sabah ezanına az kaldı," dedi sonra. "Her gece penceredesin, hadi, hadi yat artık."

Geri çekildi Dursun, kanepeye oturdu, ellerini dizlerinin üstüne koydu, yüzünü kaldırıp sessizce Emine'nin yüzüne baktı.

O sırada bir haykırış yükseldi gecenin içinden.

İlkin, birisi aşka gelmiş de nara atıyormuş gibiydi bu haykırış. Ya da ciğeri yanmış biri kendi sınırlarının sonuna varıp dayanmış da feryat ediyormuş gibiydi. Sonra ortalıkta tepinen azgın bir dana böğürtüsüne dönüştü birden. Sonra da kedi miyavlamasına benzedi sanki, inceldikçe inceldi ve karanlığın içinde yankılana yankılana kayboldu gitti.

6

Ertesi gün, sabahın köründe beş adam geldi. Peşlerinde kovguncu varmış gibi, gelir gelmez de ayakkabılarını bile çıkarmadan paldır küldür evin içine doluştular. Onlarla birlikte henüz kırılmamış, kırağı kıvamında bembeyaz bir soğuk da girdi kapıdan, duvarlar hafifçe ağarıp yeniden karardı. Gözleri uykulu uykulu açılıp kapandı sanki. Gelenler de bu duvarların arasından kızarmış burunlarını avuçlayarak peş peşe yürüdüler. Başlarında çekik gözlü adam yoktu bu kez, o nereye gitmişse gitmiş, yerini ötekilerin Nedim Ağbi diye hitap ettiği, uzun boylu, çatma kaşlı biri almıştı.

İçeri girince o sabah ilkin mutfak kapısının önünde durup sağa sola baktı bu Nedim.

"Dışarıda bekleyen var mı?" diye sordu etrafındakilere, kendisi avludan geçmemiş de evin içine gökten inmiş gibi.

"On beş, yirmi kişi var," dedi adamlardan biri. "Battaniyelere bürünmüş, bekliyorlar."

"Beklesinler," diye mırıldandı Nedim.

Ne yapacağını bilemediği için o sırada başını eğip ayaklarının ucuna baktı cevap veren adam. Arkadaşları da, dirsek dirseğe, ellerini önlerine kavuşturup beklediler duvarın dibinde.

Muzaffer küçük odanın eşiğindeydi bunlar olup biterken, sövenin kenarından başını uzatmış, sessizce adamlara bakıyordu.

Derken, Nedim Ağbi dedikleri bu adam hızlı adımlarla evin her yerini köşe bucak gezdi o gün, gezerken de arada bir durup kaşlarını oynata oynata, tepeden tırnağa, karşısına çıkan her şeyi süzdü.

Sonra emretti, dağılıverecekmiş gibi duran, yayları gevşemiş gülkurusu kanepeleri salondan alıp apar topar küçük odaya götürdüler.

"Şu vitrini de çıkarın!" dedi.

İçini boşaltmadan, şıngır şıngır, raflardan sarkan el emeği göz nuru dantelleriyle birlikte onu da alıp salona açılan büyük odaya götürdüler hemen, yüklüğün dibinde duran ön yüzü geyik resimleriyle süslü tahta sandığın yanına koydular.

Nedim kanepeler taşınırken hiç oralı olmadı ama vitrinin gidişini gözleriyle baştan sona takip etti. Yan yana dizilen bardaklarla fincanların devrildiğini ya da birbirleriyle çın çın tokuştuğunu gördükçe sinirlendi nedense, bir şey yiyormuş gibi birkaç defa sessizce çenesini oynattı. Yeterince özen göstermiyorlar diye, vitrini taşıyan adamları hayalinde ağzına attı da dişlerinin arasında çatır çutur çiğnedi sanki. Sonra ansızın döndü, boşalan salona gayet memnun bir ifadeyle uzun uzun baktı.

"Durmayın hadi, kızı getirin!" dedi sertçe.

Kendi içinde yankılanan, dünyadan kopmuş derin bir sessizlik hâlinde, kollarından tutup adeta sürüklercesine yavaş yavaş getirdiler Güldiyar'ı, her köşeden rahatça görülebilecek en iyi yer orasıdır diye, kapının karşısına düşen duvarın dibine bir minder atıp üstüne oturttular.

Kız değil de minder soluk alıp veriyormuş gibi oldu o oraya oturunca.

"Hah, işte bu kadar," dedi Nedim. "O ufacık odada ziyaretçi mi kabul edilir yahu, hiç olacak şey mi? Bakın işte şimdi, bir seferde daha çok insan girebilir içeri, değil mi?"

Adamlar hep birlikte başlarını salladılar.

İçlerinden biri, "Bunu daha evvel niye düşünmedik ki biz?" diye hayıflandı o sırada.

"Başınızdaki düşünecekti, başınızdaki!" dedi Nedim ona ters ters bakarak.

Güldiyar'ın peşinden o gün Muzaffer de gitti tabii, yorgunluğunun içinde kaybolmuş, uçuk benizli küçücük bir yüzle, sığıntı gibi, sağ taraftaki duvarın dibine de o oturdu.

Nedim gözlerini dikip sessizce izledi onun hareketlerini.

"Bana bak," dedi, o yerine oturunca. "Sen salonda yer işgal etmesen iyi olur aslında!"

Muzaffer anlamadı ilkin, boş boş baktı duvarın dibinden.

"Sen salonda yer işgal etmesen iyi olur diyorum," dedi Nedim yeniden. "O vakit her seferinde içeriye bir kişi daha fazla alınır, değil mi?"

Afalladı Muzaffer, bir an ne diyeceğini bilemedi.

"Olur mu hiç, olur mu hiç?" diye kekeledi sonra, dizlerinin üstünde çarçabuk doğrularak. "Kız bensiz ne yapar?"

Nedim'in yüzü karardı birden, adamlarına emredip onu kargatulumba dışarı attıracakmış gibi fıldır fıldır etrafına bakındı.

"İmkânı yok bensiz yapamaz," dedi Muzaffer. "Görüyorsunuz, parmağını oynatacak hâli kalmadı. Kendi başına bazı şeylerin üstesinden gelemiyor artık, illa ki birinin yardım etmesi gerekiyor ona. Gün boyu yemeği var bunun, yatması, kalkması var, suyu var, sonra ayıptır söylemesi tuvaleti var."

Nedim azıcık yumuşadı bunları duyunca, peki bakalım, peki, kal, anlamında başını salladı.

Göz ucuyla Güldiyar'a doğru şöyle bir baktıktan sonra da adamlarıyla birlikte dışarı çıktı hemen, ellerini ceplerine soktu ve hiç kimseye hiçbir şey söylemeyen karanlık mı karanlık bir suratla, öğleye kadar ortalıkta tek başına gezindi durdu. Avluyu hıncahınç dolduran kalabalığın arasında kimi vakit gözden kayboldu böyle gezinirken. Kimi vakit, acaba isimleri sırasıyla yazıp sırasıyla okuyorlar mı, paraları tastamam topluyorlar mı ve bunları yaparken de insanlara iyi davranıyorlar mı diye bir köşeye sinip tilki gibi uzaktan uzağa adamları izledi. Hatta ismi okunanların peşine takılarak gitti, bir ara, kaşlarını oynata oynata evin içindeki işleyişi de kontrol etti. Ne var ki tatsız bir suratla geri döndü hemen, karman çorman bir hâl alan eşikteki ayakkabıların arasından geçip sundurmanın ucuna geldi, direğin dibine çömeldi ve sipariş edilen pideler gelinceye kadar oradan dalgın bir yüzle kalabalığı seyretti.

Yemekten sonra da aklına bir şey gelmiş gibi ansızın fırladı kalktı yerinden.

"İsmail, İsmail!" diye bağırdı sertçe.

Kuzguni siyah saçları ve kocaman burnuyla adamlardan biri koştu geldi hemen.

"Böyle olmuyor İsmail," dedi ona.

Adam onun neyi kastettiğini anlamadı tabii, boş boş baktı.

Nedim de ona baktı bir müddet.

"Böyle olmuyor aslanım, böyle olmuyor," dedi yeniden, küsmüş gibi suratını asarak. "Peşinen şunu söyleyeyim sana, ben buradaki gidişatı hiç beğenmedim!"

Adam ellerini önüne kavuşturdu o böyle deyince, kaşlarının altından sessizce baktı.

"Şimdi beni iyi dinle," dedi Nedim. "Tespitlerime göre, içeri giren gruplardan kimi kızın yanında yarım saatten fazla, kimi de anca on beş, yirmi dakika kalıyor. Bu tür şeylere dikkat ettiğiniz falan yok anladığım kadarıyla, işi kara düzen götürüyorsunuz. Fakat böyle olmaz ki! Söyle, olur mu?"

"Olmaz," dedi İsmail mahcup bir sesle.

Nedim onun sol omzunun üstünden gerideki kalabalığa doğru baktı.

"O hâlde bundan böyle saat tutulacak, tamam mı, ziyaret süresi sadece yirmi dakika olacak. Ne eksik ne fazla, saniyesi saniyesine yirmi dakika... Bu süre içerisinde kız ağladı ağladı, ağlamazsa yapılacak bir şey yok, ziyaret derhâl sona erdirilecek. Herkes şansına küssün, tamam mı?"

"Tamam," diye mırıldandı İsmail.

"Bir de ayakkabı meselesi var," dedi Nedim. "Çıkışta, her defasında acayip bir karmaşa yaşanıyor çünkü. Daha doğrusu, ayakkabısının tekini bulamayanlar oluyor, bunlar bir ayakları yerde bir ayakları havada, öyle, aval aval sağa sola bakınıyorlar. Ötekiler ayakkabısını giysin de kendilerininki ortaya çıksın diye bakınıyorlar tabii. Vakit kaybetmenin lüzumu yok, tamam mı, söyleyin, bundan böyle herkes içeri ayakkabısıyla girsin!"

"Peki ağbi," dedi öteki.

Konuşmadı, hadi işinin başına dercesine elini salladı Nedim.

İsmail hemen öteki adamların yanına koştu.

Sundurmanın altından çıkıp ellerini ceplerine sokan Nedim de büyük bir sıkıntının pençesindeymiş gibi, hiç ışık vermeyen kırışık bir alınla aylarca ortalıkta gezindi durdu. Kalabalıktan bunaldığı için yan yan ilerleyerek gitti, avlunun girişinde, o kararmış tahtaların yanında oyalandı çoğu zaman. Daha doğrusu, briket duvarın üstüne oturup oradan uzaklara çekilmiş donuk bir yüzle habire aşağıya baktı. Hakikaten kız ağladığında gözlerinden taş mı dökülüyormuş diye, üçerli, beşerli gruplar hâlinde bayırı soluk soluğa tırmanıp gelenler oluyordu her gün, onlara baktı. Sonra avlu kapısından bir hayli sarsılmış vaziyette, kocaman gözlerle çıkıp kendi aralarında konuşa konuşa evlerinin yolunu tutanlar oluyordu, onlara baktı. Sonra Güldiyar'ı görmek isteyen insanları şehrin çeşitli semtlerinden getirip kavakların hizasında indiren sarı kuşaklı mavi minibüsler, sıcaklığı ta uzaktan hissedilen terli bir hırıltı eşliğinde tozu dumana katarak hızla geri dönüyordu, onlara baktı. Sonra toprak yolun kenarına gelişigüzel park edilen, camlarına güneş vurmuş otomobiller bir çoğalıp bir azalıyordu, onlara baktı. Sonra gecekondularla kaplı tepelerin, kavakların gerisindeki yokuşun başından yükselen yeşil minareli caminin ve sağ tarafa düşen Hüseyin Gazi Türbesi'nin üstünde sürekli şekil değiştiren, her biri küçük bir göl genişliğinde salkım saçak bulutlar uçuşuyordu, onlara baktı.

Sonra işte evin önüne simit satan iki çocukla bir çekirdekçi de gelmeye başladı o böyle bakarken.

Çocuklardan biri çapraz ayaklı tablasıyla, biri içine akça pakça bez döşenmiş kocaman kamış sepetiyle, daima yeşil bir hırka giyen orta yaşlı, çökük avurtlu çekirdekçi de camekânlı arabasıyla geliyordu. Geldiler mi avlu kapısının dışında, sağlı sollu, birbirlerinden olabildiğince uzakta duruyordu simitçiler. Her gün bu mesafeyi mutlaka kolluyor, kollarken de bıyık altından karşılıklı gülümsüyorlardı. Hem ezelî bir esnaf raconuna uymanın memnuniyeti hem de bu raconu zarif ve muzip bir oyuna dönüştürmenin gizli hazzıyla gülümsüyorlardı sanki.

İncecik gövdesiyle tıpkı bir hayalet gibi öğleye doğru çıkıp gelen çekirdekçi bayırı tırmanamıyordu tabii, mecburen Dursun'un evinin arkasından dolanıyor, avlu kapısına dokuz, on adım kala durup arabasını duvara yaslıyor, aşağıya yuvarlanıp gitmesin diye de, her ihtimale karşı, tekerleklerin önüne arkasına şöyle kafa büyüklüğünde iri iri taşlar koyuyordu. Uykudaymış gibi, ağır mı ağır hareketlerle bardak hesabı satışa başlıyordu sonra, evvelce hazırladığı külahlara çekirdeği doldurup her defasında eskimiş etiketlere benzeyen silik bir gülümseme eşliğinde usulca uzatıyordu insanlara. Aslında, bir türlü yerine oturmayan bu yapıştırma bıyık tadındaki gülümseme hareketlerine hiçbir şey katmıyor, tam tersine, iğretiliği yüzünden onları sanki içinde bulundukları zamanın dışına çıkarıp büsbütün mecalsiz bırakıyordu ama adam yine de yıllardır sakladığı narin ve paha biçilmez bir hediyeyi takdim edercesine, hafifçe eğilerek külahları hep aynı şekilde uzatıyordu.

Çuvaldaki çekirdeği satıp bitirdiğinde de, gitmeden önce, ellerini beline koyup avludaki kalabalığı seyrediyordu bir müddet.

Orada olup bitenleri havsalası almıyormuş gibi, şaşkın gözlerle seyrediyordu.

Günlerden bir gün yine böyle ellerini beline koyup seyre dalmıştı ki, kalabalığın öteki ucunda umulmadık bir dalgalanma oldu. Dalgalanma olunca avlu daraldı birden ve bu darlıkta herkes birbirinin üstüne abanarak, birbirinin kolunu kanadını çekiştirerek, birbirinin ayağına basarak alelacele o tarafa doğru seğirtti. Ezilme tehlikesi geçiren, omuzlarına şal örtünmüş orta yaşlı birkaç kadın da paniğe kapılıp tiz çığlıklar eşliğinde hemen avlu kapısının dışına, simitçilerin yanına kaçtı. Kendilerini her türlü vaziyete el koymakla vazifeliymiş gibi gören bazı işgüzarlar yüzünden, avlunun çeşitli köşelerinde yeni kargaşalar da yaşandı o sırada; kimileri aniden birbirlerine, sen kim oluyorsun, dur hele, asıl sen kim oluyorsun diye bağırıp çağırmaya başladı.

Ortalık böyle karışınca Nedim duvarın üstünden indi hemen, insanların arasından elleriyle kendine yol aça aça, yüzüne düşen kırlangıç gölgeleriyle birlikte sundurmanın altına doğru koştu.

Uzaktan ne dediği pek anlaşılmıyordu ama Güldiyar'ın yanından çıkan bıyığı yelli, şişmanca bir adam tıpatıp kendisine benzeyen karısının koluna girmiş, bağıra çağıra İsmail'le tartışıyordu. Hani, kadın ikide bir kolundan çekiştirip durmasa karşısındakini pinçik pinçik edecekti neredeyse, o derece öfkeliydi.

Derken, en az onun kadar öfkeli birkaç kişi daha katıldı bu tartışmaya ve daha neler oluyor demeye bile kalmadan iş çığırından çıktı.

"Ne istiyor bunlar İsmail?" diye sordu Nedim ağzında soluk, koşar adımlarla yaklaşırken.

Karısını bırakıp İsmail'den önce öteki adam cevap verdi Nedim'e.

"Kardeşim," dedi, gözlerini pörtleterek; "bu bizim üçüncü gelişimiz! Hiç olacak şey mi, kızın gözlerinden dökülen taşları bir kere bile göremedik daha, bir kere bile!"

"Vallahi ben de göremedim!" diye atıldı kalabalığın içinden başka biri. "İki defadır geliyor, boşuna masraf ediyorum!"

"Doğru söylüyor!" dedi onun arkasından biri daha, öne doğru fırlayarak. "Bu işe çare bulmalı, vallahi boşuna masraf ediyoruz!"

Nedim kime nasıl cevap vereceğini bilemediği için, mızrak misali, sivri sivri yükseliveren bu seslerin arasında bocaladı önce. Sonra nasıl akıl ettiyse etti, kalender bir havaya bürünerek ellerini kaldırıp ortalığı yatıştırmaya çalıştı. O böyle avuçlarını yere çevirip birkaç defa top zıplatır gibi ellerini hızlı hızlı hareket ettirince sesler kesildi birden, acaba ne söyleyecek diye herkes ona baktı. Büyütülecek bir şey yok yahu, vallahi boş yere kalbimi kırıyorsunuz dercesine, sitemkâr bir ifadeyle Nedim de onlara baktı bir müddet. Hatta o sırada başını bir o yana, bir bu yana yıktı da kalabalığın karşısında adeta yanağının okşanmasını bekleyen sevimli bir çocuğa dönüştü.

Ne var ki pek uzun sürmedi çocukluğu, ellerini indirir indirmez büyüdü, ceberut biri oldu yeniden.

"Şansınıza küsün!" dedi sonra, herkesi şaşırtan inanılmaz bir öfkeyle. "Taşları göremediyseniz ben ne yapayım ha, ben ne yapayım? Anasını satayım, pilli bebek değil ki bu, düğmesine basınca ağlasın!"

Şişman adam tırstı bu sözleri duyunca, suratını asıp küçük küçük adımlarla karısına doğru sokuldu.

O sırada adamlarına, "İşinize devam edin len, benim kafamı bozmayın!" diye bağırdı Nedim.

Adamlar yanı başında değil de sanki çok uzaktaymış gibi, aynı zamanda göz ucuyla kalabalığa doğru bakarak adeta aba altından sopa gösteriyormuş edasıyla bağırdı. Bağırdıktan sonra da ellerini kaldırıp yüzünün hizasında çarpı işaretine benzeyen, bol rüzgârlı, âni bir hareket yaptı. Pekâlâ beyler, hepsi bu kadar, şu andan itibaren söyleyeceklerinize kulaklarımı kapatıyorum demek istedi sanki. Bir nevi, el kol hareketlerinden oluşan bir şangırtıyla kepenk indirdi.

Böylece, daha fazla büyümeden bu tatsızlık geçiştirildi o gün.

Pabucun pahalı olduğunu gören şişman adam karısının koluna girdi ve bir daha imkânı yok gelmem havasıyla, başını iki yana sallaya sallaya sessizce avludan çıktı gitti.

Onun sesindeki cesaretin dallarına tutunup taşları göremedik, vallahi paramız boşa gidiyor diye sızlananlar da etrafa korku dolu gözlerle şöyle bir baktıktan sonra kafalarını yere eğdiler hemen, kıçın kıçın uzaklaşıp kalabalığın içinde kayboldular.

Ne var ki ertesi gün öğle saatlerinde, tam da pidecinin çırağı siparişleri getirip teslim ettiği sırada aynı huzursuzluk yeniden baş gösterdi. Güldiyar'ın gözlerinden dökülen taşları göremediğini söyleyenler mantar gibi çoğaldı birdenbire, bunlar kafa kafaya verip kendi aralarında konuşmaya, her fırsatta boşuna masraf ediyoruz diye yakınmaya ve hafiften homurdanmaya başladılar. İsmail'le birlikte öteki adamlar avlunun çeşitli yerlerinden yükselen bu homurtuları kulak ardı ettiler önce, içeri girip çıkanların ardı arkası gelmeyen şikâyetlerini de her defasında yuvarlak lâflarla ustaca savuşturdular ama bunlar bir işe yaramadı. Tam tersine, ağız kalabalığına getirildikçe insanlar hırçınlaşıp homurtularının şiddetini biraz daha arttırdılar.

Bu işe bir çözüm bulabilmek için, Nedim de Güldiyar'ın başına tebelleş oldu o vakit, baskın veriyormuş gibi, kapıları sımsıkı kapatıp adamlarıyla birlikte paldır küldür salona daldı.

Dalar dalmaz da, "Sen niye ağlamıyorsun kız, niye ağlamıyorsun?" diye gürledi önce.

Minderin üstünde tortop duran Güldiyar cevap vermedi tabii, başını kaldırıp bakmadı bile.

Nedim kendini boşluğa konuşmuş gibi hissetti o sırada, hafiften bozuldu. Bozulunca etrafındaki adamlardan gözlerini kaçırdı hemen, kapkara bir suratla döndü, kaşlarını oynata oynata salonun o ucundan bu ucuna birkaç defa gitti geldi.

Ardından da Güldiyar'ın karşısına dikilerek, kız sen niye ağlamıyorsun ha, söyle bana, niye ağlamıyorsun diye bağırıp çağırmaya başladı. Bunu yaparken bazen kendine hâkim olamayıp pürhiddet kızın üstüne yürüyor, tokat atacakmış gibi elini hızla kaldırıyor, sonra her nasılsa vazgeçiyor ve dişlerini sıkarak bir müddet hiç kımıldamadan, yuvalarından fırlamış kocaman gözlerle kötü kötü bakıyordu. Burun delikleri habire açılıp kapanıyordu o böyle bakarken. Kabarıp şişen alnındaki damarlar da zonk zonk zonkluyordu.

Bir keresinde, salonu kim bilir kaçıncı kez turladıktan sonra yine hızını alamayıp karanlık bir atmaca gibi kızın üstüne yürümüş ve elini hışımla kaldırmıştı ki, Muzaffer, ben buradayım dercesine hafifçe öksürdü duvarın dibinden.

"Üstelemeyin, n'olur, üstelemeyin," dedi ardından da uzak kedi mırıltısına benzeyen, duyulur duyulmaz bir sesle.

Kimse cevap vermedi ona.

"Görmüyor musunuz," dedi yeniden, dizlerinin üstünde hafifçe doğrularak. "Ağlayacak hâli mi kaldı onun, göz pınarları kurudu artık, görmüyor musunuz, göz pınarları kurudu."

"Sen sus!" diye bağırdı Nedim.

Yere doğru hamle yaparak adeta tükürür gibi bağırdı.

O böyle bağırınca, öteki adamlar da hep birlikte gözlerini çevirip sert bakışlarla Muzaffer'i olduğu yere çivilediler hemen.

Nedim hiç ara vermeden, gitgide çatallanan damarları yırtılmış bir sesle o gün salonun ortasında döne döne bağırıp çağırmaya devam etti böylece. Hatta bir süre sonra büsbütün kendinden geçti ve edepsizliği iyice ele aldı da Muzaffer'in yakarışlarına bile aldırmadan kızın yüzüne karşı, la seni şöyle yaparım, la seni böyle yaparım diye çirkin tehditler savurmaya başladı.

O böyle evin içinde bağıra çağıra korku rüzgârları estirirken, bir an için, sesleri duyan avludaki vicdan sahibi insanların artık daha fazla dayanamayıp hep birlikte vaziyete el koyacaklarını düşündü Muzaffer. Bunu düşününce umutlandı hâliyle, hem de öyle çok umutlandı ve aklından geçen şeyin olacağına öyle yürekten, öyle yürekten inandı ki, birden, gözlerini kapıya çevirip içeri girecek olan o vicdan sahibi insanları beklemeye başladı. Elleri heyecandan dizlerinin üstünde tir tir titriyor, kalbi de kuş olmuş, deli gibi habire kanat çırpıyordu beklerken. Kulakları işiteceği ayak seslerindeydi. Bir yandan da içinden tespih çekercesine, hadi gelsinler artık Allahım, hadi gelsinler artık, hadi gelsinler diye sürekli dua ediyordu.

Gelgelelim, ettiği onca duaya rağmen kapıyı açıp içeri giren olmadı o gün.

Olmayınca da umudunu kesti Muzaffer, bize kimseden fayda yok, insanlar bu rezilliği seyretmekten başka bir şey yapmıyor diye düşündü. Kolunu kanadını kıran bu düşünceyle oturduğu yerden usulca kalktı sonra, tepesinde dikilen izbandut kılıklı iki adamın arasından geçerek, sağ dizini ova ova, bir omzu aşağıda bir omzu yukarıda, Nedim'e doğru yürüdü.

"Yazıktır," dedi onun yanına varınca. "Yazıktır, kıza eziyet edip durmayın."

Elleri havada, bir an hareketsiz kaldı Nedim.

Muzaffer dikkatle onun yüzüne baktı. Bakarken iğne ucu kadarcık da olsa bir merhamet ışığı aradı ama göremedi.

"Acaba," dedi göremeyince, "bu işin başka çaresi yok mudur?"

Cevap vermedi öteki, gözleri Güldiyar'da, öylece durdu.

Dizini ovmaya devam etti Muzaffer.

"Evvelce dökülen taşları getirip kızın önüne saçsak olmaz mı?" dedi sonra.

Nedim ona döndü birden.

"Taşlar duruyor mu?" diye sordu, kaşlarını hafifçe oynatarak.

"Duruyor," dedi Muzaffer.

Öteki bir an kuşkuyla baktı ona.

"Git getir hemen, git getir!" diye bağırdı.

Muzaffer dizini ovmaktan vazgeçip büyük odaya doğru yürüyünce İsmail de seğirtti peşinden.

Biri önde, öteki arkada, kapının dibine vardılar.

Muzaffer orada taşlardan söz ettiğine pişman olmuş gibi, başını öne eğerek bir vakit kara kara düşündü. Sonra elini uzatıp kapının kolunu tuttu ve tutar tutmaz da birtakım sesler duydu. Avludaki insanların seslerine benzemeyen, her biri birbirinden kalın seslerdi bunlar; yakın bir yerden yükseliyor, yükselince de sanki başka bir zamanın içine yayılıyorlarmış gibi ortalıkta uzak uzak yankılanıyorlardı.

Muzaffer duraksadı onları duyunca, bir eli kolda, neler oluyor dercesine dönüp İsmail'e baktı.

Öteki umursamadı onun bakışını, kayıtsız bir yüzle sağa doğru eğilerek kapıyı sertçe itti o sırada, peş peşe içeri girdiler.

İşte o vakit Muzaffer yüklüğün dibinde duran sandığın ön yüzündeki geyik resimleriyle karşılaştı birden, karşılaşınca da şaşkınlıktan oracıkta dondu kaldı. Resimdeki geyikler canlanmıştı çünkü, yay gibi gerilip burunlarını havaya dikmiş, hep birlikte acı acı böğürüyorlardı. Hem de öyle şiddetli yapıyorlardı ki bunu, arka plana çizilen çamlarla kaplı dağlar bile o sırada bu böğürtülerin rüzgârıyla adeta deprem oluyormuş gibi zangır zangır sarsılıyordu. Toynakların çevresindeki otlardan yükselen ince ıslıklarla birlikte bu zangırtılar sandığı da titretiyordu hafifçe, pencereden vuran solgun günışığını, perdedeki gülleri ve vitrinin orasından burasından sarkan o el emeği göz nuru dantelleri de titretiyordu. İğneden ipliğe, her şey kendi meşrebince böğürtülere eşlik ediyormuş gibi görünüyordu bu yüzden. Geyiklerin de böğürdükçe güzelliklerine güzellikler ekleniyordu sanki, odanın loş havasına rağmen, kızıla çalan tüylerinin parıltısı bilinmeyen bir yerden ışık alıyormuş gibi anbean çoğalıyordu.

Bunlar olup biterken, donup kaldığı yerde hâlâ hareketsizdi Muzaffer; gözlerini hiç kırpmıyor, yarı açık bir ağızla öylece sandığa bakıyordu.

"Yürüsene dayı," diye homurdandı İsmail o sırada, arkasından.

"Geyikler," dedi Muzaffer, aniden canlanıveren bambaşka bir sesle. "Acı acı, geyikler beğiriyor!"

"Ne geveliyorsun sen yahu, ne geveliyorsun?" diye sordu öteki.

Yavaşça dönüp baktı ama cevap vermedi Muzaffer. Başka bir âleme geçmiş gibiydi o an, beti benzi yerine gelmiş, suratı çocuksu bir hâl almış, gözlerinin içinde de top top kıvılcımlar uçuşmaya başlamıştı. Heyecandan zor nefes alıp veriyordu.

"Yürüsene dayı," dedi İsmail yeniden, eliyle sırtına dokunarak.

Geyikleri ürkütmemek için ayaklarının ucuna basa basa böğürtülerin arasından usulca ilerledi Muzaffer, gitti, sandığın iki adım gerisinde durdu. Durunca da eğilip kocaman gözlerle geyiklere yakından baktı. Bir ağızdan figan eden bu hayvanların her birine ayrı ayrı sarılmak istiyormuş gibi kollarını da açtı hatta bakarken ve bir müddet hiç kımıldamadı.

O sırada burunları hâlâ havadaydı geyiklerin, böğürtüleri yanık yanık duvarların yüzünde yankılanıyor, yankılandıkça çoğalıyor, çoğalınca kapıdan çıkıp evin içinde dolanıyor, sonra da dolandığı yerlerin irili ufaklı titreşimleriyle, dolandığı yerlerin kokularıyla, dolandığı yerlerin renkleriyle birlikte gelip gür bir şekilde odaya yeniden doluyordu.

Muzaffer hoş bir yüzle, pürdikkat sandığa bakıyordu hâlâ.

Derken açılmış kollarıyla, geyiklere doğru biraz daha yaklaştı.

"Yahu, sen ne yapıyorsun öyle?" diye sordu İsmail aniden.

Duruşunu bozmadan, ağzı kulaklarında, dönüp baktı Muzaffer. Ardından da kendini tutamayıp kıkır kıkır güldü.

"Geyikler," dedi sonra. "Duyuyor musun, geyikler ayaklanmış bak, hep birlikte beğiriyorlar!"

"Hadisene be adam!" diye parladı öteki. "Hani, nerede taşlar?"

Doğruldu Muzaffer, az evvel kıkır kıkır gülen o değilmiş gibi, ifadesi silinmiş sapsarı bir yüzle etrafına bakındı.

Gayriihtiyari, İsmail de baktı onunla birlikte.

"Sana soruyorum len," dedi yeniden. "Oyalama beni, hani, nerede taşlar?"

Muzaffer elinin ucuyla önünde duran sandığı gösterdi. Gösterirken yüzünün şekli değişti birden, gözleri buğulandı. Hatta bir türlü iyileşmeyen o kavlak dudaklarına da yine külrengi bir titreme gelip oturdu.

İyice sabırsızlanan İsmail onu sert bir omuz darbesiyle kenara, vitrinin dibine doğru itti o sırada. Sonra sandığın başına geçip sarı sarı ışıldayan teneke şeritlerle süslü kapağı tuttu, öfkeyle kaldırdı. Sandığın neredeyse yarısına kadar gözyaşı iriliğindeki taşlarla dolu olduğunu görünce duraksadı bir an. Daha doğrusu, yüzünü birkaç parmak geriye çekerek şöyle bir baktı. Ardından da ellerini daldırıp bir çatal avuç taşla ve biraz da şaşırmış bir yüzle doğruldu hemen, hiç vakit kaybetmeden, Muzaffer'i orada bırakıp uzun adımlarla salona koştu.

Sonra, onun koşa koşa getirdiği taşları gelişigüzel dökülmüş havası vererek Güldiyar'ın dizlerinin dibine serpiştirdiler ama bu ziyaretçileri pek tatmin etmedi. İkinci günün sabahında kocasıyla birlikte derenin dibindeki sisin içinden çıkıp gelen son derece şüpheci bir kadın, teneke gıcırtısına benzeyen o bet sesiyle, "Peki, bu taşların kızın gözlerinden döküldüğü ne malûm?" deyiverince zihinler bulandı çünkü. Üstelik kadının ettiği bu lâf neredeyse rüzgâr hızıyla öyle çabuk yayıldı ve ortalıkta ne malûm, ne malûm, ne malûm diye öyle çok yankılandı ki, o günden sonra kimse yere serpiştirilen taşlara bakmadı artık, ister istemez bütün gözler yine Güldiyar'ın yüzüne çevrildi. Taş döküldüğü falan yok yahu, göz göre göre soyuluyoruz türünden mızırdanmalar da başladı sonra, her yer ikide bir kabarıp sönen, kabarıp sönerken de birbirlerini kışkırtan ürkütücü seslerle doldu.

Avlunun cadı kazanı gibi fokur fokur kaynadığını fark edince bu sefer daha çok öfkelendi Nedim, öfkelenmekten de öte adeta çıldırdı ve Güldiyar'ın karşısına geçip yine etrafa tükürükler saçan kocaman bir ağızla, kız sen niye ağlamıyorsun ha, niye ağlamıyorsun diye bağırıp çağırmaya başladı. Yeri göğü inletti bağırıp çağırırken. Hayâ perdesi yırtık olduğu için lâfını sakınma gereği de duymadı hiç, ağzına geleni söyledi. O sırada tehditler de gırla gitti tabii, dakika başı korkunç, dakika başı iğrenç, dakika başı edepsiz mi edepsiz şekillere bürünerek ardı ardına yağmur gibi yağdılar.

Nedim böyle öfke nöbetleri geçirip evin altını üstüne getirirken, bir öğle vakti Muzaffer de su verme bahanesiyle kalktı, titreye titreye, elinde bardak Güldiyar'ın yanına yaklaştı.

"Tut kendini," diye fısıldadı kulağına. "Sakın ağlama kızım e mi, sakın ağlama, belki o zaman def olup giderler."

Konuşmadı Güldiyar, söylenenleri anlayıp anlamadığına dair herhangi bir belirti de göstermedi. Üzerine tutam

tutam saçlar bırakılmış ufak bir giysi yığını gibi, dilsiz ağızsız, öylece durdu duvarın dibinde.

Belki ağlamayacaktı artık, babasının umduğu gibi, belki o zaman bu adamlar def olup gidecek ve avluyu dolduran kalabalık da yavaş yavaş dağılacaktı ama öyle olmadı.

Bağırıp çağırmanın işe yaramadığını gören Nedim, sonunda kızı ağlatabilmek için yeni bir çare buldu çünkü. Bulunca da gözleri parladı birden, sundurmanın altında, direkle duvar arasında birkaç defa gitti geldi. Gidip gelirken de habire sigarasından çekip ağız dolusu duman üfledi ortalığa, habire çekip ağız dolusu duman üfledi.

Sonra zınk diye durdu direğin dibinde.

Dişlerinin arasından, "Dinsizin hakkından imansız gelir len," dedi kendi kendine. "Dinsizin hakkından imansız gelir!"

"Ne buyurdun ağbi?" diye sordu İsmail.

Nedim cevap vermedi, uzak tepelere doğru bakıp pis pis gülümsedi sadece.

Tam o sırada yine beyaz gövdeli, kocaman bir uçak geçti gecekonduların üstünden; korkunç bir gürültüyle mahalleyi zangır zangır sarsarak alçaldı, alçaldı ve ufku kaplayan o bol ışıltılı, yüksek binaların gerisinde kayboldu. Silinen sesler hep birlikte yeniden ortaya çıktı o kaybolunca, hallaç pamuğu gibi sağa sola dağılan avlular, ağaçlar ve gecekondular gelip yerlerine yeniden oturdu.

7

Nedim ertesi gün adamlarını bir köşeye çekti, fısır fısır, bulduğu çareyi etraflıca anlattı.

Hemen harekete geçtiler böylece, ellerine mezurayı alıp Güldiyar'ın arkasındaki duvarın genişliğini ve yüksekliğini ölçtüler, matkap vınlamaları eşliğinde tavana bir uçtan bir uca alüminyum bir korniş yerleştirdiler ve onun kanallarına da getirip birkaç saat içinde, kıvrım kıvrım, etekleri yere kadar uzanan mor bir perde taktılar. Olup bitenleri kaygıyla seyreden Muzaffer, ikide bir bütün bunların ne işe yarayacağını sordu ama cevap vermediler ona. Daha doğrusu, yanlarında yörelerinde dolanıp duran bu titrek bacaklı ufak tefek adamı kimi zaman dirsekleriyle, kimi zaman tekmeleriyle, kimi zaman da bakışlarıyla bir kenara itip işlerine devam ettiler.

İş bitince, karşı duvarın dibinde bekleyen Güldiyar'ı kollarından tutup eski yerine oturttular yeniden.

Ardından da Nedim salonun tam ortasına, tavandan sarkan ampulün altına dikildi ve bütün işi kendisi yapmış gibi, ellerini beline koyup bir müddet yorgun yorgun Güldiyar'a baktı.

"Hadi bakalım," dedi İsmail'e dönerek, "olacak mı, bir deneyelim."

Muzaffer sırtını duvara vermiş, hem habire kapıları, pencereleri tırmalayan dışarıdaki kalabalığın uğultusunu dinliyor hem de pürdikkat onlara bakıyordu o sırada. Neler olup bittiğini anlayamadığı için yüreği ağzındaydı.

İşte o böyle bakarken, adamlardan biri perdenin arkasına geçti hemen, kumaşı kabarta kabarta Güldiyar'ın hizasına kadar ilerledi.

Ne yapıyor acaba diye Muzaffer o tarafa doğru seğirtip perdenin kenarından bakmak istedi ama yanı başında dikilen adamlardan biri izin vermedi buna, harekete geçer geçmez önünü kesti ve bağrından ittiği gibi onu gerisingeri duvarın dibine postaladı.

"Başlayayım mı?" diye sordu o sırada perdenin arkasındaki adam, boğuk bir sesle.

"Başla!" dedi Nedim.

Onun böyle demesiyle birlikte insanın içini altüst eden tuhaf bir sessizlik çöktü salona.

Bir an dışarıdaki kalabalık da sustu sanki.

Kırlangıçlar da sustu.

Evin sağ tarafındaki kayalıklar da sustu sonra, kayalıklara çarpan rüzgâr da sustu.

Her şey böyle susunca, oturduğu yerde aniden sarsıldı Güldiyar; sıçrayıp kalkacakmış gibi, keskin bir hıh sesiyle yekindi. Ne var ki gücü yetmedi buna. Yetmeyince de gerisingeri yığıldı kaldı minderin üstüne ve elleriyle yüzünü kapatarak hıçkıra hıçkıra ağlamaya başladı.

Her zamanki gibi, ıslak ıslak taşlar döküldü gözlerinden.

Nedim onları görünce rahat bir soluk aldı tabii, elleri belinde, başını eğerek belli belirsiz gülümsedi. Hemen ardından da hızlı adımlarla salonun sağ köşesine gidip perdenin arkasındaki adama baktı. Duvarın beyazlığı ile perdenin morluğu arasında, dizlerinin üstüne çökmüş, elinde bıçak, sapır sapır titriyordu adam. Gözleri elindeki bıçağın ucundaydı.

"Gel len buraya!" diye bağırdı Nedim onu o hâlde görünce.

Adam kalktı, kabahatli bir çocuk edasıyla, bıçağın ucuna baka baka yaklaştı.

Kendisini engellemeye çalışanların elinden kurtularak palas pandıras Muzaffer de koştu o sırada. Adamın elindeki bıçağı görünce aklı çıktı.

"Delirdiniz mi siz?" diye bağırdı birden, gözlerini koca koca açarak. "Böyle bir şeyi nasıl yaparsınız yahu, delirdiniz mi siz?"

Onu duyduğu yoktu Nedim'in, suratını karartmış, o an oracıkta ümüğünü sıkıverecekmiş gibi habire öteki adama bakıyordu.

"Ödlek herif!" diye gürledi sonra. "Sen ne işe yararsın ha, ödlek herif!"

Adam cevap vermedi.

Gözleri hâlâ elindeki bıçağın ucundaydı.

"Sizde hiç insaf yok mu yahu?" dedi Muzaffer yeniden, ellerini havada hızlı hızlı hareket ettirerek. "Bıçak da ne oluyor ha, bıçak da ne oluyor? Zorla mı ağlatacaksınız kızı?"

Nedim bir an yüzünü çevirip baktı ona.

Sonra dişlerini gıcırdatarak öteki adama döndü yeniden.

"Ver şunu!" dedi.

Bıçağı korka korka verdi adam. Verince de gözlerini nereye çevireceğini bilemedi, bir boş kalan eline baktı, bir ayaklarının ucuna; bir Nedim'e baktı, bir onun yanı başında dikilen Muzaffer'e. Bakarken de yüzünü tuhaf bir şekilde buruşturarak üst üste yutkundu.

"Birini sırtından bıçakla dürtmeyi bile beceremiyorsun!" diye çıkıştı Nedim, o yutkunurken. "Tüh senin kalıbına, ödlek herif!"

"Yahu delirdiniz mi siz?" dedi Muzaffer o sırada, sesini biraz daha yükselterek. "Hiç insaf yok mu sizde, bıçak da ne oluyor şimdi, dürtmek de ne oluyor?"

Nedim hışımla dönüp, "Sen karışma!" diye bağırdı birden.

Bağırırken sesinin devamıymış gibi, elindeki bıçağı da Muzaffer'e doğru uzatıp geri çekti.

Muzaffer ürktü o böyle yapınca, kocaman gözlerle baktı kaldı.

Nedim de öteki adama döndü yeniden.

"Def ol, karı kılıklı herif!" dedi dişlerini gıcırdatarak. "Benim yanımda senin gibi ödleklerin işi yok, gözüme görünme bir daha, def ol!"

Bir an duraksadıktan sonra boynunu büküp yürüdü adam, süklüm püklüm, salondan çıktı gitti.

Öfkeden alın damarları kabaran Nedim sırtıyla seyretti onun gidişini, duruşunu hiç bozmadan, kapı açılıp kapanıncaya kadar bekledi.

Sonra döndü, elinde bıçak, öteki adamların önünde bir sağa bir sola hızlı hızlı yürüdü. Ardından da birkaç adım geriye çekilip küçük bir el işaretiyle onlardan birini yanına çağırdı.

Çağrılacağını biliyormuşçasına, yanaklarını titreterek hemen koştu geldi adam. Siyah deri pardösüsünün içine zar zor sığan, bakışları derin karanlıklarla dolu, kalın bıyıklı biriydi bu; sadece yüzünden değil, vücudunun her yerinden acı bir kuvvet fışkırıyordu.

"Bu işi sen yapacaksın Hakan," dedi ona Nedim.

Derken de elindeki bıçağı uzattı.

Ne yapacağını şaşıran Muzaffer Güldiyar'ın yanına koşmuştu o sırada, eğilmiş, sırtına bakıyordu. Bıçağın deştiği yerden sızan kanı görünce can havliyle döndü hemen, yaralı bir kuş gibi, yalpalayarak Nedim'e doğru seğirtti.

"Delirdiniz mi siz?" diye bağırdı, salonun duvarlarını titreten ağlamaklı bir sesle. "İnsafınız hepten mi kurudu, hepten mi?"

Nedim başını çevirip baktı ona.

Gözlerinin bulunduğu yükseklikten değil, çok daha yukarıdan, etrafında gezinip duran küçük bir sinek vızıltısına bakar gibi baktı.

"Dikkat et," dedi sonra, Hakan'a dönerek. "Dürterken parmakların daima bıçağın ucunda olsun. Ölçüyü kaçırıp da durduk yerde başımıza iş açma! Hafif olacak, tamam mı, gayet hafif..."

Muzaffer bu sözleri duyunca, "Vallahi bir dirhem insanlık kalmamış sizde!" diye haykırdı birden.

Haykırırken de olduğu yerde zıpladı.

Gözü hiçbir şeyi görmedi o anda, bağıra çağıra, var gücüyle Nedim'in boğazına sarıldı. Hem de öyle bir sarıldı ki, nefes alamadığı için gözleri pörtledi ötekinin. Ağzından ortalığa uzunlu kısalı, ıslak ıslak hırıltılar saçıldı. Bir süre ayakta boğuştuktan sonra da, ikisi birden, korkunç bir gürültüyle salonun ortasına yıkıldılar.

Üstleri başları, elleri ayakları dağıldı.

Adamlar seğirtip Nedim'i Muzaffer'in elinden aldılar hemen.

Böyle bir şey beklemediği için, neye uğradığını şaşırmıştı Nedim.

"Atın şunu dışarı!" dedi, soluk soluğa.

Onun böyle demesiyle birlikte, yaka paça salondan çıkardılar Muzaffer'i.

Mutfak kapısının önüne varınca da, ortalarına alıp feci şekilde dövmeye başladılar. Tekme tokat sesleri o an duvarlarda oyuklar açacak, ortalığı delik deşik edecek cinstendi. Üstelik tonlarca ağırlığındaydılar. Mekânın darlığı da onların varlığında yankılanıyordu ayrıca, güm güm ötüyordu. Bu nedenle Muzaffer adamlara hiç vuramadı zaten, nasıl olduğunu bile anlayamadan kendini birdenbire yerde, tekmelerin arasında buldu.

İyice haşatını çıkarınca, oradan alıp daha sonra kolu bacağı dağılmış mecalsiz bir inilti bohçası gibi sundurmanın altına attılar onu.

Gürültünün patırtının arkasından Nedim de çıktı dışarı, ellerini ceplerine soktu ve nicedir kafasını kurcalayan meseleyi halletmiş olmanın rahatlığıyla, kaşlarını hafifçe oynatarak etrafına şöyle bir bakındı.

İnsanlardan bazıları kıtlıktan yeni çıkmış gibi, ellerinde külah, inanılmaz bir iştahla çekirdek çitliyordu o sırada, bazıları ismimiz ne zaman okunacak, daha bekleyecek miyiz diye söylenip duruyor, bazıları üçer beşer kişilik gruplar hâlinde mırıl mırıl sohbet ediyor, bazıları da sırtlarını dayayacak bir yer bulup oraya çömelmiş, hiç kımıldamadan, yarı açık bir ağızla avludaki hareketleri ve sesleri seyrediyordu. Ellerini arkalarına bağlayarak, mühim şeyler düşünüyormuş edasıyla kafalarını sallaya sallaya gezinenler de vardı ortalıkta. Güldiyar'ı görebilecekmiş gibi, sundurmanın önüne toplanarak ikide bir oradan boyunlarını uzatıp kapıya bakanlar da vardı.

Derken baygın yattığı yerde hafifçe kımıldandı Muzaffer, bacağının birini büküp dirseğinin üstünde doğrulmaya çalıştı. Eğe kemiklerinden biri fena hâlde battığı için vazgeçti sonra, eski şeklini aldı. Eğe kemiği batmasa bile o an doğrulacak takati yoktu aslında, ağzının kenarından çenesinin ucuna doğru yol yol kanlar akıyor, soluğu da kocaman bir pıtrak olmuş, boğazına takılıp duruyordu. Lâkin birkaç adım uzağında duran Nedim'i görünce canlandı birden. Aynı zamanda içi öfkeyle, içi tiksintiyle doldu taştı. Dişlerini sıkarak, zar zor ayağa kalktı sonra. Kalkar kalkmaz da alev alev yanan kıpkırmızı bir yüzle Nedim'e doğru atıldı ama öteki tekmeyi vurduğu gibi onu sundurmanın dışına fırlattı.

Yere kapaklandı kaldı Muzaffer.

O böyle kapaklanıp kalınca, içinde toz zerrecikleri uçuşuyormuş gibi görünen tuhaf bir uğultu koptu avluda, omuzlardaki şallar, sırtlardaki hırkalar, ceketlerin etekleri ve paçalar ansızın dalgalandı. Kavganın büyüyeceğinden korkan kadınlar neredeyse aynı anda harekete geçip tiz çığlıklar eşliğinde kaçıştılar hemen, dut ağacına doğru gittiler, duvarın dibine kümelendiler.

Geridekiler neler olup bittiğini anlayamadan, ellerinde külah, ellerinde tespih, ellerinde sigara, bir müddet öylece seyrettiler Muzaffer'i. Tek tük acıyanlar da oldu tabii, bunlar kıyıdan köşeden buğulu gözlerle bakıp sessizce içlerini çektiler. Kimileri de güldü onun kurbağa gibi yere serilip kaldığını görünce. Hatta burnu kartal gagasına benzeyen uzunca boylu, sarışın bir genç kendini durduramadı bir türlü; bir eliyle arkadaşının omzuna tutunarak, eğile büküle, kıkır kıkır, şekilden şekle giren kocaman bir suratla dakikalarca güldü.

O sustuktan birkaç saniye sonra o gün, sızı gibi, incecik bir klarnet sesi geldi derenin dibinden. Düpedüz ağlıyordu bu klarnet, sese dönüşmüş acılı bir insan misali kendini yerlere atıyor, sonra dizlerinin üstünde doğruluyor, doğrulunca çırpınıyor, çırpınırken de adeta oluk oluk gözyaşı döküyordu. Kendine hâkim olamadığı için, dile getirdiği şeylerin içinde uğundu kaldı da birdenbire inişini, çıkışını kaybetti sonra; göğe doğru uzayıp giden gergin bir ipliğe dönüştü. Dönüşür dönüşmez de ortalıktan kayboldu.

Onun kaybolmasıyla birlikte geldi, mahalleye mahallenin sesleriymiş gibi görünen uçsuz bucaksız bir sessizlik çöktü.

İşte o vakit, başını yerden kaldırıp usulca baktı Muzaffer. Bakar bakmaz da uğuldayıp duran kalabalığın içinde annesini gördü. Bir hayli geride, ta avlu kapısının yanındaydı kadın, kararmış tahtaların dibinde durmuş, köydeki ikindi vakitlerini hatırlatan sakin bir yüzle dosdoğru Muzaffer'e bakıyordu. Elinde de alacalı bulacalı, küçük bir bohça vardı. Sonra, belli belirsiz titreyen bulanık bir görüntü hâlinde yürümeye başladı ağır ağır. Yaşına hürmet ettiklerinden midir nedir, insanlar yavaşça iki yana çekildi o böyle yürüyünce, geçmesi için önünde daracık bir koridor oluşturdular. Ne hikmetse, birdenbire sesler de kesildi. Annesinin kolundaki telkâri bileziği sesler kesilince fark etti Muzaffer, gözlerini ovuşturarak yattığı yerden pürdikkat ona baktı. Bileziğin parıltısı kadının yüzüne gözüne vuruyor, vurunca da başörtüsünün kenarından taşan saçlarını olduğundan daha beyaz gösteriyordu. Bu nedenle sanki her adımda un gibi dağılıp yeniden, un gibi dağılıp yeniden toplanıyordu saçlar. Onlar dağılıp toplandıkça da insanların üstü başı bir ağarıp bir kararıyordu.

Derken iki yanı bacaklarla, göbeklerle, kollarla çevrili o daracık koridordan, beyaz beyaz, örme yün çoraplarıyla babası da göründü Muzaffer'in. Başında köşeli kasketi, sırtında beyaz çizgili kruvaze ceketi vardı yine; karısının iki üç adım gerisinden neredeyse ıhlaya ıhlaya yürüyor, yürürken de yere yığılıp kalacakmış gibi hiç durmadan titriyordu.

Onları görünce, koşup karşılamak için aceleyle doğruldu Muzaffer. Ne var ki ayağa kalkmaya vakit bulamadı.

Annesi şaşılası bir hızla geldi, baş ucuna dikiliverdi çünkü.

Onun peşinden hırıltılı bir şekilde, kesik kesik soluyarak babası da geldi tabii, iki adım kala durdu ve gözlerini dikip sertçe baktı.

"Hoş geldiniz," dedi Muzaffer, mahcup bir yüzle yerden kalkmaya çalışırken.

"Kalkma, kalkma!" diye bağırdı babası. "Hiç zahmet etme!"

Şaşırdı Muzaffer, bağrından itilmişçesine, dağınık bir vaziyette dizlerinin üstünde kalakaldı. Hemen ardından da annesine doğru kaçamak bir bakış fırlatarak hızlı hızlı üstüne başına yapışan çekirdek kabuklarını silkelemeye başladı. O böyle yaparken kadının yüzünden aydınlık bir esinti geçti sanki.

Babası istifini bozmadı hiç, onun çekirdek kabuklarını silkeleyişine dik dik baktı kaşlarının altından. Beyaz yün çorap giymiş, uzun boylu, başı kasketli bir heykel gibi baktı.

"Beğendin mi yaptığını?" dedi sonra, insanın iliklerini sızlatan soğuk bir sesle. "Dizlerini kırıp oturduğun yerde otursaydın bunlar hiç olmayacaktı işte! Fakat sen ne yaptın, yarım aklınla tuttun, şehre heves ettin. Azın kıymetini bilemedin bir türlü, kanaatkâr olamadın. Olamayınca da çoluk çocuğunu aldın, bir bok varmış gibi şehre göçtün!"

Annesi başını eğmiş, elinde bohça, susuyordu.

"Şehre göçmeyi bir halt belledin!" diye devam etti babası. "Göçtün de ne oldu ha deyyus, ne oldu, söyle bana hadi, ne oldu?"

Annesi, susması için ceketinin eteğinden tutup çekiştirdi onu.

"Sana soruyorum, köyden tasını tarağını toplayıp şehre göçtün de ne oldu? Başın göğe mi erdi ha, söyle bana, başın göğe mi erdi?"

Annesi, ceketinin eteğinden tutup yeniden çekiştirdi.

"Göçtün de ne oldu ben sana söyleyeyim mi?" dedi babası öfkeyle, kamburunu çıkarıp aniden Muzaffer'in yüzüne doğru eğilerek.

Annesi ceketi çekiştirip durmakla bir şey elde edemediğini görünce, bohçadan bir parça ekmek çıkarıp uzattı o sırada. Babası da kaptığı gibi ağzına attı onu, hızlı hızlı çiğneyip hemencecik yuttu.

"Oturduğun yerde otursaydın bunlar başına gelmeyecekti, hiç gelmeyecekti!" dedi yeniden. "Fakat senin içindeki kurtlar gımgım etti, biliyorum ben. Onlar gımgım edince duramadın tabii, ata yurdunu falan gözün görmez oldu. Bir tamahtır aldı, saman çöpü gibi savurdu seni. Büyük sözü de dinlemedin. Şimdi şehrin sana neler ettiğini ben söyleyeyim mi ha, söyleyeyim mi?"

Annesi aceleyle bir parça daha ekmek çıkardı bohçadan. Babası onu da kaptı hemen, kendi ağzının içinde koşuyormuş gibi hızlı hızlı çiğnedi ve curk diye yuttu.

"Söyleyeyim o hâlde!" dedi aniden canına can gelmişçesine, sesini biraz daha yükselterek. "Hüseyin'den başlayayım, hani nerede kara pürçekli Hüseyin, hani benim civanım? Neden gelip elimi öpmüyor? Kayıp, öyle değil mi? Nerede olduğunu, ne yaptığını bilen yok. Ölü mü diri mi, orasını da bilen yok. Dağ gibi yiğidimi kaybettin Muzaffer, kaybettin! Peki, senin iki yakanı bir araya getiren o acar gelinim Bahriye nerede hani? O fukara da üzüntüden öldü, öyle değil mi?"

Çenesine doğru uzatılan ekmeği bir hışımla aldı babası, neredeyse çiğnemeden lüp diye yuttu.

"Güldiyar'ın akıbeti ne oldu peki?" diye devam etti ardından da. "Hâlâ o kuzucuğun başına neler geldiğini bilen yok, öyle değil mi? Zavallı kız günden güne mum gibi eriyor. O güzel gözleri de bir çift taş ocağına döndü, sabah akşam pıtır pıtır taş dökülüyor. Yıllar evvel kapıldığın hevesin nelere yol açtığını görüyorsun değil mi? Aile diye bir şey kalmadı ortada, her ferdi bir şekilde ziyan oldu gitti. Sana gelince, yarım akıllı Muzaffer, sen de işte gördüğüm kadarıyla âlemin maskarası olmuş, yerlerde sürünüyorsun! Şimdi yeniden soruyorum sana, beğendin mi yaptığını ha, beğendin mi?"

Birden sustu babası, ekmek aranırcasına, etrafına bakındı. Bakarken de göbeğini öne çıkarıp geriye kaykıldı aniden.

Sonra dönüp onca lâfı eden o değilmiş gibi, Muzaffer'in bir şey demesine fırsat vermeden sakin sakin avlu kapısına doğru yürümeye başladı. Onun peşinden annesi de gitti hâliyle, elinde bohça, kalabalığın gerisinde kayboldu.

Muzaffer hemen ayağa kalktı o vakit.

"Durun, gitmeyin, durun!" diye bağırdı arkalarından.

Onlara yetişebilmek için fırladı sonra, önüne çıkan insanları sağa sola iterek yalpalaya yalpalaya avlu kapısına doğru koştu. Yüzü kırık çizgilerle dolu hafif bir uğultu eşliğinde kalabalık da hareketlendi birdenbire, içlerinden bazıları onu kolundan, kanadından tutup durdurmaya çalıştı. Ne yapıp edip onların elinden kurtuldu Muzaffer, kurtulunca da fırıl

fırıl dönen gözlerle soluğu avlu kapısının dışında duran simitçi çocukların yanında aldı. Üstü başı, saçı sakalı fena hâlde dağınıktı oraya vardığında. Yüzü toplanmış rüzgârdı. Dudaklarında da her an ağlamaya dönüşecekmiş gibi görünen, pütür pütür, külrengi bir titreme vardı.

Çocuklar, elleri ağızlarında, hayretle baktılar ona.

Doğrulup çekirdekçi de baktı.

"Ne yapıyor len bu?" diye sordu çocuklara.

Çocuklar onu duymadı gürültüden.

Hakır hakır gülüşerek Muzaffer'in peşi sıra avludan çıkıp gelenler olmuştu çünkü.

Muzaffer'in onları gördüğü yoktu gerçi, sağ elini kaburgalarının üstüne koyup boynunu uzatmış, soluk soluğa derenin dibindeki minibüslere bakıyor, annesiyle babasının onlardan birine binip binmediklerini anlamaya çalışıyordu.

Derken o kuzguni siyah saçları ve kocaman burnuyla İsmail koştu geldi, kolundan tutup çeke çeke eve götürdü onu. Muzaffer gitmek istemedi tabii, heyecandan titreyen kısık bir sesle annesinden, babasından söz edip birkaç defa eliyle aşağıdaki minibüsleri gösterdi ama İsmail bunları umursamadı hiç, kolundan çekmeye devam etti. Kalabalığı yarıp sundurmanın altına vardıklarında nasıl olduysa oldu, ani bir silkinişle İsmail'in elinden kurtuldu Muzaffer. Ne var ki öteki aman vermedi, kolundan, bir çırpıda tekrar yakaladı onu. Yakalayınca da sinirlenip suratına bir tokat yapıştırdı.

Muzaffer'in sesi çıkmadı hiç, topaç gibi, kendi etrafında yavaşça döndü.

"Bir daha avludan dışarı adımını atmayacaksın!" diye haykırdı İsmail, o böyle dönerken.

Nedim direğe omzunu vermiş, elinde sigara, onlara bakıyordu.

Göz ucuyla İsmail de ona baktı bir an için.

Ardından da iyice serseme dönen Muzaffer'i ensesinden tuttuğu gibi eve soktu.

Etine dolgun, karayağız bir delikanlı dayanamadı o sırada, ellerini açıp yardım istercesine bir o tarafa, bir bu tarafa uzatarak, "Nedir bu böyle yahu, nedir bu böyle?" diye bağırdı.

Vücudunun her yeri zangır zangır titriyordu öfkeden.

"Polise haber verelim!" dedi ardından da. "Gelip bu işe el koysunlar!"

O an avluyu dolduran uğultu kesilir, hareketler durur gibi oldu. Herkes başını çevirip sesin geldiği yere baktı sanki.

Delikanlı da polisi aramak için telefonunu çıkardı hemen.

Habire çekirdek çitleyip duran toparlak yüzlü, yaşı geçkince bir adam, "Boşuna uğraşma aslanım, biz kaç kez aradık ama gelen olmadı," dedi ona.

Dedikten sonra da çarpıp dökmesinler diye elindeki külahı havaya kaldırarak, güçbela, adım adım yaklaştı. Derken merak edip gri kaban giymiş, kel kafalı biri daha geldi delikanlının yanına, merak edip biri, merak edip biri daha geldi ve dördü hep birlikte onun elindeki telefona bakmaya başladılar.

"Boşuna kontör harcama," diye mırıldandı çekirdek çitleyen adam. "Az önce söyledim sana, gelmiyorlar."

Delikanlı duraksadı.

"O zaman gidip dilekçe verelim," dedi elindeki telefonu gerisingeri cebine koyarken. "Dilekçe kayda girince mecbur gelecekler."

Adam bir şey demedi, kafasını azıcık yana yatırarak, inanılmaz bir telaşla külahtan çekirdekleri alıp alıp çitlemeye devam etti.

Ötekiler de boş gözlerle bir baktılar, iki baktılar, sessizce geri çekildiler.

Onlar çekilir çekilmez, alnını döven siyah kâkülleriyle pürtelâş İsmail koştu geldi oraya, korkunç bir suratla delikanlının karşısına dikildi ve ilkin onu tepeden tırnağa şöyle bir süzdü. Sonra da hiçbir şey demeden, kaldırıp yere çalacakmış gibi birden koluna yapıştı.

Gelgelelim öteki atik davranıp sertçe çekti, kolunu kurtardı onun pençesinden. Başına gelecekleri tahmin etmiş olmalı ki, hemen ardından da öne doğru eğilerek, tazı gibi, var gücüyle kaçmaya başladı.

"İnsanlığa sığmaz bu yaptıklarınız!" diye bağırdı kaçarken. "İşte polise gidiyorum ben, vallahi de billahi de polise gidiyorum!"

Toparlandı, İsmail de koştu onun peşinden.

İkisi habire zikzak çizip oradan oraya seğirttikleri için, avlu bir müddet kendi sınırlarının dışına taşacakmış gibi çalkalandı o gün, kalabalık defalarca çözüldü, defalarca halkalandı. Tozdan dumandan pek bir şey görülemedi tabii, değişik köşelerde yankılanan ayak tapırtılarıyla birbirine ulana ulana akan buruşuk kumaş hışırtıları işitildi sadece. Bir de pulluk misali toprağı kabartıp geçen keskin soluklar işitildi.

Siyah kadife pantolonu ve dik yakalı yeşil montuyla simit satan çocukların yanından hızla geçti sonra bu delikanlı, çekirdekçinin bakışlarındaki şaşkınlığı geride bırakıp bayır aşağı koştu, günden güne incelen deredeki o iki bilek kalınlığındaki kirli suyun üstünden tıpkı bir zamanlar Güldiyar'ın sıçradığı gibi sıçradı, suyun şırıltısıyla aydınlanan taşların ağartılarından sekti, sekince bir solukta toprak yola çıktı, çıkınca kuş olup görünmeyen kanatlarıyla kavakların hizasına kadar uçtu ve oraya kadar uçunca da manevra yapıp duran sarı kuşaklı, mavi minibüslerin tozu dumanı arasında birdenbire kayboldu.

Bayırın ortasına kadar inen İsmail, ellerini iki yana sarkıtarak, kocaman burnuyla baktı kaldı onun arkasından.

Geri döndüğünde de Nedim'e delikanlıyı elinden kaçırdığını söyledi mecburen, gözlerini yere indirip sessizce boynunu büktü.

O sundurmanın altında boynunu bükerken, Muzaffer küçük odanın penceresindeydi; delikanlının polise gidiyorum ben diye bağırdığını duymuş, Güldiyar'ın yanından kalkıp oraya gelmişti. Camın gerisinden avlu kapısına bakıyordu. Her biri birbirinden gri, koca koca bulutlar geziniyordu kapının üstünde. Gökyüzünde serçe gözü kadarcık olsun mavilik yoktu, rüzgârın toplayıp getirdiği, iç içe geçmiş, üst üste yığılmış o asık suratlı bulutlar vardı sadece. Pencereden bakınca, insanlar soğuk birer karaltı hâlinde o bulutların içinden çıkıp geliyormuş gibi görünüyordu bu yüzden. Evlerine dönerken de, avlu kapısını geçer geçmez birbirleriyle konuşa konuşa tekrar o bulutların içine giriyormuş gibi görünüyorlardı. Gökten gelip göğe çekiliyorlardı sanki.

Onlara bakarken, bir an ayakta durmakta zorlandı Muzaffer. Zorlanınca da pencereden ayrılıp duvarlara tutuna tutuna salona gitti, yine eski yerine, sağ taraftaki duvarın dibine oturdu. Öyle yorgundu ki, kapıdan girip çıkanlara bile bakamadı o gün, çenesi göğsünde, hiç kımıldamadan saatlerce vücudundaki ağrıları, sızıları dinledi. İsimleri okunan insanlar da kadınlı erkekli gruplar hâlinde, bulanık bulutlar hâlinde, bölük pörçük sesler ve uzak nefesler hâlinde habire gelip gittiler.

Derken akşam oldu.

Uzaklar iyiden iyiye pusardı.

Avluyu dolduran kalabalık dağıldı.

Karanlık çöktü.

Sonra bu karanlık insanın dişlerini takırdatacak kadar soğudu yine, camlar, çerçeveler soğudu, duvarlar soğudu, kendi varlıklarını susan, kendi varlıklarını fısıldayan görüntüler soğudu, mesafeler soğudu, dere soğudu ve gece görünmeyen ayaklarıyla çatıların, avluların, ağaçların ve cümle mahlûkatın üzerine basa basa yürüdü, o yürürken işleri tıkırında olan ensesi kalınlar birer kuş hafifliğiyle akça pakça yataklarda uyudu, barları, meyhaneleri dolduran insanlar rengârenk ışıkların altında güle oynaya şarkılar, türküler söyledi, ilaç parası bulamayan garibanlar yumruklarını sıkıp dişlerini gıcırdattı, evine ekmek götüremeyenler kara kara düşünüp of çekti, hayatları boyunca hayatlarına giren insanların çoğuna bir şekilde kötülük ettikleri için artık kendilerini bile sevemez hâle gelenler iyilik ve tevazu şarkıları eşliğinde, cumbuldata cumbuldata, başkalarının sevgisinde vicdanlarını çitiledi, dili damağı kuruyan, ciğerleri börten hastalar kapılara bakıp su bekledi, mahkûmlar ranzalarında kâh o yana, kâh bu yana döndü, aç yatan çocuklar rüyalarında yiyecekler, içecekler gördü, nöbetçi eczaneler arı kovanı gibi işledi, kalplerinin başköşesinde yıllarca ağırladıkları kişinin pis bir yalancı olduğunu anlayanlar kendi öngörüsüzlüklerine hayıflanıp birer sigara daha yaktı, kim bilir, o sırada belki görünmeyen yıldızlardan biri de eğilip yukarıdan dünyanın ahvaline baktı, sonra artık yavaş yavaş şafak söktü ve Cevherlerin horozu sünmüş ipliğe benzeyen bir sesle derenin dibinde hayal meyal öttü.

O ötünce Muzaffer usulca kalktı yerinden, banyoya gidip soğuk suyla uzun uzun elini yüzünü yıkadı. Oradan mutfağa geçti sonra, önceki günden kalan pidelerin yumuşak olanlarını seçti, çay tepsisinin üstünde Güldiyar'a getirdi.

Hiç yiyesi yoktu ama midesi kazındığı için bir parça da kendisi aldı, ucundan azıcık ısırıp gevmeye çalıştı. Lâkin lokma çenesi oynadıkça büyüdü ağzında, yutamadı bir türlü. Yutamayınca da fersiz fersiz bakan çukura kaçmış gözleriyle salonun ortasında dakikalarca döndü durdu.

Elinde pide, küçük odanın penceresine gitti sonra, oradan avluya baktı bir müddet. Rüzgâr yerlere saçılan çekirdek kabuklarıyla külahları önüne katmış, bir alçalıp bir yükselen incecik bir hışırtı eşliğinde, süpürür gibi oradan oraya sürüklüyordu, onlara baktı. Sıra kapmak için erkenden gelip paltoları, mantoları, kabanları, ceketleri ve şallarıyla duvar diplerinde bekleşenler vardı, onlara baktı. Gece boyunca evin etrafında nöbet tutan Nedim'in adamlarından biri sundurmanın altında, biri avlu kapısının yanında dikiliyordu, onlara baktı.

Sonra gözlerini yumdu birden, çenesini havaya kaldırdı ve elinde pide, bir vakit öylece durdu pencerenin önünde.

Polise gidiyorum ben diye bağıran delikanlının sesi kulaklarındaydı hâlâ, çın çın çınlıyordu.

Ne var ki polisler gelmedi o gün.

Ertesi gün de gelmediler.

Günler günleri kovaladı böylece ve yedinci gün artık umudunu kesti Muzaffer. Kapılara, pencerelere bakmaktan, sesleri dinlemekten vazgeçti.

Polisler de o gün, ikindi ezanı okunurken çıkageldiler.

Kavakların hizasında durdular önce, altlarındaki beyaz renkli, mavi kuşaklı araba terli bir hırıltıyla usul usul çalışırken, kafalarını çevirip camlardan bayıra doğru baktılar. Tırmanılamayacak kadar dik göründü gözlerine bayır o anda, fazlasıyla uzun ve yorucu göründü. Çekirdekçinin güzergâhını izleyerek, gittiler Dursun'un evinin arkasından dolandılar bu yüzden. Hâliyle, araba bir vakit ortalıkta görünmedi.

Hiç gelmemiş gibi oldu sanki.

Hatta hiç gelmemişten bile beter oldu.

Aradan sekiz, on dakika geçince uzaktan tekrar göründü sonra, çukurlara bata çıka geldi, çekirdekçinin epeyce gerisinde, Dursun'un avlu kapısına yakın bir yerde durdu.

İçinden üç polis indi.

Üstlerini başlarını düzelttiler iner inmez, ellerini kollarını oynattılar ve aradıkları yer uzaklardaymış gibi, kafalarını çevirip bir müddet bulutların gölgesinde yatan gecekondularla kaplı tepelere baktılar.

Üçü de gayet sakindi.

Hatta canları sıkıldığı için, şehirden uzaklaşıp etrafı seyretmeye gelmiş gibiydiler.

Pencereden polis arabasını görünce Dursun da dışarı çıktı o sırada, kendi kendine, "Nihayet geldiler yahu, şükürler olsun sana pabucunun ipi güzel Allahım, nihayet geldiler," diye mırıldanarak aceleyle ayakkabılarını giyip avlu kapısına doğru koştu. Fakat yarı yolda durdu birden, döndü, oralarda öylesine gezinip vakit geçiriyormuş gibi yavaş adımlarla sağ taraftaki badem ağacının altına gitti. Sonra da sırtını onun gövdesine yasladı ve uzak bir yüzle polislere oradan baktı.

Önce çekirdekçinin arabasına doğru yürüdü polisler, elleri bellerinde, durup adamı belli bir mesafeden soğuk soğuk seyrettiler.

İçlerinden sivri çeneli olanı başını geriye kaykıltarak birkaç adım daha ilerledi sonra, uzandı, arabanın üst rafında duran sandviçlerden birini tutup mıncıkladı. O böyle mıncıklayınca, ince kesilmiş çakır bir domates dilimi sarktı sandviçten.

"Hazır mı alıyorsun bunları?" diye sordu polis, sandviçi yerine bırakırken.

"Yok," dedi çekirdekçi. "Ekmeğini hazır alıyorum sadece, gerisini evde hanım hazırlıyor."

"Hem çekirdek satıyorsun hem sandviç, nasıl uydurdun bunları birbirine?"

Boynunu büktü çekirdekçi, bükerken de gayriihtiyari sırtındaki yeşil hırkanın yakasını düzeltti.

"Hem çekirdek hem sandviç, bravo vallahi!" dedi polis yeniden.

O sırada pürtelâş Nedim koştu geldi polislerin yanına, elini uzatıp öne doğru eğilerek üçüyle de nazik bir şekilde teker teker tokalaştı. Dördü çekirdekçiyi orada bırakıp uzaklaştılar sonra, polis arabasının arka tarafına gittiler ve orada gaga gagaya verip alçak sesle konuşmaya başladılar. Hatta uzadıkça uzadı muhabbet, iyice koyulaştı. Duruşlar da habire değişti bu arada, eller bellere kondu, indirilip ceplere sokuldu, çıkarılıp yanlara salındı, arkalara bağlandı, sonra tekrar bellere kondu. Zaman zaman arabaya yaslanıldı. Bazen vücutların ağırlığı o ayaktan alınıp ötekine verildi. Bazen de eğile büküle, hep birlikte gülüşüldü.

Sonra topluca çekirdekçiye doğru yürüdüler yeniden, onun yanından geçip Muzaffer'in avlu kapısına geldiler.

"İçeri girip şu kızı görelim mi?" dedi polislerden biri.

Hafif göbekli ve yaşlı olan başını çevirip sertçe baktı ona.

"Nesini göreceksin?" dedi azarlar gibi.

"Gözlerinden taş döküldüğünü söylemiyorlar mı, bir bakardık sahiden dökülüyor mu diye."

Göbekli olan durdu birden.

"Vaktimiz yok, vaktimiz yok!" dedi. "Biliyorsun, daha uğrayacağımız bir sürü yer var!"

Bozuldu öteki.

Bozulunca da onlardan ayrılıp avlu kapısının solunda duran çocuğa doğru yürüdü.

"Sen ne satıyorsun len?" diye sordu, çapraz ayaklı simit tablasını görmüyormuş gibi.

"Çıtır simit ağbi," dedi çocuk.

Polis eğilip simitlere şöyle bir göz attı.

Gelgit akıllıymış da çocukla konuştuğunu unutmuş gibi, hafifçe yan dönüp ellerini beline koyarak gözlerini uzak tepelere çevirdi sonra, sisin, pusun içinde yüzen gecekondulara, için için kımıldanan ufuktaki bulut yığınlarına, dereye ve çıplak dallarıyla rüzgârda titreşip duran aşağıdaki kavaklara baktı bir vakit. Bakarken yüz çizgileri de büsbütün sertleşti.

Çocuk bir eliyle tablanın kenarından tutmuş, iri gözlerle ona bakıyordu.

Yönünü tekrar döndü polis.

"Ellerini uzat hele, tırnak muayenesi yapacağım!" dedi sert bir sesle.

Bir an tereddüt etti çocuk, sulu sulu ışıldayan çakır gözleriyle, tabanları yağlayıp kaçacakmış gibi etrafına bakındı.

"Uzat len ellerini!" dedi polis yeniden. "Uzat diyorum!"

Korka korka ellerini uzattı çocuk.

Öteki eğilip dikkatle inceledi boşlukta titreyen bu elleri.

"Puşt, bunların hâli ne böyle ha, bunların hâli ne?" diye bağırdı sonra.

Çocuk afalladı birden, ellerini geri çekse mi çekmese mi bilemedi.

"Sen millete bu pis ellerle mi simit satıyorsun len?" dedi polis, yüzünü onun yüzüne iyice yaklaştırarak.

Hemen ardından da doğrulup aniden bir tokat yapıştırdı.

Çocuk dengesini kaybetti o an, sağına doğru savruldu. O böyle savrulunca dizleri önünde duran simit tablasına çarptı ve tabla ayaklarının üstünden kaydığı gibi, yanının üstüne yere düştü.

Ortalığa saçılan simitlerden birkaçı bayır aşağı yuvarlandı o sırada.

Şaşalayan çocuk da toparlanıp onları yakalamak için peşlerinden koşmaya başladı.

Tokat atan polisi kollarından tutarak arkadaşları geri çekti sonra, aldılar, arabaya doğru götürdüler.

Çok geçmeden de araba yola çıktı, sarsıla sarsıla uzaklaşıp gri bulutların içinde kayboldu.

8

Güldiyar'ın gözlerinden dökülen taşları seyretmeye gelenleri seyretmeye gelenler de vardı artık, zamanla bu tür insanlar peyda olmuştu.

Bunlar her gün ötekilerle birlikte paldır küldür avluya doluşuyor, sonra da yeni bir şey olacakmış beklentisiyle sabahtan akşama kadar Nedim'in adamlarına, evin içine girip çıkanlara ve dışarıda bekleyen kalabalığa bakıyorlardı. Olup bitenleri gözden kaçırmamak için duvarın üstüne oturuyorlardı daima, geliyor, tele tünemiş kuşlar gibi, yan yana sıralanıyorlardı. Elini çabuk tutamayıp geç kalanlar da ekşi bir suratla aşağıya, duvarın dibine çöküyordu mecburen. Oturacakları yerlere ya gazete kâğıdı seriyor ya da kutulardan bozma, karton yahut mukavva cinsinden bir şey koyuyorlardı. Kimileri de koltuğunun altında minder getiriyordu evinden. Bunlar çokbilmiş havalarına bürünüp göz ucuyla sağa sola bakarak, ince bir gülümseme eşliğinde onların üstüne oturuyorlardı.

Yüzlerini kapıya çevirip yerlerine yerleşince, ortalıkta dikkatlerini çekecek yeni bir şey olmadığı için de kendi aralarında sohbete başlıyorlardı çok geçmeden. Bir an bile boş durmuyorlardı sohbet ederken, çekirdek çitliyor, leblebi atıştırıyor, kuru üzüm yiyor, sigara üstüne sigara içiyor ya da şıkır şıkır tespih çekiyorlardı. Sivri uçlu, yarı ıslak çekirdek kabuklarıyla birlikte havada gün boyu sigara dumanları uçuşuyordu bu yüzden. Sigara dumanlarıyla birlikte de bir yavaşlayıp bir hızlanan, yuvarlak yuvarlak, nar kırmızısı, gök mavisi, zindan karası şıkırtılar uçuşuyordu.

Sohbet ederken bazen bu adamların ansızın durgunlaşıp fena hâlde kederlendiği de oluyordu tabii.

Zift gibi kararıyorlardı o vakit, avlunun ortasına doğru yuvarlanıp giden tespih şıkırtıları zınk diye duruyordu.

Bazen de hep birlikte, birbirlerinin omuzlarına ve dizlerine hafifçe dokunarak, eğile büküle, hakır hakır gülüşüyorlardı. Duvarın üstünden sarkan bacaklarını, boşlukta koşmaya çalışıyormuş gibi habire oynatıyorlardı gülüşürken.

Bir gün yine böyle topluca gülüştüklerinde İsmail dayanamadı artık, önündeki lahmacun kutusunu kenara itip hızla yerinden kalktı. Sonra da zaten isimlerini bile listeye yazdırmıyorlar, sabahtan akşama kadar oradan öyle aylak aylak bakıp gidiyorlar diye, nereden bulduysa eline uzunca bir değnek aldı, bağıra çağıra üstlerine yürüdü.

Fakat Nedim onu durdurdu hemen.

Durdurduktan sonra da, "Gel buraya len, gel!" diye yanına çağırdı.

Şaşalamış vaziyette, elinde değnek, avlunun ortasından döndü geldi İsmail.

Yemeğinin başındaydı Nedim, ortasına maydanozları yatırıp lahmacunu dürmüş, ısırmak üzereydi.

"Kızın yanına girsinler ya da girmesinler, elleme!" dedi sertçe. "Polisler de geldi gitti biliyorsun, durduk yerde düşman kazanmayalım."

"Peki ağbi," diye cevap verdi İsmail.

Verirken de, sanki duvarın tepesinde oturanların üstüne kendisi yürümemiş de onu peşinden o sürüklemiş gibi, gözlerini ağartarak elindeki değneğe ters ters baktı.

"Bana bak İsmail," dedi Nedim o sırada. "Arkadaşların hepsine söyle, kimseyi kovmasınlar, tamam mı? Dediğim gibi, durduk yerde düşman kazanmayalım. Ayrıca, gece olsun, gündüz olsun, evin etrafında birilerinin bulunmasında fayda var."

"Peki ağbi, söylerim," dedi öteki.

Gergin bir yüzle gidip elindeki değneği boşalmış lahmacun kutularının yanına usulca bıraktı.

Nedim yemeğine dönmüştü.

Sonra geldi, sundurmanın ucundaki direğe yaslandı İsmail, gözlerini kısarak oradan bir müddet kinli kinli duvarın üstünde oturan adamlara baktı.

Adamlar onun bağırıp çağırmasından hiç etkilenmişe benzemiyor, kocaman ağızlarıyla hâlâ öyle eğile büküle gülüşüyorlardı.

İsmail'in asabını bozan bu seyirciler yetmiyormuş gibi, başka adamlar da ortaya çıktı çok geçmeden, gele gide, kısa sürede onlar da avlunun müdavimi oldular.

Her biri birbirinden pejmürde, saçları başları dağınık, avare kılıklı, meczup kılıklı, mecnun kılıklı adamlardı bunlar; şehrin derinliklerindeki uğultuların içinden, karşı tepelerin ardından ve civar mahallelerden her sabah alınlarına yapışan bulut ağartılarını döke saça ve üşümüş gibi titreye titreye birer, ikişer sökün edip geliyor, gelirken büzüldükçe büzülüyor, avludaki kalabalığın arasına karışınca da birden rahatlayıp gevşiyorlardı.

Kalabalığı giyiniyorlardı sanki.

Giyinince ısınıyorlardı hâliyle, yüzlerine bir çeşit renk, gözlerine bir çeşit fer geliyordu.

Ardından da hiç kimseden hiçbir şey istemeden, hiç kimseye hiçbir şey sormadan ve ağızlarını açıp tek kelime etmeden, o yırtık pırtık giysileri ve giysilerinin yankısıymış gibi görünen kederleriyle ya bir köşeye oturuyor ya da kâh orada kâh burada, kâh ötede kâh beride gezinip duruyordu bu adamlar. Merak edip bir günden bir güne Güldiyar'ın gözlerinden dökülen taşları görmeye de çalışmıyorlardı. Kalabalığın içinde olmak ve başka insanlarla birlikte aynı yerde topluca nefes alıp vermek onlara ziyadesiyle yetiyordu sanki. Yettiği için de kendilerini öyle rahat, öyle doygun hissediyorlardı ki, bazen kollarını yastık yaparak duvarın dibine kıvrılıp sırt sırta uyudukları bile oluyordu.

Unutulmuş çaput yığınlarına benziyorlardı uyurken.

Ceketlerinin etekleri, rüzgârda hâlsiz hâlsiz inip kalkıyordu.

Bazen gördükleri rüyanın etkisiyle haykırarak uyanıp şakulü kaymış acayip bir suratla yerlerinden fırladıkları da oluyordu tabii. O vakit insanlar onların bu hâline bakıp hep birlikte gülüşüyorlardı.

Bunların içinde bunlara benzemeyen sadece bir kişi vardı, o da Halil'di.

Bir ayağı zamanın dışındaymış gibi görünen, tuhaf biriydi bu adam. Hangi saatte, ne taraftan geldiği hiç belli olmuyor, sırtında ahı gitmiş vahı kalmış hâkî bir kabanla, hayalet misali, avlu kapısının dibinde bitiveriyordu. İnsanların yanına pek sokulmuyordu bitiverince, hep kıyıda köşede duruyordu. Kalabalık onu orta yere sürükleyip içine alacak oldu mu, sanki linç edilecekmiş gibi paniğe kapılıyordu hemen, parmak uçlarından saç diplerine kadar vücudunun her yerini ter basıyordu. Kabanının eteklerini çekiştirerek, korku dolu gözlerle fıldır fıldır sağa sola bakıyordu o vakit. Hatta suratı çığlık atacakmış gibi tuhaf bir hâl alıyordu. Bir müddet böyle kıvrandıktan sonra da başka çare bulamadığı için kalabalığın arasından sıyrılıp her defasında gidiyor, dut ağacının tepesine çıkıyordu bu Halil.

Ağaçta bir dalı vardı onun, tırmanıp oraya tünedi mi kumruya dönüşüyordu. Dönüşünce de küçülüveren gözleriyle, yüzünde biriken uzaklığın derinliklerinden dünyaya başka âlemlerden bakıyormuş gibi bakıyordu artık. Hiç kımıldamadan, gri gri, saatlerce bakıyordu. Güldiyar'ın gözlerinden dökülen taşları görebilmek için itişip kakışanları, onları hâle yola sokmaya çalışan Nedim'in adamlarını, listeleri, toplanan paraları, isimleri okununca sevinip evin içine koşan insanları ve bir alçalıp bir yükselen avludaki uğultuyu seyretmek onu bir müddet sonra yoruyordu tabii. Yorulunca da tünediği dalın üstünde, boynunu kısıp gözlerini yumarak usulca dem çekiyordu Halil. Havada gözle görülmeyen, fakat sıcaklığı ve yumuşaklığı herkes tarafından hissedilen minik minik bir şeyler uçuşuyordu o vakit.

Zamana ve mekâna sığmayan dev bir inilti, gizlice tüy döküyordu sanki.

Ne var ki bu Halil dut ağacına çıkıp kumruya dönüştü de gözlerini yumarak usulca dem çekti mi kendini orada unutuyordu çoğu zaman.

Akşam karanlığında kalabalık üçerli, beşerli gruplar hâlinde dağılırken, yazıktır, dalın üstünde kalmasın diye düşünenler ağacın gövdesini tekmeleye tekmeleye sarsıp onu yere güçlükle indiriyorlardı.

Tekmelerken bir yandan da, "Haliiil, Haliiil!" diye bağırıyorlardı hep birlikte.

Seslerinin birazı gidiyor Hüseyin Gazi Türbesi'nde yankılanıyordu onlar böyle bağırırken, birazı gidiyor yeşil minareli caminin bulunduğu dik yokuşta, birazı gidiyor ufuktaki o bol ışıltılı, yüksek binaların alnında, birazı da gidiyor gecekondularla kaplı tepelerin üstüne yığılan karanlık bulutların gerisinde yankılanıyordu.

Ağaçtan inip ayaklarını yere basınca, dünyadan epeyce uzaklaşmışken yaka paça tutulup geri getirilmiş gibi, gözlerini koca koca açarak, bir an etrafına hayretle bakıyordu Halil. Sonra da ister istemez kendisini ağaçtan indirenlerin peşine takılıyor ve hangi yöne gittiğini bile bilmeden, avlu kapısındaki kararmış tahtaların yanından geçip yavaş adımlarla şehre doğru yürüyordu. Ayak sesleri bile duyulmuyordu böyle yürürken. Saçı sakalı birbirine karışmış, soluk yüzlü hafif bir esinti hâlinde kaybolup gidiyordu.

Bir akşam, hiç ortalıkta görünmedi Halil.

O öteki yapar, öteki beriki yapar diye herkes birbirine güvendiği için onu ağaçtan indirmeyi unuttular çünkü.

Dalların arasında irice bir dem topağı gibi duran karaltıyı, geceleyin nöbete kalan Nedim'in adamlarından biri fark etti.

Yatsı ezanı okunduktan nice sonra, iki nöbetçi avlu kapısının yakınında kocaman bir ateş yakmıştı o gece, ansızın çıkıp gelen, tanımadıkları beş adamla birlikte oradaydılar, halkalanmış, oturuyorlardı.

Dursun'un avlusundan aşırılan kalın odunların yanı sıra çalılarla, çırpılarla da beslendiği için, gürültülü bir şekilde, harıl harıl yanıyordu ortalarındaki ateş. Sıcak çıtırtılar eşliğinde göğe doğru yükselen alevlerin şavkı gidiyor, evin duvarlarına, camlarına vuruyordu.

Ansızın çıkıp gelen adamlardan ikisi orta yaşlı, ikisi genç, biri de epeyce ihtiyardı. İhtiyarın göğsüne doğru inen, apak bir sakalı vardı. Yüzü uzundu, gözleri mercimek kadardı. Yenleri yırtık, yakaları devrik pardösüsüyle, soluklana soluklana, bayırı gençlerden birinin kolunda tırmanıp gelmişti. Onun bu denli mecalsizken gece yarısı oralarda neden gezinip durduğunu Nedim'in adamları hiç anlayamamıştı tabii, yaşına hürmeten, yer göstermişlerdi oturması için. Koluna giren küt burunlu, güleç yüzlü gencin de yardımıyla, pardösüsünün eteğini toplayıp ateşin başına güçlükle oturmuştu ihtiyar.

Oturunca da uzun süre susmuştu.

Daha doğrusu, gözlerini boşluğa dikip sakalını titreterek kesik kesik hırlamış durmuştu.

Bir nebze kendine gelip soluğu düzelince de yıllardır bu fırsatı bekliyormuş gibi tutmuş, inanılmaz bir hevesle hikâye anlatmaya başlamıştı.

Af dileyeceği kadın ölüverince birdenbire beyninden vurulmuşa dönen, gidip avluda düzenlenen cenaze törenini uzaktan uzağa izleyen, ondan sonraki günlerde de ah cahil kafam, neden elimi çabuk tutmadım, şimdi ben ne yapacağım, şimdi ben ne yapacağım diye diye delirecek hâle gelen bir adamın hikâyesiydi bu. Hayatın sihre başvurmadan, hayatın mucizeye ihtiyaç duymadan ya da akla gelebilecek daha başka ve daha çapraşık usûlleri kullanmaya lüzum bile görmeden, sadece olağan akışıyla bir insana haddini bildirmesine dairdi. İhtiyar bükük belli, tıknefes birkaç girizgâh cümlesi kurmuş ve beceriksizce, daha baştan belirtmişti bunları. Af dilemekte geciken o adamın artık sonsuza dek iflah olmayacağının altını da çizmişti. Gelgelelim, ağzından çıkan her cümleden sonra hıçkıra hıçkıra ağlayıp ellerinin tersiyle gözyaşlarını sildiği için, çok arzu ettiği hâlde, hikâyenin gerisini getirememişti bir türlü. Getiremeyince de kilitlenip kalmıştı.

İşin sarpa sardığını gören dinleyiciler sıkılmıştı hâliyle.

Suratlar asılmış, kaşlar yıkılmıştı.

Bu sebeple hayliden hayli perişandı ihtiyar, anlatsa anlatamıyor, vazgeçse vazgeçemiyor, yüzüne vuran alevlerin kızıllığıyla birlikte bir öne, bir arkaya sallanıp duruyordu.

Derken nöbetçilerden biri oturuş şeklini değiştirdi o böyle sallanırken, eline geçirdiği eğri bir çubukla bacaklarının dibine yuvarlanan közleri birer birer iteledi ve başını kaldırıp gayriihtiyari avlunun öteki ucuna baktı.

Bakar bakmaz da dut ağacındaki karaltıyı gördü.

"O dalda kalmış len, vallahi dalda kalmış!" dedi gülümseyerek.

O böyle deyince, ihtiyarın anlatmaya çalıştığı hikâyeyi orada bırakıp adamlardan üçü koştu hemen, gecenin ortasında, bağıra çağıra ağacın gövdesini tekmelemeye başladılar. Karanlık büyüttüğü için tekmelerden çok ağacı sesleri sarstı adeta, takır takır, dallar yukarıda birbirine çarptı durdu.

Bir müddet sonra da Halil, elsiz ayaksız, pat diye yere düştü.

Donmuştu.

Nöbetçiler hiç oralı olmadı ama ötekiler aldılar onu, birbirine karışan ahlar, vahlar eşliğinde, koştura koştura ateşin başına getirdiler. Ayak sesleri pat pat yankılanırken, eller, kollar boşlukta hıza dönüşmüş derin bir çaresizlikle defalarca sallandı o sırada. Alevlerin şavkı içine yayıldığı karanlıkla birlikte peş peşe dalgalandı. Hatta ortalıkta gezinen külahlarla çekirdek kabuklarını hışırdatarak, avlu yerinden fırlayıp ters dönecekmiş gibi şöyle bir çalkalandı.

Gürültüyü patırtıyı duyunca, İtfaiye Meydanı'ndan aldığı o kırçıl paltoyu giyip neler oluyor acaba diye Muzaffer de çıktı dışarı, kedi gibi sundurmanın ucuna kadar yürüdü sessizce, geldi, bembeyaz bir yüzle direğin dibine çömeldi. Üşüdüğü için ellerini koynuna sokup iyice büzüldü sonra ve oradan ufacık bir karaltı hâlinde ateşin başındakilere doğru baktı.

O böyle bakarken gövdeleri gölgelerine, gölgeleri gövdelerine karışan adamlar kucaklarındaki Halil'i yere bıraktılar hemen, etrafını sardılar.

"Donmuş bu!" dedi ihtiyar.

Ikınarak yerinden kalktı.

"Ateş hemen kâr eder mi hiç bilemiyorum ama yaklaştırın bakalım, iyice yaklaştırın!"

Koltukaltlarından ve bacaklarından tutup biraz daha yaklaştırdılar Halil'i.

"Ölmüş mü?" diye sordu, o sırada gençlerden biri.

Boynu apak, yerde yatan Halil'in üstündeki boşluğa doğru uzanmıştı.

İhtiyar cevap vermedi ona, gözlerini yere indirdi, içini çekerek korku dolu, karanlık bir yüzle Halil'e baktı. Sonra çömeldi usulca, nefesini tutup sağ elini onun göğsüne koydu ve hiç kımıldamadan, bir müddet öylece bekledi.

Herkes nefesini tuttu o an, herkes ihtiyarın eline baktı.

Zaman da akmadı hâliyle, Halil'in göğsünde, pörsümüş bir el şeklinde dondu kaldı.

Doğruldu sonra, pardösüsünü hışırdatarak birkaç adım geri çekildi ihtiyar.

"Ölmemiş," dedi boğuk bir sesle.

Derken de sanki Halil'in kalp atışlarından birkaçı avcunun içinde kalmış gibi, bir an için eline baktı.

Oturdukları yerde nöbetçileri muzip muzip gülümsetti onun bu hareketi. Gülümsedikten sonra da kafa kafaya verip kendi aralarında fısıldaştılar. Hatta fısıldaşırlarken kıvırcık saçlı olanı, dudaklarının arasından ıslığa benzeyen incecik bir ses çıkartarak, birkaç defa ellerini dizlerine vurdu.

Sonra nöbetçiler olup bitenleri böyle keyifle seyrederken, ötekiler çözülsün diye Halil'in elini kolunu, Halil'in bacaklarını, Halil'in yüzünü ve boynunu acayip bir gayretle çabuk çabuk ovmaya başladılar. Adamlardan biri elini aldı eline, biri bacağını; biri yüzüne, boynuna eğildi, biri öteki bacağına sarıldı. Alevlerin şavkını perdeleyen hıh hıh sesleri eşliğinde, hep birlikte dur durak bilmeden epeyce çabaladılar.

Ne var ki bunlar hiç işe yaramadı.

Bana mısın demedi Halil, taş misali, kaskatı durdu öylece.

"Donmuş insan ovulmaz bildiğim kadarıyla," dedi adamlardan biri daha sonra, çömeldiği yerden yüzünü kaldırıp etrafındakilere bakarak. "Bence biz yanlış yapıyoruz."

O böyle deyince, ihtiyar da sakalını tel tel dağıtıp karman çorman eden iri bir sesle, "Tekmeleyin o zaman!" diye bağırdı.

Adamlar, tekmelenir mi hiç dercesine yüzlerini çevirip hayretle baktılar ona.

İhtiyar gençleşmiş gibiydi, ellerini pardösüsünün ceplerine sokup göğsünü kabartmış, tepelerinde, dimdik duruyordu. Yüzü sırf hırstı o anda, sırf kuvvetti. Gömük gözlerinin içinde de bir o yana bir bu yana, çıtırtıları ayan beyan işitilen, bulut bulut, bol rüzgârlı kıvılcımlar uçuşuyordu.

"Ne duruyorsunuz be, tekmeleyin!" dedi yeniden.

Böylece, kısa süren bir tereddütten sonra adamlar birdenbire tekmelemeye başladılar Halil'i.

İlkin, yazıktır, canını pek yakmayalım düşüncesiyle gayet hafif vurdular ama daha sonra kendi hareketlerinin rüzgârına kapılıp farkına bile varmadan gitgide sertleştiler. Vururken her defasında acayip bir şekilde yaylanmaya başladılar sertleşince. Hatta dişlerini sıkıp kafalarını küt küt geri atmaya ve her defasında ağızlarından ıslık inceliğinde, her biri birbirinden keskin sesler çıkarmaya başladılar.

Halil de üst üste inen bu tekmelerin şiddetiyle az buçuk çözülür, belli belirsiz kımıldanır gibi oldu.

Umut ışığı belirince adamlar sevindi hâliyle, bir an, doğru yoldayız dercesine kaşlarının altından birbirlerine baktılar.

Sonra nasıl olduysa oldu, coştular birdenbire.

Coşup kendilerinden geçince de çözülmeyi hızlandırmak için, adeta oyun oynar gibi, "Hadi, hooop!" diye havaya kaldırıp gümbedek yere bıraktılar Halil'i, kaldırıp yeniden, kaldırıp yeniden bıraktılar.

Bir ara, "İnsan bu havada donar mı be?" diye bağırdı kaldırıp kaldırıp yere bırakanlardan biri.

"Donar," dedi geride dikilen ihtiyar. "Onu donduran şey bizim hissettiğimiz soğuk değil zannımca, bizim hissettiğimiz soğuk değil."

Ateşin öteki tarafında oturan nöbetçiler güldü ihtiyarın bu sözlerini duyunca.

Kaldırılıp habire yere vurulan Halil de o sırada kendine geldi birazcık, belini zar zor doğrulttu ve gözlerini hafifçe açarak, gülüşen nöbetçilere baktı.

Nöbetçilerden kıvırcık saçlı olanı ateşten bir odun çekti o böyle bakarken, üşüdüğü için sundurmanın altından kalkıp avluda gezinmeye başlayan Muzaffer'e doğru hızlıca fırlattı.

Arkasında küçücük, beyaz bir duman bırakarak havada döne döne uçtu odun, gitti, Muzaffer'in birkaç adım berisine düştü.

Nöbetçinin gözleri odundaydı.

Muzaffer durdu birden, başını çevirip baktı.

"Avludan çıkma sakın, yoksa bacaklarını kırarım senin, çanak ağızlı!" diye bağırdı nöbetçi.

Halil apar topar ayağa kalktı o böyle bağırınca, öteki adamların şaşkın bakışları altında, geri geri yürüyerek oradan uzaklaşmaya başladı. O an geri geri yürümüyormuş da, ateşi ve ateşin başındakileri bakışlarıyla itip kendinden uzaklaştırıyormuş gibiydi sanki.

İhtiyar babacan bir tavırla, "Nereye gidiyorsun len?" diye ona doğru atıldı hemen. "Şuraya gel, azıcık ısın hele!"

Ağzı sımsıkı kapalı, geri geri yürümeye devam etti Halil.

İhtiyar kollarını açmış, pardösüsünün eteğini savurta savurta onunla birlikte ilerliyordu.

Onun ardından öteki adamlar da sökün etti sonra, dağınık bir vaziyette, ateşin başından yirmi, yirmi beş adım uzaklaştılar.

"Dur hele, gitme, azıcık ısın!" dedi ihtiyar yeniden.

Halil durdu.

Ötekiler de durdu o durunca.

İhtiyar, "Nereye gidiyorsun sen yahu?" dedi soluk soluğa.

"Ben o adamların yanına oturamam," dedi Halil, çenesinin ucuyla nöbetçileri işaret ederek. "Onlarla oturup muhabbet edersem, avluda gezinip duran şu adamcağızın yüzüne bakamam."

"Nedenmiş o?" diye sordu gençlerden biri.

"Bakamam işte," dedi Halil sertçe. "Hem bunların hem de o adamın yüzüne, sanki hiçbir şey olmamış gibi aynı ifadeyle bakamam. Bunu yapacak olursam, o zaman da aynada kendi yüzüme bakamam."

Herkes sustu bir müddet.

"Yemin ederim cins bu," diye fısıldadı, gençlerden biri yanındakinin kulağına.

Kapa çeneni dercesine, gözlerini devirip aniden o gence doğru baktı ihtiyar.

"Onlarla oturuyoruz diye sen şimdi bizi kınıyor musun yani?" dedi, ihtiyarın çaprazında duran adam.

Hır çıkaracakmış gibi kaşlarını çatmış, eli belinde, dik dik bakıyordu.

"Yok," dedi Halil. "Kınamıyorum. Onlarla oturmanıza kim karışabilir ki? Kimin haddine? Onlarla oturmak şöyle dursun, onların yerine bile geçebilirsiniz, tercih sizin."

"Ee?" dedi adam. "Mesele ne?"

"Ben kötülük edenle kötülüğe maruz kalana aynı yüz ifadesiyle bakamam, her ikisine de gülümseyemem diyorum size. Bunu yaparsam o zaman da kendi yüzüme bakamam diyorum. Hepsi bu kadar, başka bir şey dediğim yok. Sizin mideniz kaldırıyorsa, kötülük edene de kötülüğe maruz kalana da aynı şekilde gülümsemeye devam edebilirsiniz, işin o yanı beni ilgilendirmiyor."

"Demedim mi, yemin ederim cins bu," diye mırıldandı yine aynı genç, Halil'in duyacağını bile bile.

İhtiyar konuşmamıştı henüz, o ufacık gözleriyle kaşlarının altından yaban yaban bakıyor, Halil'in söylediklerini can kulağıyla dinliyor, bazen de elini sakalına götürüp şöyle bir sıvazlıyordu.

Hır çıkaracakmış gibi görünen adamın kaşları çatıktı hâlâ.

"Ben senin söylediklerinden bir şey anladıysam ne olayım," dedi Halil'e.

Halil duymamazlıktan geldi onu, mutsuz bir yüzle geri geri birkaç adım daha gitti.

Ardından da, "Siz yaşayanlar, çok tuhafsınız!" diye bağırdı birden.

Büyük bir şaşkınlıkla, herkes dönüp birbirine baktı o böyle bağırınca.

"Siz yaşayanlar da ne demek?" diye sordu ihtiyar, tuhaf bir sesle.

Cevap vermedi Halil, o sözü söylediğine pişman olmuş gibi, başını eğerek karanlıkta hafifçe yutkundu.

"Sana soruyorum," dedi ihtiyar yeniden. "Siz yaşayanlar da ne demek?"

Ellerini ceplerinden çıkarmış, Halil'e doğru bir adım daha yaklaşmıştı.

Cevap alamayacağını anlayınca, solunda duran küt burunlu, güleç yüzlü gence döndü birden.

"Hadi bakalım," dedi ona. "Koş hemen bir şeyler bul, şu köşeye bir ateş yak!"

Genç fırladı onun böyle demesiyle birlikte, az uzakta gezinen Muzaffer'in yanından geçti ve avlu duvarının üstünden atladığı gibi gözden kayboldu. Hem de öyle çabuk kayboldu ki, kendisi gittiği hâlde, savrulan bacakları bir müddet asılı kaldı havada. Görünmeyen bir çift mandalla boşluğa tutturulmuşçasına, koyu koyu, paçaları rüzgârda dalgalandı durdu.

Çok geçmeden de nereden bulduysa buldu, yaprakları hışıldayan, dallı budaklı, kollu kanatlı bir kucak çalı çırpıyla geri döndü bu genç. Duvarı aşıp avluya girince dizlerinin üstüne çöktü hemen, getirdiklerinin birazını ayırdı orta yere, kalanını topladı kenara koydu. Ardından da bir eliyle rüzgârı perdeleyerek çakmağını çakıp ateşi hemencecik yaktı.

İhtiyar mucizevi bir şeyden söz edercesine, "İşte ateş," dedi, Halil'e dönerek. "Biz de bunun başına oturalım o hâlde, hadi gel."

"Yok, siz oturun," dedi Halil.

Sesi çok uzaktan, gecekondularla kaplı tepelerin arkasından geliyormuş gibiydi.

Bırakmadı ihtiyar, uzanıp kolundan tuttu onu, sakalının ağartısında eriyip giden küçük bir gülümseme eşliğinde çeke çeke ateşin başına götürdü.

Ötekiler de seğirtti hemen, Halil'i aralarına alıp hep birlikte oturdular.

Kimse konuşmadı bir müddet, ateş hızını alsın diye herkes bekledi sanki. İhtiyar da bekledi. Boş gözlerle ateşin gürültüsünü, yaprakların çıtırtısını, kabukların yanışını seyretti beklerken. Birkaç defa da sakalını titreterek belli belirsiz hırıldadı.

Sonra yavaşça kımıldandı oturdu yerde. Bağdaşını tazeleyip ellerini dizlerinin üstüne koydu.

"Doğrusu, biz bir şey anlamadık yeğenim," dedi gergin bir sesle. "Az evvel, siz yaşayanlar demekle ne demek istedin sen?"

Yine cevap vermedi Halil, yüzünü çevirip avlu duvarının üstünden uzaklara, karanlık tepelerde titreşen solgun ışıklara doğru baktı.

"Sana soruyorum," dedi ihtiyar. "Bize neden siz yaşayanlar diye hitap ettin az evvel? Sen yaşamıyor musun?"

Döndü, sessizce içini çekti Halil.

"Üç yıl önce," diye mırıldandı buz gibi bir sesle, "beni Amsterdam'a gömdüler."

Herkes nefesini tuttu o an, gözler çanaklarından fırladı.

İhtiyarın da ağzı kurudu birden.

"Sen," dedi güçlükle. "Ne dediğinin farkında mısın?"

Ötekiler, soruyu kendileri sormuş gibi kocaman gözlerle kafalarını uzatıp baktılar.

"Farkındayım," dedi Halil.

"Kafayı üşütmüş bu," diye fısıldadı o sırada gençlerden biri, yanındakinin kulağına eğilerek.

İhtiyar gözlerini ufacık ufacık dikmiş, hiç kımıldamadan Halil'in yüzüne bakıyordu.

"Peki, nasıl oldu bu, nasıl gömdüler seni?"

"Uzun hikâye," diye cevap verdi Halil. "Üstelik baştan sona rezil bir hikâye, öyle pek anlatılacak yanı yok."

"Gece de uzun," dedi ihtiyar. "Ayrıca, gördüğün gibi, ateşin başındayız."

Halil bir şey demedi, yüzünü yere eğip sustu bir müddet. İhtiyar ısrar edince de, hafifçe titreyen buğulu bir sesle, nasıl gömüldüğünü anlatmaya başladı.

"Ben bir kadını sevmiştim," dedi, kendi kendine mırıldanırcasına. "Bir insan bir insanı ne kadar çok sevebilirse, işte o kadar çok sevmiştim. Adı Nergis'ti bu kadının, gözleri kudretten sürmeli, güzel biriydi. Bakışlarını derinleştirip büsbütün anlamlı kılan tuhaf bir çekingenliği vardı. Lâkin entipüften şeylerle uğraşmakta, pireyi hemencecik deve yapmakta üstüne yoktu. Çevresinde fevri kararlar almasıyla meşhurdu, zaten hayatı da büyük hasarlara yol açan bu fevri kararlarla onların doğurduğu pişmanlıklardan ibaretti."

"Sonra ne oldu peki?"

"Sonra bu Nergis, günün birinde beni Amsterdam'a götürdü," diye devam etti Halil. "Şu sebeple gitmemiz gerekiyor, dedi. Şu sebep dediği sebep o kadar yalandı ki, işitince insanın elinden onun gerçek olduğuna inanmaktan başka hiç ama hiçbir şey gelmiyordu. İşittiğimde ben, bu kadar uyduruk bir sebep olamaz diye düşündüm ilkin. Onun bana yalan söyleyebileceğine zerre kadar ihtimal vermediğim için, daha sonra da, herhâlde sürpriz olsun diye asıl sebebi oraya varınca söyleyecek dedim kendi kendime. Böylece, bir sabah Esenboğa'dan bindik uçağa gittik."

"İşte, hikâye başlıyor," dedi gençlerden biri.

Ötekiler hafif tertip kıkırdadı.

"Schiphol Havaalanı'na inip oradan Amsterdam'a geçtiğimizde, Nergis'in sözünü ettiği işten önce biraz boş zamanımız vardı. Dam Meydanı'nda ve onun etrafında, insanın karşısına her an her yerden çıkı çıkıveren o bisiklet bolluğunun içinde, sersem gibi gezindik bir süre. Sonra, kanal gezisine katılmak, cıvıltılı kafelerden birine oturup azıcık soluklanmak, Spinoza'nın ve Van Gogh'un peşine düşmek, müzeleri ziyaret etmek ya da daha başka, daha başka şeyler yapmak varken biz apar topar bir taksiye bindik ve şehrin içinde dolana dolana, tuhaf bir yere gittik. Nergis söylemedi nereye gittiğimizi, sorduğumda, öyle icap ediyor, bu da sana sözünü ettiğim o işin bir parçası dedi sadece. Böyle acayip bir huyu vardı onun. Bir şeyi söylemekte hep gecikir, onun bu gecikmesi de başlangıçta belirttiğim gibi, tamiri imkânsız hasarlara yol açardı. Taksiyle giderken içimden, umarım bu kez öyle olmaz, umarım bu kez söylemesi gereken şeyi geç söylemez, diye habire dua ediyordum ben. Lüzumundan fazla mı dua ettim bilmiyorum, bu kez de Nergis tuttu, varacağımız yere varmadan taksiciye durmasını söyledi. Erken indiğimizi taksi bizi bırakıp gittikten sonra fark ettik."

"Dur bakalım neler olacak?" dedi adamlardan biri alaycı bir sesle.

"Bir şey olacağı yok yahu," diye mırıldandı yanındaki.

"Sen devam et," dedi ihtiyar.

"Taksi gidince, bir dans okulunun önünden yürüyerek geniş bir caddeye çıkmaya çalıştık ama olmadı, başaramadık. Orada ne varsa artık, Nergis de illa ki o caddeye ulaşmamız gerektiğini söyledi. Uzun apartman bloklarının arasından geri döndük mecburen, o caddeye, okulun bulunduğu sokağın paralelinde kalan başka bir yerden çıktık. Sonra da zar zor karşıya geçip kaldırım boyunca yürümeye başladık. Sağımızda her yeri iri yapraklı büyük büyük ağaçlarla kaplı, geniş mi geniş, yeşil mi yeşil bir mezarlık vardı. Kıyıdaki ağaçların gölgesi kaldırımı aşıp caddenin ortasına kadar uzanıyordu. O gölgelere bata çıka yürürken, bir ara, önce Petersburg'u görsek iyiydi, dedim ben Nergis'e. El feneri tutulmuş gibi yüzü aydınlandı birden. Merak etme, oraya da gideceğiz, hatta sık sık gideceğiz, dedi. Neden sık sık gideceğimizi sormadım, bu tür şeylere cevap vermezdi çünkü. Görmeyi arzu ettiğim tek şehrin Petersburg olduğunu bildiği için öyle dedi muhtemelen, diye geçirdim içimden. Sevindim hâliyle, kolumu beline doladım Nergis'in, o da gülümseyerek bana doğru sokuldu, elini belime attı. İşte biz orada böyle sarmaş dolaş yürürken, birdenbire karşımıza büyük bir topluluk çıktı o gün. Çıkar çıkmaz da uçuşan etekler, saçlar, balonlar, rengârenk kurdeleler, flamalar, hareket eden eller, kollar ve bacaklar cıvıl cıvıl bize doğru akmaya başladı. Artık festival mi vardı, coşkulu bir protesto gösterisine mi rastlamıştık ya da bu başka tür bir eğlence miydi, orasını bilmiyorum. Ben Nergis'in kulağına çok sevdiğim, 'Kahveciler kahve koyar fincana / Dudakları benzer leyli mercana / Ezrail gelse de kıymaz bu cana / Kıyan ellerine de kurban olduğum' türküsünü söylüyordum o insanlar ortaya çıktığında."

"Daha olup biten bir şey yok," dedi, az önceki alaycı ses. Ötekiler yine kıkırdadı.

İçlerinden biri de çenesini avcunun içine alıp sertçe iterek boynunu kütletti.

"Devam et sen, devam et," dedi ihtiyar.

"İşte ben hem türkü söylüyor hem de Nergis'in o eşi benzeri olmayan, pamuk yumuşaklığındaki ellerine arada bir öpücükler konduruyordum. Sonra baktım olmuyor, yarıda kestim türküyü. Zaten beni mest eden, aklımı, ruhumu ve başımı fırıl fırıl döndüren dizesini söylemiştim; 'Kıyan ellerine de kurban olduğum'. Katıksız sevgi... Ölümüne katıksız! Bet sesime rağmen ikinci dörtlüğe de geçerdim belki ama zamanı değildi. Çünkü ortalık mahşer yeri gibiydi artık, renkler, sesler, yetişkinler, çocuklar ve hareketler devasa bir bulut olmuş, kâh dağılıp kâh toplanıyor, kâh kısalıp kâh uzuyordu. Nergis ellerini ellerimden çekti ve birden o coşkulu kalabalığa doğru, 'Bayram! Bayram!' diye bağırdı o sırada. Bağırırken de bana dirseğiyle kuvvetlice vurdu. Sol tarafa, işte tam şuracığa vurdu, onun sevgisiyle tıp tıp atan kalbimin üstüne. Darbeyi alınca sendeledim tabii ben, Nergis de bunu görür görmez var gücüyle itti sırtımdan. Hem de öyle bir itti ki, ben kaldırımdan fırladığım gibi neye uğradığımı bile anlayamadan mezarlıkta buldum kendimi ve tepetaklak bir çukurun içine düştüm."

"Hah, işte olacağı buydu!" dedi, aynı alaycı ses.

Ötekiler bir kez daha kıkırdadı.

"Çukur önceden hazır edilmişti besbelli, eni, boyu ölçülerime göreydi, derindi ve zifirî karanlıktı. Ben o çukurun dibini boylayınca, Nergis peşim sıra geldi hemen ve anlayamadığım bir hevesle, neredeyse çıldırmış gibi üzerime toprak atmaya başladı. Ruhunun birisini gömmeye mi ihtiyacı vardı, kendi gözünde kendini ancak bu yolla mı kabul edebilecekti ya da gelecek için farkında olmadan, tuhaf bir dürtüyle vicdan azabı mı tedarik ediyordu, bilmiyorum. Bildiğim, o an kudurmuş gibiydi, bir ağzında köpükleri eksikti. Gözlerinden de hırs yüklü, karanlık ışıltılar fışkırıyordu salkım saçak. Derken, gökten düşmüşçesine biri daha belirdi orada. Esmer bir erkekti bu, elindeki kahverengi deri çantayı yere bırakmış, hiç konuşmadan Nergis'le birlikte benim üzerime o da toprak atıyordu. İkisi bir olunca işi çarçabuk bitirdiler hâliyle, bugüne kadar görülmemiş bir iştahla beni oraya gömdüler. Sonra Nergis, mezarımın başına dikilip ellerindeki tozu toprağı silkeledi ve Amsterdam'ı çınlatan neşeli bir sesle, işte bu iş de bu kadar, dedi. Ben de ona, ARTIK SENİN YÜZÜNÜ DE GÖRMEK İSTEMİYORUM, ADINI DA DUYMAK İSTEMİYORUM diye bağırdım aşağıdan. Sesimin üzerimdeki toprak tabakasını geçemeyeceğini, varıp onun kulağına ulaşamayacağını biliyordum elbette. Ben sadece, bu cümle mezarımda sonsuza dek yankılansın dursun diye bağırdım."

"Bak hele bak!" dedi alaycı ses.

"Nergis ellerindeki tozu toprağı silkeleyip işte bu iş de bu kadar deyince, ona yardım eden adam birkaç defa başını salladı. Ağzı kulaklarındaydı, ellerini iki yana salmış, Nergis'e bakıyordu. Nergis saçlarına parmak uçlarıyla çekidüzen verip gülümsedi o sırada. Gözlerinin içiyle, hınzırca gülümsedi. Adam küçük küçük adımlarla koştu çantasını yerden aldı sonra, döndü, hadi gidelim, otelde yerimiz hazır, dedi.

Nergis onun koluna girdi hemen, ikisi yavaş yavaş uzaklaşıp mezarlıktaki ağaçların arasında gözden kayboldular. Nergis'in, yalan söyleyerek kendi sicilini kendi gözünde lekelemesine gerek yoktu aslında, bana kendini göm deseydi ben bunu seve seve yapardım. Kendisine neden böyle bir kötülük etti bilmiyorum. Aklıma geldikçe onun için üzülüyorum elbette. Bir yandan da doğup büyüdüğüm bu şehre gömülemedim diye kendim için üzülüyorum. Ben illa ki buraya gömülmek isterdim çünkü. Ne var ki Nergis çocukların bile güleceği türden, komik bir yalana sarıp sarmalayıp beni Amsterdam'a gömdü."

"Allah rahmet eylesin!" dedi, alaycı sesin sahibi aniden.

Ötekiler hep birlikte gülüştüler.

İhtiyar başını çevirip ters ters baktı onlara.

"Yemin ederim kafayı üşütmüş bu!" diyerek ayağa fırladı o sırada gençlerden biri.

Sendeleyerek öteki üçü de kalktı onun peşinden, ayakta, Halil'e bakıp bakıp hırıltılı bir şekilde yeniden gülmeye başladılar. Hem de o kadar çok, o kadar çok güldüler ki, dördünün de karnı çatladı gülmekten, gözlerinden şıpır şıpır yaş geldi.

"Hadi len, hadi!" dedi sonra küt burunlu genç, gülüşünün içinden ıslak bir sesle.

Yürüdüler hep birlikte, arada bir eğilip birbirlerinin yüzlerine bakarak gülüşe gülüşe avlu kapısının yanındaki ateşin başına gittiler.

Onlar uzaklaşınca, Halil'in dizine hafifçe dokundu ihtiyar.

"Kulak asma bu zevzeklere," dedi. "Senin anlattıklarını kafası almadı onların. Hakikaten gömüldüğünü iddia ediyorsun sandılar."

Gözlerini koca koca açarak, yani sen benim gömüldüğüme inanmıyor musun dercesine hayretle baktı ona Halil.

Bu bakışı görünce bir an sarsılır gibi oldu ihtiyar, elini kolunu nereye koyacağını, elini kolunu nasıl tutacağını bilemedi.

Tam o sırada telaşlı bir köpek havlaması geldi uzaklardan. Karanlıkta yankılanan sesten ıslak tüy kokusu fışkırdı da ortalığa yayılıverdi sanki. İhtiyar, kısılmış kuyruğunu, arka bacaklarını ve hızlı hızlı soluyan yarı açık ağzını görür gibi oldu köpeğin. Toprağı koklayarak ateşin başında bir o yana, bir bu yana koştu hatta ihtiyarın gözündeki köpek, Halil'in bir el atımı yakınında durup yeri şöyle bir eşeledikten sonra da hızla kayboldu.

Köpek kaybolunca, Halil gözlerini tavsayan ateşe dikip içini çekti birden.

İhtiyar onun içini çekişine şaşırdı ama pek belli etmedi o sırada.

Elleri dizlerinde, o da ateşe baktı.

"Bu evde olup bitenleri biliyorsun değil mi?" diye sordu Halil aniden.

"Biliyorum," dedi ihtiyar. "Bilmeyen yok ki zaten, herkes biliyor."

Halil başını çevirip öteki ateşin başındakilere doğru baktı.

"Şu anda burada onca insan var," dedi, sesini alçaltarak. "Topluca üstlerine çullanılsa o iki haydudun hakkından gelinir, öyle değil mi?"

İhtiyarın benzi attı birden, şaşkın şaşkın baktı Halil'e.

"Ne diyorsun sen, anlamadım?" dedi.

"Diyorum ki," dedi Halil. "Buradaki insanlar ateşin başında oturan o iki haydudun hakkından gelebilir. Varıp aniden çullanılır üstlerine, elleri, kolları sımsıkı bağlanır. Sonra da evin içindeki o zavallı kızla babası hemen bu gece buradan alınır, kimsenin bulamayacağı bir yere götürülür. Kurtulmuş olurlar, öyle değil mi?"

Gözbebekleri donmuş gibiydi ihtiyarın, hiç hareket yoktu.

"Düşündüğüm şeyi yapmak pekâlâ mümkün, öyle değil mi?"

İhtiyar, sakalını avuçlayarak oturduğu yerde kıvrandı önce.

"Deli misin sen?" diye fısıldadı sonra, dirseğinin birini dizine koyup yanının üstüne eğilerek. "Bu çarkın gerisinde kim var, kimler var biliyor musun? Bilmiyorsun elbette. Ben de bilmiyorum. Kimse bilmiyor daha doğrusu. Çünkü her hafta değişiyor bu adamlar, bir görünen bir daha görünmüyor, biri geliyor biri gidiyor. Başlarındaki adamlar bile değişiyor zamanla, kalıcı olan yok içlerinde. Eskiden çekik gözlü, asabi biri vardı mesela, işleri o idare ederdi. Aniden kayboldu nedense, yerine ondan daha cebcrut, oynak kaşlı biri geldi."

"Nedim."

"Evet, Nedim."

"Ee?"

"Diyeceğim o ki, bu çarkın gerisi karanlık, hem de az buz değil, zifirî karanlık... Senin düşündüğün şeyi ben düşünmedim mi sanıyorsun, binlerce defa düşündüm, binlerce defa. Şu ihtiyar hâlimle, bu evin etrafında günlerce, haftalarca, aylarca dolandım durdum. Fakat yapamadım. Yapamadığım gibi, yapılamayacağını da anladım. Polisler bile bir halt edemedi çünkü. Vaktiyle şu kapıya kadar gelip içeri girmeden geri döndüler. Senin anlayacağın bu iş çok karışık. Şu an ortalıkta iki adam görünüyor ama evin içinde, dışında pekâlâ başkaları da olabilir."

Susup gayriihtiyari etrafına bakındı ihtiyar.

Halil'e doğru yeniden eğildi sonra, yüzünü yüzüne iyice yaklaştırdı.

"Bunların belleri de boş değildir ayrıca," dedi. "Hepsinde makine vardır. Gerçi öyle bile olsa, dediğin gibi şu ikisini alt etmek kolay, bir şekilde edilir. Peki, ya sonra? Sonrasını düşündün mü hiç? İnsanların çoluk çocuğu var, çoluk çocuğu olmayanların da evde bekleyen anaları, babaları var. Bu devirde kim girer böyle ucu bucağı görünmeyen bir karanlıkla kavgaya? Sorarım sana, durduk yerde kim başını belaya sokar?"

Cevap vermedi Halil.

"Günün birinde," dedi ihtiyar, sesini biraz daha alçaltarak. "Gençlerden biri olup bitenlere dayanamadı burada, bar bar bağırıp karşı çıktı, yeter yahu falan dedi, bu nedir böyle dedi. Tabii, hemen üstüne yürüdüler. O atik davrandı, kaçtı. Kaçarken de, toyluk işte, polise gidip şikâyet edeceğini söyledi alenen. Bir sağa, bir sola peşinden epeyce koştular ama o genci o gün ele geçiremediler bir türlü. Kuş olup uçtu sanki, derenin dibindeki minibüslerin yanına doğru koşarken bir anda gözden kayboldu. Peki, sonra ne oldu dersin? Aradan bir hafta geçti geçmedi, o çocukcağız çarşının göbeğindeki çöp bidonundan çıktı. Lime lime etmişler, kolları ayrı, bacakları ayrı, başı ayrıydı. Başka yerde öldürdüler de getirip ibretiâlem için mi oraya bıraktılar, bilmiyorum. Herhâlde öyledir. Sana diyeceğim şu ki, bu düşündüğün şey için sen yanına bir kişi bile bulamazsın. Herkes korkuyor çünkü."

Bir şey demedi Halil.

İkisi de sustu bir müddet.

İhtiyar yorulmuş gibiydi, soluğu arada bir hırıltılı çıkıyordu.

"Anlıyorum," dedi, nice sonra Halil. "Sen diyorsun ki, kötüler gelip bize kötülük edinceye kadar iyidirler, başımızın üstünde yerleri vardır."

Kendisinden beklenmeyecek bir çeviklikle aniden ayağa kalktı ihtiyar.

"Sen de bir tuhafsın hani!" diye çıkıştı sertçe. "Onun yüzüne bakarsam ötekine bakamam, ikisine de bakabiliyorsam kendi yüzüme bakamam falan diyorsun ya, hakikaten tuhafsın. Saçmalıyorsun. Dünya senin dediğin gibi dönecek olsa, kimse gemisini yürütemez, anlıyor musun? Gemilerin hepsi şapa oturur!"

"Nefret edemeyenin sevgisi de yalandır," diye mırıldandı Halil.

"Ne dedin sen, anlamadım?" dedi ihtiyar.

Halil gözlerini ateşe dikmişti.

"Bir şey demedim," dedi.

Döndü ihtiyar, karanlıkta sendeleye sendeleye öteki ateşin başına doğru yürüdü.

İyiliğin ve güzelliğin bir daha yeşermemek üzere hepten kuruduğuna kanaat getirmişçesine, Halil başını çevirip acı acı baktı onun arkasından. Gözleri dolmuştu o an, dudakları apak olmuş, hafiften titremeye başlamıştı. Aldığı nefes ciğerlerine gitmiyormuş gibiydi sanki. Verdiği de ciğerlerinden gelmiyormuş gibiydi. Dengesini kaybetmekten korktu bu yüzden. Elinin birini yere koyup vücudunun ağırlığını ona verdi.

Ardından da, "Evin içindeki kızın senin kızın olduğunu biliyorsun değil mi?" diye bağırdı aniden.

İhtiyar çakıldı kaldı.

Fücceten gidecekti neredeyse.

Başını çevirip arkasına bakacakmış gibi oldu ama bakmadı, kararsız bir şekilde, ağır aksak yürümeye devam etti.

Sonra döndü birden, kamburunu çıkararak hızla Halil'e doğru koştu.

"Ne demek istiyorsun sen?" diye sordu birkaç adım geriden.

Durmuş, bacakları ayrık, öfkeyle Halil'e bakıyordu.

"Hiç," dedi Halil.

"Az önce ne demek istedin, onu soruyorum."

"Ne demek istediğim açık," dedi Halil. "Evin içindeki kız hepimizin kızı sayılır, öyle değil mi?"

Bir şey demedi ihtiyar.

Belini doğrultup Halil'in suratına şöyle bir baktıktan sonra döndü, yürümeye devam etti.

Boğazını yırtarcasına, "Allah belasını versin o gemilerin!" diye bağırdı Halil bu kez.

Bağırır bağırmaz da kalktı, kabanından kopan hâkî bir rüzgâr eşliğinde kollarını açarak var gücüyle dut ağacına doğru koştu. Soluk soluğa varıp onun tepesine tırmandı sonra, her zamanki gibi gitti, aynı dalın üstüne tünedi. Tüneyince de kumru oldu hâliyle, oradan dünyaya yine gri gri, yüzünde biriken uzaklığın derinliklerinden bakmaya başladı.

İhtiyar gitmiş, pardösüsünün eteğini toplayıp öteki ateşin başına oturmuştu o sırada. Orta yaşlı adamların sağındaydı.

"Ne o?" diye sordu nöbetçilerden kıvırcık saçlı olanı. "Niye böğürüyor seninki?"

İhtiyar kafasını omuzlarının arasına gömmüş, sinirli sinirli, habire sol yenini çekiştiriyordu.

"Ne bileyim," dedi, küskün bir sesle. "Gemilerden memilerden söz etti ama ben de anlamadım."

Kıvırcık saçlı eğilip yerden kol uzunluğunda, ince bir dal aldı. Dikkat gerektiren mühim bir şey yapıyormuş gibi, kaşının tekini havaya kaldırarak ateşi karıştırdı bir müddet. Dalın ucu tutuşuverince çekti sonra, alevleri söndürmek için pat pat toprağa vurdu.

"Ağaca mı çıktı yine o?" diye sordu ihtiyara.

İhtiyar gözlerini kısıp baktı.

"Ağaca çıkmış," dedi hafifçe yutkunarak. "O iflah olmaz bence. Oraya çıkmaktan, bulutlarla, yıldızlarla, rüzgârlarla konuşmaktan başka çaresi yok onun."

"Bence de yok," diye mırıldandı küt burunlu genç.

İhtiyar koparıp atacakmış gibi hâlâ yenini çekiştiriyordu. Çekiştirdiği yerden küçük bir parça koparabilse, üstünü başını tümden yırtacaktı sanki, paralayacaktı kendisini.

Küt burunlu genç de boynunu uzatmış, öteki uçtan ona bakıyordu.

Onun baktığını fark edince, "Evlât, biz gidelim mi artık?" diye sordu ihtiyar.

"Sen bilirsin Cabir Dayı," dedi genç. "Gidelim diyorsan ben hazırım."

Oturduğu yerden kalkmaya çalıştı ihtiyar.

Küt burunlu genç fırladı hemen, omuzlarını şöyle bir oynattıktan sonra geldi, ihtiyarın koluna girdi.

"Geldim Cabir Dayı, geldim," dedi.

"Ev uzak mı dayı?" diye sordu kıvırcık saçlının arkadaşı.

"Uzak sayılmaz, bir koşumluk yer, hemen şuracıkta, dere boyunda," dedi ihtiyar.

Avluda gezinip duran Muzaffer, ateşe doğru yaklaştı o sırada. Bir şey söyleyecekmiş gibi, belli bir mesafeden dikkatle ihtiyarın yüzüne baktı.

"Hadi, hadi!" diye homurdandı ihtiyar aniden.

Gençle birlikte perişan bir şekilde, oflaya inleye yürüdü sonra, ikisi avlu kapısından çıkıp karanlığın içinde kayboldular. Bir vakit kuru ot çıtırtıları geldi onların gittiği yerden, ot çıtırtılarına gömülmüş, çukur çukur, yarı uykulu ayak tıpırtıları geldi.

Muzaffer onların arkasından bir müddet baktıktan sonra evin içine girmişti.

Ansızın çıkıp gelen adamlardan üçü nöbetçilerin yanındaydı hâlâ, aylak aylak oturuyor, bazen kendi aralarında kısacık konuşuyor, sonra da hep birlikte dut ağacındaki karaltıya bakıyorlardı.

Derken kıvırcık saçlı nöbetçi, endişeli bir yüzle yerinden kalktı yavaşça.

"Kimse kımıldamasın," dedi kalkarken. "Sakın ha, kimse kımıldamasın."

Herkes dönüp ona baktı.

Kıvırcık saçlı büzülebildiğince büzülmüş, soluğu önde kendisi arkada, avlu duvarına doğru ilerliyordu. Oraya varınca doğruldu aniden, var gücüyle duvara abanıp iki elini birden karanlığa daldırdı.

"Gel bakalım, gel!" dedi dişlerinin arasından.

Duvarın gerisinden yavaş yavaş ürkek bir karaltı yükseldi.

"Atla bu tarafa!" diye bağırdı kıvırcık saçlı.

Sivri kafalı karaltı itiraz etmedi hiç, usulca atladı duvarın üstünden. Bacakları çöp gibiydi, hafifçe titriyordu.

"Kimsin sen len?"

"Cevher," dedi karaltı.

"Bu ne peki, koltuğunun altındaki?"

"Klarnet," dedi Cevher.

"Arada bir duyduğumuz klarnet sesi senden geliyordu demek?"

Cevap vermedi Cevher, başını öne eğip ayaklarının ucuna baktı.

Kıvırcık saçlı, kolundan tuttu, çeke çeke ateşin başına sürükledi sonra onu.

"Devamlı buralarda görüyorum seni," dedi. "İçeri girdiğin de yok, evin etrafında dolap beygiri gibi dönüp duruyorsun. Söyle bakalım, niye dönüp duruyorsun böyle?"

Gözlerini kırpıştırarak eve doğru bakıp yutkundu Cevher. Yüzü allak bullak olmuş, kirpiklerinin ucunda yaşlar tomurcuklanmıştı.

"Ben bu evin kızını çok seviyorum ağbi," dedi birden. "Ben yıllardır seviyorum onu, ta çocukluğumdan beri seviyorum, aynı okula gittik biz, ben Güldiyar'a âşığım ağbi, deliler gibi âşığım, mümkün değil, ben onsuz yapamam, onsuz ben katiyen yaşayamam, o benim her şeyim ağbi, o benim..."

"Dur hele, dur, anladık!" dedi kıvırcık saçlı. "Kırık plak gibi..."

Şaşırmıştı.

Ateşin başında oturanlar da suspus olmuş, gözlerini kırpmadan hep birlikte Cevher'e bakıyorlardı.

Sustu Cevher.

Susunca da kendini tutamayıp hıçkıra hıçkıra ağlamaya başladı.

"Ağbi," dedi hıçkırıklarının arasından. "Biliyor musun ağbi, onu görünce benim içimdeki yeşiller dört parmak uzardı."

9

"Yine mi odun kırıyorsun baba?" dedi Yasin.

Soluk soluğa avlu kapısından girmiş, sırtında çanta, gelip durmuştu.

Dursun başını kaldırıp baktı ona.

"Odun kırmıyorum Yasin efendi," dedi. "Bunlar yarma odunu. Yarma odunu yarılır. Bir de kol odunu vardır benim bildiğim, o da bölünür."

Yasin gülümsedi.

"Gülme!" diye çıkıştı Dursun.

Çocuk kikirdedi bu kez, bir sağa, bir sola eğilerek sırtındaki çantayı düzeltti.

"Okul nasıldı?"

"İyi," dedi Yasin, yarım ağızla.

Der demez de kamburunu çıkarıp hızlı adımlarla eve doğru yürüdü.

Dursun tere batmış kıpkırmızı bir yüzle dalgın dalgın baktı onun arkasından.

Kapı açıldı, kapandı.

Çoğa varmadı, gürpedek tekrar açıldı sonra, Emine elinde eski bir sofra beziyle dışarı çıktı.

Kocasıyla göz göze geldiler.

"Bir haftadır bunlarla uğraşıyorsun," dedi Emine, hafifçe göğüs geçirerek. "Yetmedi mi, kim yakacak bu kadar odunu?"

Dursun başını çevirip sağındaki odun yığınına baktı.

"Belli mi olur," dedi, kendi kendine konuşurcasına. "Belki komşuya da veririz."

Elindeki sofra bezini açıp kapının sağ tarafına, çöp tenekesinin yanına hızlı hızlı silkeledi Emine.

"Onların ihtiyacı yok," dedi. "O adamlar iki elektrik sobası getirmiş, birini salona, birini de küçük odaya koymuşlar."

"İyi bari," diye mırıldandı Dursun.

Emine sofra bezini dörde katladı çarçabuk, sundurmanın altından çıktı, yavaş adımlarla kocasının yanına geldi.

"Canına yazık," dedi. "Günlerdir uğraşıyorsun, yok yere hırpalama artık kendini. Bir bu kadar daha odun getirip onları da pinçik pinçik etsen ne olacak?"

Gözlerini yan avludaki kalabalığa çevirip derin derin soludu Dursun, bir müddet konuşamadı.

"Hiç aklımdan çıkmıyor Emine," dedi sonra, gergin bir sesle. "Biliyorsun, Muzaffer'in başına bu adamları ben musallat ettim. O gün telefon edip Cihan'ı yardıma çağırmasaydım, Cihan da o Rüstem denen meymenetsizi yanında getirmeseydi bunlar olmayacaktı. Şu avlunun hâline bak Allah aşkına, tepişen insanlar, okunan isimler, toplanan paralar... Rezillik diz boyu! Rüyalarımda da görüyorum ben bu kalabalığı, hemen her gece, her gece görüyorum. Ellerim kırılsaydı da o gün Cihan'a telefon etmeseydim keşke!"

Emine, sofra bezini göğsüne basıp kocaman gözlerle yutkundu.

"Ben sana bir şey olacak diye korkuyorum," dedi. "Üstünden kaç yıl geçti, aynı sözleri tekrarlayıp duruyorsun. Senin bir suçun, günahın yok ki bu işte, sen yardım etmek için gittin o gün. Nereden bilebilirdin böyle olacağını?"

Elindeki baltayı odunların üstüne bıraktı Dursun. Çıkarıp cebinden bir sigara yaktı.

"Emine," dedi, dumanı çekip ağız dolusu üflerken.

"Hı?" dedi Emine.

"Adamların iki elektrik sobası getirdiğini sen nereden biliyorsun?"

Kırmızıya çalan, incecik bir esinti geçti Emine'nin yüzünden.

"Kurbanın olayım," dedi, sesini alçaltarak. "Bana kızma."

Bir şey demedi Dursun, elinde sigara, lâfın gerisini bekledi.

"Kızmayacaksın değil mi?"

"De hele, ne diyeceksen."

Derin bir soluk aldı Emine.

"Ben," dedi. "Geçen hafta oraya gittim."

Dursun dişlerini sıkıp kaşlarının altından sert sert baktı karısına. Avurtları kurbağa karnı gibi birkaç defa indi çıktı.

"Muzaffer'in evine gittin yani?"

"Gittim."

"İçeri nasıl girdin peki?"

Soluna döndü, baltayı yere indirip odunların üstüne yavaşça oturdu Emine. Elindeki sofra bezini kucağına koydu.

"Herkes nasıl giriyorsa ben de öyle girdim," dedi. "Kıyıda köşede, verdiğin pazar harçlıklarından kırpıp biriktirdiğim birkaç kuruş vardı. Salı günü sen işe gidince ben de varıp erkenden adımı yazdırdım. Erken gitmeme rağmen epeyce bekledim tabii, bir türlü sıra gelmedi. Gelince de verdim elli lirayı, girdim içeri. Bana kızma, aklıma esip gitmiş değilim, bu meseleyi ben günlerce düşündüm inan ki. Adamlar beni tanır mı acaba, sana yine bir kötülük ederler mi diye düşündüm. Bundan korktum en çok. Senden de çekindim hâliyle. Sonra, o kız rahmetli Bahriye'nin emanetidir, dedim kendi kendime. Ben onun teyzesi sayılırım, başka kimi var, dedim. Bu sebeple gittim işte. Dayanamadım."

Dursun olduğu yere çömelmiş, dinliyordu.

"Ee?"

"Ee'si, içeri girip salona geçtim ama kız beni tanıyamadı Dursun. Kapının karşısındaki duvarı tamamen kapatacak şekilde, tavana boydan boya mor bir perde takmışlar, onun önünde oturuyordu. Bir müddet boşluğa bakar gibi, öyle saf saf baktı yüzüme. Ellerini ellerime alıp nasılsın Güldiyar dedim, bak ben Emine teyzenim dedim ama dediklerimi anladı mı anlamadı mı, bilmiyorum. Çünkü aniden sıçradı o sırada, ellerini beline atıp yüzünü hemen yere eğdi. Bir yerine ağrı saplandı sanki. Saplanınca da, garibim, onun acısıyla bir müddet kıvrana kıvrana ağladı. Benimle birlikte içeri girenler, dökülen taşları hemen kapıştılar tabii, kimi avcunda tuttu sımsıkı, kimi alıp cebine koydu, kimi de mendilinin içine ya da başörtüsünün ucuna düğümledi. Güldiyar taşların kapışıldığını fark etmedi zannedersem. Fark ettiyse bile umursamadı, o kendi derdindeydi. Görsen, mum gibi erimiş, bitmiş garibim. Bir bakımlık yüzü kalmış."

"Muzaffer?"

"O da salondaydı, kızın çaprazında, sağ taraftaki duvarın dibinde oturuyordu. Yanı başında katlanmış bir yorgan, onun üstünde de eciş bücüş, kılıfsız bir yastık vardı. Fakat hâli hâl değildi Muzaffer'in, beli bükülmüş, kamburu çıkmış gibiydi. Oturuşu bir tuhaftı. Sanırım o da tanıyamadı beni, hiç konuşmadı çünkü. Aniden yüzünü duvara dönüp birkaç defa hıçkırdı sadece. Yanına yaklaştım ama ben de ona bir şey diyemedim. Diyecek lâf bulamadım daha doğrusu."

Dursun eline irice bir yonga almış, başı önünde, toprağın yüzüne çizgi çekip duruyordu.

"İşte, elektrik sobalarını da o gün gördüm. Salondaki tek ayaklı, enlice bir şeydi, boyu adam boyu vardı. Prize takıp yönünü Güldiyar'a çevirmişler, kıpkırmızı yanıyordu. Kapısı açık olduğu için küçük odadakini de çıkarken gördüm. Kızın yanında pek kalmadık ki zaten, vakit tamam diye hemen dışarı çıkardılar bizi. Sonra ben bir şey daha yaptım."

"Ne yaptın?" diye sordu Dursun kızgın bir sesle, başını kaldırmadan.

"Vakit tamam diye bizi dışarı çıkarırlarken, mutfak kapısının önünde durdum. Tam orada, burnuma berbat bir koku çarpmıştı çünkü. Onu eve girerken neden fark etmedim bilmiyorum. Bir an evvel Güldiyar'ı göreyim diye acele ettim, telaşlandım demek ki. Her neyse, durdum işte o koku burnuma çarpınca. Mutfak kapısı aralıktı, elimin tersiyle itip şöyle bir baktım. Ortalık leş gibiydi. Nasıl olduysa, o an bir cesaret geldi bana. Bizi dışarı çıkaran adama döndüm, kardeş, müsaade edin de ben şurayı sevabına temizleyivereyim, dedim. Adam ilkin ters ters baktı suratıma, soba borusuna benzeyen bir sesle, başka işin mi yok teyze, dedi. Ben de, bu kokuyu niye çekip duruyorsunuz, sevabına temizleyivereyim işte, n'olacak, elime mi yapışacak diye üsteledim. Kokudan onlar da yılmış olmalı ki, adam biraz yumuşadı ben böyle üsteleyince, kapıya yanaştı, kafasını uzatıp mutfağa baktı. Ardından da bana döndü, iyi madem iyi, hadi temizle, dedi."

"Temizledin mi?"

"Hiç temizlemez olur muyum Dursun, temizledim, temizledim. Kokudan içeri girilecek gibi değildi inan, insanın burnunun direği kırılıyordu. Ben aldırış etmedim tabii, girdim. Baktım, her yer her yerde. Kirden, pastan tezgâhın üstündeki kaplar birbirine kaynamış. Yemek artıkları dura dura küflenmiş, birer parmak birer parmak pamuklanmış üstleri. Kıyıyı, köşeyi, her tarafı örümcek ağları sarmış. O yana dönüyorsun örümcek ağı, bu yana dönüyorsun örümcek ağı. Ağlara takılıp kalan sinekler sonra, sağa sola saçılmış irili ufaklı böcek ölüleri. Tezgâhın altında da bir yığın boş şişe, kimi devrilmiş, kimi ayakta. Diyeceğim, mutfak öyle bir hâle gelmiş ki, hani, it bağlasan durmaz. Biliyor musun, içim bulandı bu vaziyeti görünce benim, yüzümü ellerimin arasına aldım da orada, bir an öğürecek gibi oldum."

"Allah Allah!" dedi Dursun.

"Sonra kolları sıvadım ben hemen, durur muyum, tepeden tırnağa bir güzel temizledim ortalığı. Örümcek ağlarını, dokununca dağılıveren kurumuş böcek ölülerini, bu böceklerin ölmeyip de ayaklarını oynata oynata sırtüstü can çekişenlerini, ayran kutularını, sağa sola basılmış sigara izmaritlerini, tahta gibi takırdayan pide dilimlerini, katılaşan kıyma saçıntılarını ve su şişelerini topladım. Eviyeyi süngerle ovdum. Kapları yıkayıp yerlerine kaldırdım. Tezgâhın altını üstünü, yanını yöresini sildim. Bunları yaparken bir yandan da ağladım Dursun, dayanamadım, gözlerimden siyim siyim yaş döküldü. Temizlik ne kadar sürdü bilmiyorum, tahminimce bir saat, bir buçuk saat sürmüştür. Sonunda işim bitti. Mutfak, Bahriye'nin sağlığında nasılsa yine o hâle döndü senin anlayacağın. Ben de artık tam çıkmaya hazırlanıyordum ki, işte o sırada garip bir şey oldu."

"N'oldu?"

"Elimdeki bezi eviyenin kenarına koyup doğrulunca, gözüme rahmetlinin hayali göründü birden. Bahriye'nin hayali... O kadar canlıydı ki, gördüğümde çığlık atmamak için zor tuttum kendimi, çocuklar gibi, hemen ellerimle ağzımı kapattım. Pencerenin dışında duruyordu Bahriye. Kılığı kıyafeti öldüğü gün nasılsa yine öyleydi, başında kenarları oyalı beyaz başörtüsü, sırtında da belden büzgülü, koyu yeşil elbisesi vardı. Lâkin yüzünde hiç kan yoktu Dursun, hiç yoktu, hiç. Kül gibiydi. O pencerenin dışında, ben içerde, şaşkın şaşkın birbirimize baktık ilkin. Ben onu süzdüm, o beni süzdü. Derken bir adım daha yaklaştı Bahriye, elini kaldırıp camı tıklattı. Hey Allahım, hey Allahım, benimle konuşmak istiyor galiba, dedim kendi kendime. Derken de hemen uzanıp pencereyi açtım. Kokmuştu burası, iyi ki geldin Emine, dedi bana. Sesini de duyunca ben büsbütün afalladım tabii, o an sırtım buz gibi oldu. Hatta dikildiğim yerde korkudan hafifçe titredim. Geldim, dedim ona. Sonra dayanamadım, ah komşu, kaderin cilvesine bak, çocukken kucağımıza alıp burnunu sildiğimiz Güldiyar'ı şu yalan dünyada parayla görmek de varmış, dedim. Ben böyle deyince, göz kapaklarını indirip kaldırdı usulca, biliyorum eve nasıl girdiğini, buralardaydım ben, gördüm, dedi. Ardından da boynunu büküp mahzun mahzun baktı bir müddet. Gözleri yaşardı o sırada, üst üste yutkundu. Sonra beline görünmeyen bir ip bağlıymış da sanki birisi onu çekiyormuş gibi, olduğu yerde geriye kaykıldı aniden. Telaşlandı kaykılınca, pencereden kolunu uzatıp omzuma şöyle bir dokunarak, şimdi benim gitmem gerekiyor, ellerin dert görmesin Emine, mutfağımı tertemiz ettin, dedi. İşte şu omzuma dokundu Dursun, vallahi elini uzatıp dokundu!"

"Olur mu len öyle şey!" dedi Dursun.

"Olmaz değil mi? Olmaz tabii, doğru söylüyorsun, bence de olmaz. Ne bileyim, gerçek gibiydi sanki. Ekmek çarpsın gerçek gibiydi. Şuramda elinin ağırlığını hissettim çünkü."

"Hayal görmüşsün işte, hayal," dedi Dursun.

Gözleri dolmuştu Emine'nin.

Bir şey arıyormuş gibi sağına soluna bakınarak usulca kalktı odunların üstünden.

Elindeki yongayı bırakıp Dursun da kalktı.

"Gidecek olsam, o adamlar beni tanır mı acaba?" dedi birden.

"Yok, sen gitme," diye atıldı Emine. "Aman diyeyim, tanırlar, ederler, başın yine belaya girer."

Dursun gözlerini yere indirip kara kara düşündü bir müddet.

"Namussuzlar!" dedi dişlerinin arasından.

Sol kaşının kenarı yine hafiften seğirmeye başlamıştı. İşaret parmağının ucuyla birkaç defa ovdu ama olmadı, durduramadı bir türlü.

Bir sigara yaktı sonra, başını omuzlarının arasına gömerek ağır ağır badem ağacına doğru yürüdü.

"Yemek hazır, gelmiyor musun?" diye seslendi Emine, arkasından.

Öfkeli bir şekilde, istemiyorum anlamında elini salladı Dursun.

Emine üstelemedi, boynunu büküp sessizce içeri girdi.

Dursun da boğazına bir şey takılmış gibi yutkuna yutkuna, elinde sigara, evin önünde saatlerce gezindi o gün. Duvarın dibine kadar gitti defalarca, oradan, dişlerini sıkarak defalarca Muzaffer'in avlusundaki kalabalığa baktı. Bakarken böğüre böğüre ağlamak geldi içinden, kollarını açıp var gücüyle bağırmak geldi. Hatta eşikte durup insanlardan eve giriş ücreti alan Nedim'in adamlarını gördükçe aklından daha başka ve daha feci şeyler de geçti ama tuttu kendini, yumruklarını sıkıp duvarın gerisinden homurdandı sadece.

Hava kararırken de döndü, yongaların üstünde yatan baltanın yanından geçerek avlu kapısının sağındaki çekirdekçiye doğru yürüdü.

Ne var ki çekirdekçi tekerleklerin önüne arkasına koyduğu taşları alıp arabasını sürdü o yaklaşırken, rüzgârda uçuşan yeşil hırkasıyla, kambur kambur uzaklaştı gitti. Peşine de çöp bacaklı, kirpi saçlı iki çocuk takıldı hemen, arada bir sırıtarak, çukurlara girip çıktıkça sarsılan camekânın içindeki sandviçlerle birlikte yürümeye başladılar.

Çekirdekçi böyle tasını tarağını toplayıp gidince, tutunmak için sanki elini bir dala uzatmış da boşluğu avuçlamış gibi oldu Dursun. Çizgileri dağılmış bir yüzle baktı kaldı arkasından. O peşindeki çocuklarla birlikte yolun sonundaki bulutların içinde kayboluncaya dek baktı. Avlu kapısından geri döndü sonra, yarım daire çizerek, hiç farkına varmadan baltanın yanından tekrar geçti. Ardından da ne yapacağını bilemediği için içindeki sıkıntının rüzgârıyla gitti, badem ağacının altında durdu. On beş, yirmi adım geride kalan balta ancak o vakit göründü gözüne, soluk alıp veriyormuşçasına, ağzı zihninde birkaç defa parlayıp söndü.

O akşam kalabalık dağıldığında hâlâ orada, badem ağacının altındaydı Dursun. Gözlerini dikmiş, hiç kımıldamadan Muzaffer'in evine bakıyordu.

Emine çıktı geldi sonra, yalvar yakar, kolundan tutup içeri soktu onu.

Soba gürül gürül yanıyordu salona vardıklarında, üstündeki güğümün kapağından havada eriyip giden, tül gibi, incecik buharlar çıkıyordu. Köşedeki televizyon açıktı, makyajı abartılı genç bir kadın ekrana kurulmuş, arada bir elindeki kâğıtların yerini değiştirerek akşam haberlerini sunuyordu.

Dursun'u götürdü, kanepeye oturttu Emine.

"Sofrayı kurayım mı?" diye sordu, gözlerinin içine bakarak.

"Canım istemiyor," dedi Dursun.

Yasin sobanın yanındaki minderin üstüne kurbağa gibi serilmiş, önündeki kitaptan bakıp bakıp defterine bir şeyler yazıyordu.

"Çay demledim, dur o zaman çay getireyim," dedi Emine.

Ne konuşuyorlar diye, Yasin kulaklarını dikip baktı ama Dursun onu görmedi. Yüzündeki çizgiler iyiden iyiye sarkmış, ağzı büzülmüştü. Ağlayacakmış gibiydi, avurtları habire inip çıkıyordu.

Yasin mutfağa giden annesinin arkasından şöyle bir baktıktan sonra defterine eğildi yeniden.

Televizyondaki kadın da haberleri sunmaya devam etti. "Tatilcilerin Bitmeyen Çilesi" başlığıyla verdiği habere göre, beş günlük resmî tatili fırsat bilerek Akdeniz kıyılarına gidenler akın akın dönmeye başlamış, bu yüzden şehrin girişinde trafik kilitlenmiş, kilitlenince de ucu bucağı görünmeyen onlarca kilometrelik araç konvoyları oluşmuştu.

Emine çayı getirdi o sırada.

Bardak eline tutuşturulunca biraz canlandı Dursun, oturuş şeklini değiştirdi, bacağının birini yukarı çekip altına aldı. Ardından da çayı ampule doğru kaldırdı, rengine baktı ve yavaşça yudumlamaya başladı.

Emine çayı verdikten sonra ardın ardın gitmiş, kanepenin karşısındaki duvarın dibine oturmuştu. Bir eli çenesindeydi, arada bir tedirgin bir yüzle kocasına bakıyor, baktıktan sonra da her defasında başını yere eğip sessizce içini çekiyordu.

Derken soluna dönüp arkasındaki perdeyi yavaşça araladı Dursun. Gözlerini kısarak camdan Muzaffer'in evine doğru baktı.

Sundurmanın altında birkaç karaltı vardı, sigaralarının ucu karanlıkta bir parlayıp bir sönüyordu.

Avlu boştu.

Muzaffer de her zamanki gibi salonda, duvarın dibindeydi o sırada. Kollarını iki yana salmış, çenesi göğsünde, oturuyordu.

Uyur uyanıktı.

Ev birden sessizliğe gömülünce başını kaldırıp baktı.

Gün boyu Güldiyar'ın arkasında duran adam perdenin kenarından çıktı o böyle bakarken, elindeki bıçağı deri pardösüsünün iç cebine soktu, başı önünde, adeta kaçarcasına fırladı gitti.

Onun gidişinden doğan sessizlik uzun bir çizgi hâlinde önceki sessizliğin üstüne düştü o sırada. Titreşerek birkaç defa sağa sola kıvrıldıktan sonra da eriyip yok oldu.

O yok olunca, dizin dizin Güldiyar'ın yanına sokuldu Muzaffer.

"Acıktın mı?" diye sordu, ellerini yere koyup başını uzatarak. "Öğlen de yemedin doğru dürüst, bir şeyler getireyim mi?"

Cevap vermedi, iki büklüm, kesik kesik inledi Güldiyar.

Muzaffer gitti hemen, mutfaktan yağı donmuş birkaç dilim pideyle bir kutu ayran getirdi. Kutuyu çalkalayıp açtı. Ne var ki dizinin dibine bırakılan tepsiye bir kerecik olsun dönüp bakmadı Güldiyar. Titreyen elleriyle Muzaffer ayranı alıp ağzına tuttu mecburen, hadi kızım, hadi kızım, diye diye zor da olsa yarısından çoğunu içirdi. İçirirken ara sıra pidelerden de tuttu ama yediremedi bir türlü.

Mahcup bir yüzle tepsiyi aldı bir süre sonra, mutfağa götürüp tezgâhın üstüne bıraktı.

Salona döndüğünde Güldiyar perdeye doğru iyice yaklaşıp başını duvara yaslamış, elleri kucağında, yine öyle kesik kesik inliyordu.

Ayakta, bir o yana, bir bu yana dönerek, ne aradığını bile bilmeden birkaç defa ceplerini karıştırdıktan sonra duvarın dibine, sabahleyin katladığı yorganın yanına oturdu Muzaffer.

Oradan altları kararmış ufacık gözlerle uzun uzun kızına baktı.

"Canı cini kalmadı çocuğun, bir topak ete dönüştü Allahım, bir topak ete dönüştü," diye mırıldandı kendi kendine.

Mırıldanır mırıldanmaz da geldi, boğazına kocaman bir şey düğümlendi.

Arada bir boynunu uzatarak, yatsı ezanı okununcaya dek acı acı yutkundu durdu bu yüzden.

Ezan okunurken sesi kesildi Güldiyar'ın.

Aşağı yukarı, yarım saat boyunca uyudu.

Sonra gözlerini açmadan birdenbire içini çekti ve yeniden inlemeye başladı.

Hem de o kadar çok, o kadar çok inledi ki, bu iniltileri duydukça oturduğu yerde ciğerleri parçalandı Muzaffer'in. Gözlerinden pıtır pıtır yaşlar döküldü.

Duvara tutunup kalktı sonra, yardım istemek için pürtelâş dışarı çıktı.

Saatler evvel doğan ay göğün ortasına kadar yükselmişti o sırada, yusyuvarlak, tam tepedeydi. Kalaycıdan yeni çıkmış bir sini gibi, avlu ışıl ışıldı.

Hava ayazdı.

Nedim'in adamlarından biri paltosunun yakasını kaldırıp iyice büzülmüş, elinde sigara, direğin dibinde oturuyordu.

"Kız çok hasta," dedi Muzaffer, hızla ona doğru yaklaşarak. "Kız çok hasta. Acilen bir şeyler yapmamız lâzım, sırtı delik deşik, inleyip duruyor."

Adam başını kaldırıp cam gibi parlayan boş gözlerle baktı sadece, bir şey demedi.

"Elini vicdanına koy," diye yalvardı Muzaffer, onun kayıtsızlığını görünce. "Kız çok hasta diyorum sana, acilen bir şeyler yapmamız lâzım."

"Bir şey olmaz, boş yere zırlama, bir şey olmaz," dedi adam.

Der demez de kalktı, elinde sigara, dut ağacına doğru yürüdü.

"İnanmıyor musun, vallahi çok hasta," dedi Muzaffer, arkasından.

Adam dönmedi, duymamazlıktan geldi onu.

Çaresiz, içeri girdi Muzaffer.

Mutfak kapısının önünden geçerken aklına geyikler geldi.

Bir koşu büyük odaya gitti sonra, kapıyı açıp yüklüğün dibinde duran sandığa baktı.

Geyikler suspustu, nasıl resmedilmişlerse öylece duruyorlardı.

Kapıyı kapattı çarçabuk.

Kapattıktan sonra da ne yapacağını bilemeden, ağlamaklı bir yüzle evin içinde şaşkın şaşkın gezindi bir müddet. Birkaç defa mutfağa girdi çıktı kulaklarında yankılanan iniltilerle birlikte, birkaç defa eşikte durup yarı örtük gözlerle küçük odaya baktı, oradan salona geldi tekrar, elektrik sobasının etrafında bir o yana, bir bu yana yürüdü, ardından döndü, çaresiz, bir eliyle duvara tutunarak eski yerine yeniden oturdu.

Güldiyar hâlâ kesik kesik inliyordu o sırada. İki büklümdü yine, sırtı ampulden yayılan sarı ışığın altında belli belirsiz titriyor gibiydi.

Bir vakit gözlerini kırpmadan ona baktı Muzaffer.

"Güldiyar," dedi sonra, sesiyle salonu dolduran iniltileri örtmek ya da kızının dikkatini dağıtıp onu oyalamak istercesine. "Güldiyar, sana söylüyorum sana, sen köyü pek bilmezsin değil mi kızım?"

"Bilmezsin," diye devam etti cevap beklemeden. "Dedelerini de bilmezsin tabii. Nereden bileceksin, annenin babası, yani Mehmet Deden, sen doğmadan üç yıl önce öldü.

Aşağı yukarı, bir yıl sonra da benim babam öldü, Süleyman Deden. Bir yıl araları var, evet, peş peşe gittiler. Hüseyin hatırlar mı bilmiyorum, belki o da hatırlamaz, çok ufaktı daha, bir dedesi öldüğünde ikisinde, bir dedesi öldüğünde üçünde miydi neydi. Duyuyorsun değil mi beni?"

Eğilip baktı.

Bir değişiklik yoktu Güldiyar'da.

"Annenin babası, yani Mehmet Deden çobandı, köyün koyunlarını o güderdi. Her evin yedişer, sekizer, yerine göre onar, on beşer koyunu vardı o yıllarda, herkes onları dedene teslim ederdi. O da baharın ucu göründüğünde alır, ilk kar yağıncaya, kış gelip evlerin eşiğine dayanıncaya, dam saçaklarından uzun uzun buzlar sarkıncaya kadar güderdi o koyunları. Güz geldi de harman kalktı mı bu sefer de at arabasına biner, kapı kapı hak toplamaya çıkardı. Köy şimdiki gibi değildi tabii, neredeyse kasaba büyüklüğündeydi o yıllarda. Daha rızk darlığı başlamamıştı, göç möç yoktu, orada doğan orada kalır, orada yaşar, orada yaşlanır, orada ölürdü. Beti bereketi yerindeydi çünkü. İşte güz geldi mi deden at arabasıyla köyde hak toplamaya çıkar, o sokak senin bu sokak benim, günlerce dolanır dururdu. O yıl için muhtarlıkta ihtiyar heyeti ne takdir etmişse artık. Diyelim koyun başına yarım ölçek buğday denmiş. İki yüz elli baş koyun varsa, dedenin toplayacağı hak yüz yirmi beş ölçek buğday demektir bu. Para mı kıttı, hükmü mü yoktu bilmiyorum ama vaziyet böyleydi. Sadece köyün çobanı için değil, berberi için, deşdivanı için de böyleydi. İşte, topladığı o zahireyle geçinirdi deden."

Sustu Muzaffer, iniltiler kesildi mi diye eğilip yeniden baktı.

Alçak sesle, hâlâ usul usul inliyordu Güldiyar.

Birazcık doğrulmuş, gözlerini açmıştı.

"Keşke dedelerinizi tanısaydınız. Sen de tanısaydın, Hüseyin de tanısaydı. İyi olurdu herhâlde, neden iyi olmasın? En azından, bölük pörçük de olsa görüntüleri kalırdı aklınızda, hareketleri, lâfları, sesleri falan kalırdı. Biliyor musun, uzun boylu, asık suratlı bir adamdı ama kalbi pamuk gibi yumuşacıktı Mehmet Dedenin. Kurdun kuşun, taşın toprağın dilinden en iyi o anlardı köyde, üstüne yoktu. Kışın sürü toplanmadığı için, eşeğini alır, habire dağa odun kesmeye giderdi. Dağın dilinden de anlardı elbet. Dağ uğuldadı mı ne diyor, sustu mu ne diyor, gümbürdedi mi ne diyor, hepsini bilirdi. Bir keresinde, ağacın kesilme zamanını iyi tayin edersen, kestiğin ağaç demire kafa tutar, demişti bana. Bak, bu sözü aklımda kalmış. Rahmetli, anneni bana vermeyecek gibi olduydu ilkin, günlerce mırın kırın ettiydi, görücü gidenleri de terslediydi ama daha sonra bir şekilde yumuşayıp rıza gösterdi. Hatta düğünden sonra pek sevdi beni. O her şeyi severdi zaten, kucağında kuzularla, dilinde türkülerle gezen gönlü hoş bir adamdı. Lâkin sonu kötü oldu, sıcak yatağında değil, değneğin tepesinde öldü o deden. Dağların eteğinde, Saylam Pınarı denen yerde sürüyü otlatırken ne olmuşsa olmuş, fukara, bir taşın dibine yığılmış kalmış."

Susup Güldiyar'a kulak verdi.

İnliyordu hâlâ.

“Benim babam, yani Süleyman Deden de ayakkabı tamircisiydi. Başlangıçta öyle bir mesleği falan yoktu haddizatında, kıt kanaat geçinen bir rençperdi sadece. Fakat ayakkabılara, terliklere acayip bir merakı vardı. Ayakkabı dediysem, şimdikileri getirme aklına, nerde, benim çocukluğumda onları ara ki bulasın. Yoktu çünkü. Herkes ya naylon ya da lastik ayakkabı giyerdi. Lastiklerin hepsi karaydı Güldiyar, naylonlarsa renk renkti. Mavi, beyaz, yeşil, sarı, kırmızı, hatta hatırlıyorum, pembesiyle kahverengisi bile vardı. Lastikleri erkekler, naylonları da kadınlar giyerdi tabii. Gerçi bazı kadınların kara kara lastik giydiği de olurdu. Güldiyar, kızım, duyuyorsun değil mi beni?”

Boynunu uzatıp baktı.

İnlemeler azalmış gibiydi.

“Ne diyordum ben, hah, işte öyle, herkes o ayakkabıları giyerdi. Bu lastiklerle naylonların orası burası koptu ya da yarıldı mı, nedense hemen dedene getirirlerdi. O da tel maşayı, uzunca bir demir parçasını yahut bu türden herhangi bir şeyi ateşte kızdırır, ucundan çaputla tutar, sonra da kopan ya da yarılan yerleri bir güzel tamir ederdi. Eli yatkındı, hiçbir şey bulamazsa ateşte çakısının ucunu kızdırır, dağda bayırda bile yapardı bu işi. Gözden çıkarılmış terliklerden, ayakkabılardan kestiği parçaları da yama olarak kullanırdı. İşte böyle böyle, köyde herkesin ayağındakiyle ilgilenir oldu Süleyman Deden. Ahbapları aklına girip sırtından itince de tuttu, köy meydanındaki kahvenin bitişiğine dükkân açtı. Mertekleri bel vermiş, kerpiç bir odaydı bu dükkân. Camı çerçevesi yoktu, sadece kapısı vardı. O da kümes kapısı gibiydi, iki büklüm olup öyle giriliyordu içeri. İçeride ne var dersen, ne olsun, elden düşme bir gazocağı, bir ispirto bidonu, çivi kutuları, bir örs, biri lastik biri demir iki çekiç, mumlu ipler, zımpara tabakaları, kötü kötü kokan birkaç tüp yapıştırıcı, bir biz, birkaç iğne, ahşap topuklar ve hazır pençeler... Süleyman Deden işte o dükkânda, bunların arasında tüketti ömrünü. Naylonlarla lastiklerin devri kapanınca, eli yatkın olduğundan hiç zorluk çekmedi, derileri tamir etmeyi de öğrendi kendi kendine. Topuk değiştirmeyi, dikiş atmayı, pençe vurmayı öğrendi. Her zaman iş olmazdı tabii, göç başladığı için köy küçüldükçe küçülmüş, yıldan yıla hane sayısı azalmıştı. Giden gideneydi artık, evlerin çoğu boşalmış, içlerinde yaşayan olmadığı için viraneye dönmüştü. Hani evlerin bir yarısında insanlar, bir yarısında baykuşlar oturuyordu desem yeridir. Vaziyet böyle olmasına böyleydi ama Süleyman Deden iş gelsin gelmesin, dükkânından çıkmazdı yine de, o alacakaranlık yerde oturur dururdu. Şimdi sağ olsaydı, bütün bu olup bitenler yüzünden muhakkak azarlardı beni. Artık nasıl azarlardı, neler söylerdi bilemiyorum. Güldiyar, uyudun mu kızım sen?"

Biraz yaklaşıp baktı Muzaffer.

Güldiyar'ın gözleri açıktı, inlemiyordu artık, yüzüne düşen saçlarının arasından dalgın dalgın bakıyordu.

O sırada ansızın ayak tıpırtıları geldi avludan.

Birkaç kişi hızlı hızlı soluyarak kapının önünde itişip kakıştı sanki.

Muzaffer oturduğu yerden kulak kabarttı ilkin.

Ayak tıpırtıları bir yaklaşıp bir uzaklaşır gibi olunca kalktı yerinden, alelacele dışarı çıktı.

"Fazla uzaklaşma!" dedi sundurmanın altında bekleyen adam.

Direğin dibindeydi yine, kirpi gibi büzülmüş, sigara içiyordu.

Muzaffer aldırış etmedi ona, sundurmanın ucuna kadar gidip etrafa bakındı.

İki karaltı, arada bir sarsılarak, yavaş adımlarla avlu kapısına doğru yürüyordu.

Ayak tıpırtıları ılık ılıktı.

"Anne!" diye bağırdı Muzaffer. "Anne, durun gitmeyin!"

Karaltılar durdu.

Dönüp baktılar.

Ay ışığı biraz daha kuvvetlendi onlar böyle durup bakınca, babasının köşeli kasketiyle kruvaze ceketi, annesinin ak saçlarıyla telkâri bileziği ayan beyan görünür oldu.

Muzaffer koştu hemen.

Ne var ki direğin dibindeki adam pat diye önünü kesip yakasına sarıldı sırada.

"Nereye gidiyorsun len?" dedi sigara dumanından ibaretmiş gibi görünen kalın bir sesle.

Muzaffer cevap vermedi, kurtulmak için, birkaç defa çırpındı.

O çırpınınca ellerini çekti adam.

Ardından da gözlerini ağartarak, "Gir içeri len, gir içeri!" diye bağırdı.

Ay ışığının altında yavaş yavaş uzaklaşan annesiyle babasına şöyle bir baktıktan sonra, ister istemez eve girdi Muzaffer.

Gitti, duvarın dibine, her zamanki yerine oturdu.

Dudaklarını ısırdı bir müddet.

"En iyisi köye dönmek kızım," dedi nice sonra, aniden içini çekerek. "En iyisi köye dönmek, başka çaremiz yok bizim. Kimsemiz kalmadı bu şehirde. Aradan onca zaman geçti, Zahit de gelmedi bak. Besbelli unuttu bizi. Kim bilir, belki de defterden sildi. Cabir Dayı hiç gelmedi zaten. Hatırlıyorsun değil mi Cabir Dayı'yı? Hani aşağıda, dere boyunda oturuyor, apak bir sakalı var. Bizim köylü olan hani? Nasıl köylüyse artık, görüyorsun, gelip hâliniz nicedir demedi. Yedi kat el dedi de, o demedi. Sen hatırlamazsın, o bizden birkaç ay sonra göçtüydü bu şehre, bir vakit, size özendim de geldim deyip durduydu. Başınızdaki bu hâl nedir diye bir kerecik olsun çıkıp gelmedi işte, görüyorsun. Hâlbuki küçükken ne çok severdi seni, nerede görse, gel bakalım Hüseyin'in bacısı, gel bakalım Hüseyin'in bacısı, diye kollarını açıp sımsıkı sarılırdı. Sen de minicik ellerinle yolacakmış gibi onun sakalını çekiştirirdin habire."

Sustu bir an.

"Biliyor musun Güldiyar," dedi gözlerini duvardaki çivi yarasına dikip dalgın dalgın bakarak. "Bir gece avluda ona benzeyen birini gördüm ben. Çok benziyordu ama bu benim gördüğüm epeyce hırpaniydi, üstü başı pıyrım pıyrımdı, dökülüyordu. Pardösüsünün yenleri bile yırtıktı. Cabir Dayı olması imkânsızdı senin anlayacağın. Çünkü

Cabir Dayı'yı silah zoruyla bile giyindiremezsin o şekilde. Ayrıca onca parası var, niye öyle giyinsin ki? Gördüğüm adam Cabir Dayı olsaydı, avluya kadar gelmişken benimle de konuşurdu zaten. O değildi yani, yok, o değildi. Bir kerecik olsun arayıp sormadı diye içerliyorum ya ben, herhâlde o yüzden benzettim."

Başını uzatıp baktı.

Güldiyar uyumuştu.

Muzaffer de kıvrıldı olduğu yere, yorganı üstüne çekti.

Köyü düşündü bir müddet.

Düşününce, içinde küçücük bir ışık yandı.

"Yarın sabah ilk işim Nedim'le konuşmak," dedi kendi kendine. "En iyisi köye dönmek çünkü. Bıraksın bizi, gidelim."

10

Ertesi gün Muzaffer erkenden kalktı, ceketini giyip dışarı çıktı.

Güneş doğmak üzereydi o çıktığında, yavaş yavaş aydınlanan gecekondularla kaplı tepelerden, Hüseyin Gazi Türbesi'nin etrafından ve dere boyundan belli belirsiz sesler geliyordu. Uykudan çekip alınmış ya da sise batırılmış gibiydi bu sesler, işitildikleri anda geldikleri yere geri dönüyorlardı sanki. Onlar geri dönünce arkalarında insanın tenini ürperten irili ufaklı, serin boşluklar kalıyordu. Bu boşluklarda da açılıp kapanan kapı görüntüleri uçuşuyordu habire, avlu görüntüleri, kap kacak görüntüleri, sokak görüntüleri uçuşuyordu.

Akları kızarmış gözlerini ellerinin tersiyle şöyle bir ovuşturduktan sonra bu görüntülerin arasından sendeleye sendeleye biraz daha ilerledi Muzaffer. Sundurmanın ucunda durup etrafına bakındı.

Tam karşısında, avlu duvarının dibinde bekleyenler vardı. Yedi, sekiz kişiydiler. Paltolarına, mantolarına, şallarına bürünüp sabahın ayazında yan yana sıralanmış, elleri kucaklarında, oturuyorlardı.

İçlerinden iri yapılı, kel kafalı bir erkek Muzaffer'i görünce kalktı oturduğu yerden, alt dudağını etli etli sarkıtarak pürtelâş ona doğru koştu.

"Gözlerinden taş dökülen kız buradaymış," dedi heyecanla. "Biz onu görmeye geldik!"

Ne diyeceğini bilemedi Muzaffer.

Dumanı tepesinde, başını yere eğerek birkaç defa ellerini ceplerine soktu çıkardı.

"Önce isim yazdırılıyormuş," diye devam etti adam. "Sen mi yazıyorsun, çağırayım mı ötekileri?"

Muzaffer bir şey demedi, avurtlarını delip geçen diş gıcırtılarının gerisinden sert sert baktı sadece.

Gece boyunca evi bekleyen Nedim'in adamı avlu kapısındaydı o sırada, ötekiler geliyor mu diye boynunu uzatmış, derenin dibine bakıyordu.

Muzaffer karşısında dikilen kel kafalı adamı omzundan itip ona doğru yürüdü aniden. Birkaç adım atmış atmamıştı ki, donuk yüzlü, siyah paltolu beş adam belirdi avlu kapısında. Yerin altından çıkar gibi belirdiler, önce minik bulutlar hâlinde beyaz beyaz uçuşan nefesleriyle kafaları, sonra omuzları, sonra da gövdeleri göründü. Kararmış tahtaların yanından geçerek hızla yaklaştılar.

İçlerinde Nedim yoktu.

Belki geriden geliyordur diye onu sundurmanın altında biraz daha bekledi Muzaffer. Beklerken ellerini ceplerine soktu, oflaya puflaya, duvarla direk arasında birkaç defa gitti geldi. Derken durdu, iş bölümü yapmaya çalışan siyah paltolu adamlara baktı bir müddet. Ardından döndü, gitgide büyüyen kalabalığa; gözlerini kaldırdı, dut ağacındaki Halil'e; başını çevirdi, koşar gibi, acele acele avlu kapısından girip gelen kadınlara, erkeklere baktı.

Sonra daha fazla bekleyemedi artık, siyah paltolu adamlardan birine, "Nedim ne zaman gelecek?" diye sordu.

Sıraya girenlerin isimlerini yazmak için kâğıdı kalemi eline almış, telaş içinde, direğin dibine doğru gidiyordu adam.

"Nedim mi, Nedim de kim?" dedi sertçe.

Muzaffer şaşırdı.

"Başınızdaki adam!" dedi. "Nasıl bilmezsin?"

"Nedim Medim bilmem ben," dedi öteki.

Derken de boynunu kütletecekmiş gibi kafasını bir sağa, bir sola büktü.

Sonra döndü, çenesinin ucuyla diken bıyıklı, kabarık saçlı birini gösterdi Muzaffer'e.

"Bak," dedi. "Ne konuşacaksan git onunla konuş, Şakir'le!"

Muzaffer başını çevirip baktı.

On beş, yirmi adım ötede durmuş, elinde sigara, kalabalığı seyrediyordu Şakir.

İki dirhem bir çekirdekti.

Bir an duraksadıktan sonra Muzaffer onun yanına seğirtti hemen.

Karşısında durup ezile büzüle, "Ben içerideki kızın babasıyım," dedi.

Gözlerini kısarak elindeki sigaradan uzun bir nefes çekti Şakir.

"Onu biliyoruz," dedi, bol dumanlı bir sesle. "Mesele ne?"

Muzaffer zihnini toplamaya çalıştı.

"Çekik gözlü bir adam vardı," dedi. "Adını bilmiyorum. Ona da yalvardım Nedim'e de yalvardım ama ikisi de beni dinlemedi. Biz bu olup bitenlerden bıkıp usandık, bırakın da köyümüze dönelim. Evi satıp gidelim diyordum eskiden, şimdi ondan da vazgeçtim artık. Evi damı düşünecek hâl kalmadı. Kızımın sırtı delik deşik, günden güne eriyor çünkü. Dahası..."

"Dur, dur!" diye sözünü kesti Şakir. "Boşuna nefes tüketme, buna ben karar veremem."

"Niye?"

"Yetkili değilim de ondan."

Muzaffer bir ona, bir direğin dibindeki adama baktı.

"Yetkili kim peki, Nedim mi?"

Şakir elini yana uzatıp gayet kibar bir şekilde işaret parmağının ucuyla sigarasına vurdu, külünü çırptı.

"Nedim'i tanımam ben," dedi.

"Bu adamların başı kim o hâlde?"

"Benim!" dedi Şakir. "Benim ama başların da başı var, öyle değil mi?"

Boş boş baktı Muzaffer.

"O kimse söyleyin de onunla konuşayım o zaman," dedi.

Şakir elindeki sigarayı yere fırlattı o böyle deyince, üstüne basıp kuvvetlice ezdi.

"Bana bak!" dedi sonra, aniden başını kaldırıp gözlerini deli deli oynatarak. "Karşıma geçip bir daha böyle sızlanacak olursan vallahi kızı alır giderim, Allahın şaşar, ömür billah yüzünü göremezsin!"

Dondu kaldı Muzaffer.

Feri kaçmış, akları kanlı gözlerini nereye çevireceğini, ağzını açıp ne diyeceğini bilemedi.

Geceden beri yanan içindeki o küçük ışık söndü birden.

Köy karanlıkta kayboldu.

O sırada adamlarına dönerek, "Elinizi çabuk tutun len, öğlen oldu!" diye bağırdı Şakir.

Ardından da sırtına vuran güneşin ilk ışıklarıyla birlikte sundurmanın altından geçip hızla eve girdi.

Adamlardan biri ona eşlik etmek için koştu hemen.

Sersem sepelek, arkalarından Muzaffer de gitti.

Mutfağa ve küçük odaya kabarık saçlı başını uzatıp alelusul şöyle bir baktıktan sonra o gün hiç konuşmadan salona, Güldiyar'ın yanına geçti Şakir. İhtiyatlı bir şekilde, perdenin dibine doğru ağır ağır yürüdü.

"Kız bu mu?" diye sordu, bir adım gerisinde duran adama.

"Bu," dedi öteki.

Geceleri örtündüğü sarı çubuklu, mavi battaniyeyi dizlerinin üstüne çekmiş, avludan gelen uğultularla çevrili derin bir sessizliğin içinde sessiz sedasız oturuyordu Güldiyar. Nefes alacak mecali yoktu. Saçı başı dağınıktı. Gözbebekleri donmuş gibiydi. Göğsü hafif hafif inip kalkıyordu.

Şakir yüzünü geriye çekerek, hiç kımıldamadan, ona hayretle baktı bir müddet.

Hatta acıyarak baktı.

Sonra öfkelendi birden, bakışları alev aldı adeta, soluğu genişleyip ağzına sığmaz oldu.

"Ne len bu hâl?" dedi yanındaki adama dönerek. "Ne yiyip içiyor bu kız?"

"Öğlenleri," diye kekeledi öteki. "Sipariş ettiğimiz pidelerden, lahmacunlardan onlara da veriyoruz."

"Peki, sabahları, akşamları ne yiyor?"

Cevap vermedi adam, usulca yutkundu.

Şakir köpürdü o vakit.

"Allahsızlar!" dedi, iki elini birden göğüs hizasında hızlı hızlı sallayarak. "Kamyon dolusu para kazanıyoruz bu kızın sırtından, sizde hiç mi utanma yok? Pideye, lahmacuna talim ettire ettire kurutmuşsunuz kızı len, Allahıma kurutmuşsunuz! Şu bileklere bak, çöp gibi! Yanakları da birbirine geçmiş! Söyle bana, bu kız sabahları, akşamları ne yer, ne içer diye hiç aklınıza gelmedi mi?"

Öteki cevap vermedi yine, gözlerini yere indirip ayaklarının ucuna baktı.

Şakir büsbütün öfkelendi o böyle yapınca, her adımda gıcırdayan sivri burunlu siyah ayakkabılarıyla salonun ortasında birkaç defa bir o yana, bir bu yana gidip geldikten sonra hızla dışarı çıktı.

Çıkınca, sundurmanın altında durup birini boğazlayacakmış gibi gözlerini deli deli oynattı ilkin.

Sonra her nasılsa sakinleşti.

Sakinleşince de küçük bir el hareketiyle adamlarından ikisini yanına çağırıp onları alışverişe gönderdi.

Adamlar o gün birkaç saat içinde eve poşetler dolusu yiyecek, içecek getirdiler. Şakir hiç üşenmeden mutfağa girip hepsini kontrol etti. Poşetlerin birinden süt, bal, yoğurt ve peynir çıktı bolca; birinden iki koli köy yumurtası, beş kangal sucuk, zeytin ve pastırma; birinden meyve sularıyla birlikte birkaç çeşit bisküvi ve kuru pasta; birinden iki teker tereyağı, birkaç kilo et ve fındık ezmesi; birinden kıvırcık marul, maydanoz, soğan, domates ve salatalık; birinden de türlü türlü reçel ve marmelat kavanozları çıktı. Mutfakta hiç boş yer kalmadı, her taraf doldu taştı böylece. Hatta ertesi gün epeyce çay, kahve ve şeker de getirdiler.

Aradan bir hafta geçince de Şakir eve küçük küçük adımlarla yürüyen, kıvırcık saçlı, şişmanca bir kadın getirdi. Akşam vaktiydi, kalabalık henüz dağılmamıştı. Habire itişip kakışan insanların arasından geçirip onu küçük odaya aldılar bu yüzden, bir süre orada beklettiler. Sonra kalktı, elindeki çantayla birlikte Güldiyar'ın yanına gitti kadın, varıp sağ tarafına oturdu.

Salona girdiğinde Muzaffer onu tanıyacakmış gibi oldu ama daha evvel nerede gördüğünü hatırlayamadı bir türlü. Kulaklarına doluşuveren uğultuların arasından, boynunu uzatarak hâlsiz hâlsiz baktı bir müddet.

Göz ucuyla kadın da ona baktı birkaç defa.

"Hadi, herkes dışarı çıksın," dedi sonra, soğuk bir sesle.

Şakir'in işaretiyle, adamlardan biri gelip Muzaffer'in kolundan tuttu o sırada.

Hafifçe sendeleyerek kalktı yerinden.

Gözlerinin önünde hevenk hevenk karaltılar uçuşuyordu.

"Neler oluyor böyle, hı, neler oluyor?" diye sordu kolundan tutan adama.

"Kızın yaralarını temizleyip merhem sürecek," dedi adam.

Muzaffer başını salladı.

Ötekilerle birlikte dışarı çıkmadı o akşam, mutfağa geçip orada bekledi. Beklerken bir ara çömeldi, tezgâhın altındaki şişelere baktı uzun uzun. İçlerinden birini aldı, bir müddet elinde tuttu. Kalbi küt küt çarpmaya başladı tutarken. Yavaşça kalktı sonra, musluğu açıp elindeki şişeyi ağzına kadar suyla doldurdu. Ardından da kafasına dikerek, lıkır lıkır, epeyce içti.

Bir hoş oldu içince, ruhunda bir boşluk açıldı da küçük ayaklı, küçük kanatlı bir rüzgâr orada usul usul gezindi sanki.

Derken genişledi bu boşluk, insanın aklını başından alan tatlı bir ahenkle çalkalandı.

Sonra, daraldı birden.

Neredeyse iğne deliğinden hallice, varla yok arası bir şeye dönüştü.

Muzaffer karmakarışık bir suratla, sırtını tezgâha dayayıp birkaç yudum daha içti o vakit. Peşinden birkaç yudum, peşinden birkaç yudum, peşinden birkaç yudum daha içti.

"Gitmesen iyiydi demiştim ya sana," dedi ardından da gözlerini tavana dikerek. "Şimdi öyle demiyorum artık Bahriye. İyi ki gittin de bu hâllerimizi görmedin diyorum. İyi ki gittin, iyi ki…"

Biraz daha içti, lıkır lıkır.

Ağzını elinin tersiyle sildi.

"Şu yalan dünya bana bunu da söyletti ya, daha ben ne diyeyim bilmem ki," dedi, duvara bakarak.

Der demez de kafasına dikti, bir solukta, şişede kalan suyun hepsini içti.

Buruk bir gülümseme eşliğinde, uzanıp tekrar doldurdu musluktan.

O günden sonra da o şişeyi hiç elinden düşürmedi artık, gece gündüz, yudum yudum içti durdu.

Bir yandan da her gece birkaç defa gidip acaba ayaklandılar mı, eskisi gibi böğürüyorlar mı diye büyük odadaki geyiklere baktı ve her seferinde hayal kırıklığı içinde, elinde şişe, duvarın dibine geri döndü. Geyikler sandığın ön yüzüne nasıl resmedilmişlerse, öylece durdular çünkü. Bacakları, burunları, boynuzları kıpırdamadı hiç. Kılları bile kıpırdamadı.

Buna rağmen gidip gidip onlara bakmaya devam etti Muzaffer.

Güldiyar'ın gözlerinden dökülen taşları görmek istiyoruz diye tepişenler, her derde deva bulan akıl hocaları, durup dinlenmeden vaaz verenler, kendi hikâyelerini anlatabilmek için fellik fellik kulak arayanlar, divane kılıklı, avare kılıklı, meczup kılıklı adamlar ve duvarın üstünden olup bitenleri seyreden o aylaklar da her gün evin önüne gelmeye, gürültülü patırtılı kocaman bir kalabalık oluşturmaya devam ettiler.

Derken insanların Hoparlör adını taktığı, tuhaf bir adam da katıldı bu kalabalığa, öteki müdavimlerle birlikte her gün gelip gitmeye başladı.

Enine enli, boyuna boylu gövdesi, baktığı yeri darmaduman eden patlak gözleri, bacak kalınlığındaki kolları ve çenesini tümüyle karanlıkta bırakan gür bıyıklarıyla tıpkı bir deve benziyordu Hoparlör. Korkutucu mu korkutucuydu. Ne var ki konuşmaya başladı mı görüntüsünün ters istikametine doğru yürüyen, küçük kız sesi gibi, incecik bir ses çıkıyordu ağzından. Onu ilk kez işitenler bu yüzden önce şaşırıyor, ardından da "Allah sesinden kepçeyle almış almış gövdesine vermiş," diye kıs kıs gülüyorlardı.

Sabahları gelir gelmez avlu duvarının tepesine çıkıyor, gün boyu oradan derenin dibini gözetliyordu bu Hoparlör. Gözetlerken ikide bir kalabalığa dönerek olup bitenleri haber veriyordu. Hıncahınç bir minibüs daha geldi, peş peşe iki beyaz araba yaklaşıyor, beş kişilik bir grup bayırı tırmanıyor, yedi kişi avluya girmek üzere, diye bas bas bağırıyordu habire.

Sesinin üstüne yürüyormuş gibi bağırıyordu.

İş edinmişti bunu, gelenlerden birini ya da birkaçını gözden kaçırdığında hayıflanıyor, bu konuda kimse ona bir şey demediği hâlde mahcup oluyor, kızarıveren yanaklarıyla ortalıkta al al dönüyor, dönerken de kendi kendine, nasıl göremedim ben yahu, bu ne dalgınlık böyle, bu ne dalgınlık, diye söylenip duruyordu.

Fakat gelenlerin içinde Tekerlekli'yi gözden kaçırmıyordu hiç. O kavakların hizasında minibüsten indi mi her seferinde farklı bir heyecanla yüzünü kalabalığa çeviriyor, ellerini de megafon gibi ağzına tutarak baygın bir sesle duvarın tepesinden, "Tekerlekli göründü!" diye haykırıyordu.

Bayırı tırmanmak zor olduğu için, onun haykırışının üzerinden epeyce zaman, zamanla birlikte epeyce kırlangıç, epeyce gürültü patırtı, epeyce sigara dumanı ve çekirdek kabuğu geçiyordu tabii. Ortalarından yarılmış gülüşler, ince ince tüten bakışlar geçiyordu.

Sonra soluk soluğa, tekerlekli bir sandalye giriyordu avlu kapısından.

Her seferinde gözlerinin içi gülen, bıyıkları yeni terlemiş, dişlek bir genç itiyordu bu sandalyeyi. Hiç yüksünmeden, adeta oyun oynuyormuş gibi itiyordu. Kararmış tahtaların yanından geçer geçmez de orada karşılaştığı insanlara, sandalyede geriye doğru kaykılarak oturan, ağzının sağ kenarı kasılmış yaşlı babasını göstererek, şartmış gibi, içinde bulundukları vaziyeti anlatıyordu ilkin.

"Durmuyor bu," diyordu her defasında. "Burayı görmeyince durmuyor."

Bilmeyenler, sandalyenin etrafında toplanıp kulak veriyorlardı ona.

Hoparlör de koşup geliyordu o sırada, patlak gözleriyle, ilk kez görüyormuş gibi pürdikkat sandalyedeki adama bakıyordu.

"Eskiden kumanyasını alır, haftada iki gün kendisi gelirdi," diye devam ediyordu genç. "Felç geçirince olmadı tabii, gelemedi, yatağa bağlandı kaldı. Fakat durmuyor vallahi, burayı görmeyince durmuyor bu, bir türlü zapt edemiyoruz."

Her defasında, çok uzunmuş gibi görünen kısa bir sessizlik yaşanıyordu bu sözlerin ardından. Herkes kendi içine yıkılıyor ve orada bir müddet hareketsiz kalıyordu sanki.

Doğrulup kalkınca da, tekerlekli sandalyenin üstüne eğilerek, "Öyle mi dayı, burayı görmeden duramıyor musun?" diye soruyordu kimileri.

Adam onlara cevap vermeye çalışıyordu ama ağzına hükmedemediği için ne dediği hiç anlaşılmıyordu o sırada. Dudaklarının arasından inlitiye benzeyen, bol tükürüklü, bölük pörçük sesler çıkıyordu sadece.

Tekerlekli sandalyeyi süren genç de boynunu bükerek, özür üstüne özür diliyordu babasıyla konuşmaya çalışanlardan.

"Onun bir kelimeyi söylemesi yarım saati bulur, kusura bakmayın, kusura bakmayın," diyordu.

O böyle dedi mi ötekilerle birlikte başını sallıyor, ötekilerle birlikte her defasında alt dudağını ısırıp adama acıyarak bakıyordu Hoparlör. Bıyıkları sarkıyor, gözleri yaşarıyordu.

Sonra, hadi bize müsaade, hadi bize müsaade diyerek tekerlekli sandalyeyi evin kapısını gören bir yere götürüyordu bu genç. Hiç kaşlarını eğmeden, gün boyu güleç bir yüzle başında bekliyor, bir yandan da habire çekirdek çitliyordu. Bazen babasına da yedirmeye çalışıyordu ama başını oynatamayan adam, gözlerini kaldırıp melül melül bakıyordu sadece.

Dudaklarının arasına sıkıştırılan çekirdek öylece duruyordu bir müddet.

İnce ince titriyordu sonra, derken hafifçe kayıyor, kayıyor ve adamın çenesinden sekerek sessizce göğsüne düşüyordu.

Çekirdeğin düştüğünü görenler telaşlanıyor, ellerindeki külahtan alıp hemen yenisini yerleştiriyorlardı adamın ağzına.

Bunu Hoparlör de yapıyordu bazen.

Elini kolunu oynatamayan adam, gözlerini açabildiğince açarak, ağzına çekirdek yerleştirenlere doğru yekinir gibi oluyordu o vakit. Beceremeyince de kalakalıyordu tabii. Puf diye bulanık bir ses çıkarıyordu dudaklarının arasından.

Hoparlör ötekilerin gidişiyle hiç ilgilenmiyordu ama onunkini her zaman haber veriyordu kalabalığa, duvarın tepesine çıkarak, "Tekerlekli gidiyor, Tekerlekli gidiyor!" diye bağırıyordu.

Günlerden bir gün de, "Yaylı geliyor!" diye bağırdı Hoparlör.

Avludakilerin çoğu ne dediğini anlamadı onun, anlayanlar da bu devirde yaylı mı olur diye şaşırdı kaldı.

Bir müddet herkes etrafına bakındı bu yüzden.

Kimileri Hoparlör'ün bu kez şaka yaptığını düşünmeye başlamıştı ki, başka bir dünyadan çıkıp geliyormuş gibi, etrafa kızıl ışıltılar saçan, koşumları zilli iki doru atın çektiği süslü püslü bir yaylı yanaştı avlu kapısına, sarsılarak durdu.

Atların sırtından yükselen buğular güneşin altında sıcak sıcak parlayıp söndü.

Yaylının tentesini kaldırıp içinden on yedi, on sekiz yaşlarında, değirmi yüzlü, şık giyimli, gencecik bir adam indi.

Çekirdekçiye doğru yürüyüp onunla selamlaştı ilkin.

İkisi, bir müddet konuştular.

Konuşurlarken genç adam hem yelek cebindeki köstekli saatin zinciriyle oynadı, hem de ilk kez görüyormuş gibi eğilip eğilip camekânın üst rafında duran sandviçlere baktı. Zincirin parıltısı zaman zaman aktı parmaklarının arasından. Akınca uzayıp kısaldı birkaç defa, hoş bir eğri çizip boşlukta sallandı.

Oradan ayrılıp ayakkabılarından saçılan siyah ışıltılarla birlikte avluya girdi sonra bu genç adam, kalabalığın arasından geçerek sundurmanın altına kadar geldi.

"Gözlerinden taş dökülen kızı görmek istiyorum ben," dedi, elinin birini kaldırıp gömleğinin yakasını düzeltirken.

İsimleri yazan adam tepeden tırnağa süzdü onu.

"Bugün sıra gelir mi bilmem," dedi, itici bir sesle. "Evvela adını yazalım hele, adın ne?"

"Sururi Necipoğulları," dedi genç adam.

Şakir olup bitenleri uzaktan seyrediyordu.

Haddizatında sadece Şakir değil, herkes bir o genç adama, bir avlu kapısında bekleyen yaylıya bakıyordu o sırada.

"Araya sıkıştırıverin, beklemesin bu bey," dedi Şakir.

O böyle deyince, kalabalıktan gelen itirazlara rağmen giriş ücretini alıp ilk grupla birlikte eve soktular adamı.

Fakat onun girmesiyle çıkması bir oldu.

Hafifçe titreyen sapsarı bir yüzle, kaçar gibi yaylıya doğru koştu çıkınca, ayaklarının altında yay varmış gibi inanılmaz bir hızla sıçrayıp bindi, biner binmez de tenteyi örttü. Yaylı hareket etti hemen, tıkır tıkır, Dursun'un evini geçerek yolun sonundan yükselen çocuk seslerinin gerisinde kayboldu.

Kalabalığın içinden bazıları dayanamayıp avlu kapısına, simit satan çocukların yanına koştu onun gidişini görebilmek için. Gözlerini dereye diktiler, hep birlikte beklemeye başladılar.

Dursun'un evinin arkasından dolanan yaylı aşağıda, kavakların hizasında göründü bir süre sonra, atlar güneşin altında parlayıp söndü. Dere kamçı sesleriyle, nal şakırtılarıyla, tekerlek tıkırtılarıyla doldu birden. Havaya iplik iplik buğular, geniş geniş soluklar yükseldi. Fakat geldiği istikamete doğru gidecekken bu yaylı sola saptı minibüsleri geçince. Sapınca da tepeye tırmandıkça tırmandı, tırmandıkça tırmandı ve yeşil minareli caminin yanından geçerek şehrin doğusuna doğru kayboldu gitti.

Aynı zamanda zamanın doğusuna doğru gitti sanki, hayallerin doğusuna, belki de uykuların doğusuna doğru gitti.

Avluya toplanan insanlar, daha sonra kendi aralarında günlerce konuştular bu genç adamı. Ona çeşit çeşit meslek, çeşit çeşit hastalık yakıştırdılar, mal mülk, şan şöhret yakıştırdılar, sevgili yakıştırdılar, daha başka dertler, daha başka tuhaflıklar yakıştırdılar ama şöyle ele avuca gelecek ya da dişe dokunacak türden doğru dürüst bir hikâye kuramadılar. Genç adam, akla hayale hitap etmeyen, üstü başı yamalı, orası burası göçük, kolu kanadı kırık bir sürü hikâyenin arasına sıkıştı kaldı böylece, pestili çıktı. Bu hikâyelerin karanlığında günden güne kayboldu sonra, unutuldu gitti.

Biraz da Halil'in başına gelenler çabuklaştırdı bunu.

Bir gün, avludaki kalabalığın içinde gezinip duran orta yaşlı, çatık kaşlı bir erkek, tam da Halil dut ağacının tepesinde usul usul dem çekerken tuttu ona küçük bir taş fırlattı çünkü.

Onu görünce, heveslenip başka biri daha fırlattı peşinden.

Sonra aşka gelip biri daha fırlattı, sinirlenip biri, boş bulunup biri, neşelenip biri daha fırlattı.

Durun yahu, etmeyin eylemeyin, ayıptır diye uyaranları hiç umursamadılar.

Aklına esen taş fırlatınca artık kendi dalında duramaz oldu Halil, dut ağacının tepesinde sürekli yer değiştirdi. Bir o dala kaçtı, bir bu dala kaçtı can havliyle. Kanatları gri gri, kanatları hâkî hâkî günlerce çırpındı.

Ne var ki yine de kurtulamadı taşlardan.

Bir ikindi vakti dut ağacını terk etti bu yüzden, kanatlarını çırpa çırpa evin çatısına doğru uçtu, gitti, bacanın sağ tarafına tünedi.

İnsanlar Şakir'den korktukları için çatıya taş atamadılar tabii, zamanla onu yukarıda, kiremitlerin üstünde unuttular.

O da varlığını belli etmemeye çalışarak, orada usul usul dem çekti durdu.

Aşağıdan yükselen Güldiyar'ın hıçkırıklarıyla Halil'in sesi aynı çizgide buluştu böylece.

Birbirinden habersiz, birlikte yankılandılar çoğu zaman.

Muzaffer sabahları dışarı çıktığında kimi vakit dem çeken Halil'in sesini işitiyor, titrek bacaklarıyla dut ağacına doğru ilerliyor, orada durup ayaklarının ucunda yükselerek çatıya bakıyordu.

Bir sabah yine böyle baktıktan sonra, elinde şişe, iki avluyu birbirinden ayıran duvara doğru yürüdü.

Dursun'un avlusundaki badem ağacının beyaz beyaz, cıvıl cıvıl çiçek açtığını görünce durdu birden. İçi çiçekli dalların titreşimleriyle genişledi de hızla daraldı sanki.

O vakit kıpırdayamadı Muzaffer.

Nefes de alamadı, ağacın karşısında öylece durup hüngür hüngür ağlamaya başladı.

O sırada derenin dibinden yükselen klarnet sesini duymadı bile.

11

Öğle vaktiydi, güneş tepeden vurmuş, par par yanıyordu.

Evin etrafı mahşer yeri gibiydi yine, avludaki kalabalık Güldiyar'ı görebilmek için tepişip duruyor, üstleri başları dökülen avare kılıklı, meczup kılıklı adamlar yavaş adımlarla ortalıkta geziniyor, bir yanda yüksek sesle isimler okunuyor, bir yanda insanlar habire içeri girip çıkıyor, olup bitenleri seyretmeye gelen aylaklar da ellerinde tespihlerle, ellerinde çekirdek külahlarıyla duvarın üstüne sıralanmış, ayaklarını boşlukta oynata oynata arada bir gülüşüyorlardı.

Hafif bir esinti bazen ezilmiş, çatlamış, bükülmüş ot kokuları getiriyordu bayırdan. Ortalığa fiske fiske serpip gidiyordu.

Derken bir grup kırlangıç çatıyı sıyırıp geçti cayırtıyla.

Ardından da Hoparlör, "Fiyakalı bir araba geldi!" diye bağırdı.

Kimse dönüp bakmadı onun sesine, sundurmanın altında belli belirsiz bir kıpırdanma oldu sadece.

Hoparlör'ün sözünü ettiği araba derenin dibindeydi o sırada, minibüslerin berisinde durmuş, etrafa siyah ışıltılar saçan iri bir hayvan gibi güneşin altında terli terli soluyordu. Kapıları açılmamıştı henüz. Arka koltuğundaki adam solundaki cama eğilmiş, bayıra doğru bakıyordu. Bir eli göbeğinin üstündeydi.

İçini çekti birden.

"Ne dersin, ne yapalım sence?" diye mırıldandı.

"Şuradan dolanıp yukarıya kadar gidebiliriz efendim," dedi şoför.

Adam yüzünü aldı, ön cama çevirdi.

"Yok," dedi. "Yol berbat. Arabayı hiç sokmayalım oraya, yazıktır."

Şoför hemen indi o böyle deyince, ayaklarını birleştirerek hafifçe eğildi, kapıyı açtı.

Adam tereddüt etti bir an.

Yüzünü ekşiterek, şoförün bel hizasından tepedeki gecekondulara doğru baktı. Kararmış çatıları, eğri büğrü antenleri, tel tel tüten dumanları, avluları ve avlularında kımıldanıp duran solgun sesleriyle birlikte onları gözlerinin içine alıp hızla geri bıraktı sanki.

Sonra bir eliyle göbeğini, bir eliyle kapıyı tutup indi yavaşça.

Şakir adamlarıyla birlikte yukarıdan pürtelaş koştu geldi o inerken.

"Hoş geldiniz efendim," dedi soluk soluğa.

Tokalaşmak için elini de uzattı ama adam umursamadı onu.

Çok mühim bir şey yapıyormuş havasıyla omuzlarını bir o yana, bir bu yana eğerek sırtındaki ceketi ağır ağır çıkardı. Kollarını kaldırdı, büyük bir titizlikle, çiçek yaprağı düzeltir gibi gömleğinin yenlerini düzeltti. Geriye kayan saatini tutup öne çekti. Döndü, arabaya mukayyet ol dercesine sağında duran şoförün yüzüne baktı. Ardından da hiç konuşmadan, kasıla kasıla yukarıya doğru yürüdü. Deredeki taşların üzerinden geçip bayırı tırmanmaya başladığında kasılamadı tabii, tabiat izin vermedi buna. Ağzını bile açmadan, bayırın şeklini alan bir dille, eğil, dedi. O da sinirlendi neye sinirlendiğini bilmeden, göbeğinin üstüne eğilerek, kan ter içinde, oflaya puflaya tepeye kadar tırmandı.

Simit satan çocukların yanına varınca, avlu kapısının ağzında durup etrafa bakındı biri müddet.

Adamlar önden seğirtmiş, insanları sağa sola iterek kalabalığın içinde yol açmışlardı ona.

Kolunda ceketiyle, kasıla kasıla sessizce geçti bu yoldan, dosdoğru sundurmanın altına gitti.

Şakir yanı başındaydı, el pençe divan durmuş, bekliyordu.

"Söyle bakalım, işler yolunda mı?" diye sordu ona.

"Yolunda efendim," dedi Şakir, kabarık saçlı başını hafifçe sallayarak.

"Fitne fücur?"

"Yok, efendim."

"Pekâlâ," dedi adam.

Çarçabuk saatine baktı.

"Gördüğüm kadarıyla fazlasıyla talep var," dedi sonra. "Her yer vıcır vıcır insan kaynıyor. Vaziyet böyle olduğuna göre, günlük hasılatı artırmak lâzım."

"Baş üstüne efendim," diye mırıldandı Şakir.

"Savsaklarsan canına okurum, tamam mı, hasılat artacak!"

"Baş üstüne efendim."

Adam sustu bir müddet, zihninde birtakım hesaplar yapıyormuş gibi alt dudağını dişledi, gözlerini kısıp düşündü.

"İçeriyi boşalttık, kızı görecek misiniz efendim?" diye sordu Şakir, ellerini ovuşturarak.

"Yok, yok," dedi adam.

Döndü, avluda uğuldayıp duran kalabalığa baktı. Sıkıntılı sıkıntılı, elini boynunda gezdirdi bakarken.

"İşten güçten vakit bulup gelememiştim," diye mırıldandı. "Bir uğrayayım dedim ben sadece, işler ne âlemde bir göreyim dedim."

Bir şey demedi Şakir, başını sessizce adamın baktığı yere, kalabalığa çevirdi.

Tam o sırada palas pandıras Muzaffer çıktı dışarı, ötekilerin müdahale etmesine fırsat kalmadan, elinde şişe, heyecandan titreyen bembeyaz bir yüzle adamın yanına koştu.

"N'olur beyim," dedi, şişeyi iki eliyle kavrayıp öne doğru eğilerek. "Bizi bırakın n'olur, bırakın da köyümüze dönelim."

Adam, Şakir'e baktı öfkeyle.

"Kızın babası, efendim," dedi Şakir.

"Yavrumun canı cini kalmadı," diye devam etti Muzaffer. "Günden güne mum gibi eriyor. Bırakın bizi n'olur, köyümüze dönelim."

Adam başını çevirip birkaç saniye baktı onun yüzüne. Muzaffer bu birkaç saniyelik bakışı bile hak etmiyormuş da buna rağmen o büyüklüğünü gösterip bir çeşit lütufta bulunuyormuş gibi baktı.

"Öyle mi, köye mi dönmek istiyorsunuz?" dedi, başını yere eğip sesini alçaltarak.

Alnıyla konuştu sanki.

Yine de sesini alçaltması iyiye işaretmiş gibi göründü Muzaffer'e. Gözleri ışıdı bu yüzden.

"Köye," diye cevap verdi.

Adam başını kaldırıp tekrar baktı ona.

"Buna ben karar veremem maalesef, yetkim yok," dedi.

Der demez de döndü, kendisi için açılan yoldan bol koşuşturmalı bir törenle yürüdü yine kasıla kasıla, elinde ceket, avlu kapısından çıkıp bayır aşağı inmeye başladı. Tabii, bu kez tabiat fazlasıyla yardım etti kasılmasına. O da göbeğini öne çıkarıp kafasını geriye atarak kasıldıkça kasıldı, kasıldıkça kasıldı. Derenin dibine vardığında uçacakmış gibi kollarını iki yana açtı, küçük küçük adımlarla taşların üzerinden geçti usulca. Sonra da siyah ışıltılar saçan, siyah camlı arabasına bindi gitti.

O gider gitmez Şakir hasılatı nasıl artıracağını düşünmeye ve bu konuda ziyaret süresiyle gruplardaki ziyaretçi sayısı üzerinden birtakım hesaplar yapmaya başladı ama bunları uygulamaya fırsat bulamadı.

Ertesi gün, Güldiyar birdenbire fenalaştı çünkü.

Kuşluk vakti, etrafını kadınlı erkekli bir grup insan sarmışken, yanının üstüne yığıldı kaldı.

Çam kozalağına benzeyen, ak bürgülü, ufacık bir kadın ayağa kalkıp çığlık atınca kapıda bekleyen Şakir'in adamı koştu geldi hemen. Telaştan ne yapacağını bilemedi o an, minderin üstünde yatan Güldiyar'a ağzını açıp korku dolu gözlerle iri iri şöyle bir baktıktan sonra hızla sundurmanın altına seğirtti.

"N'oldu len?" dedi Şakir.

"Kıza... kıza bir şey oldu!" diye kekeledi öteki.

Onun peşinden yüzlerinin eğrisi dizlerine inen ziyaretçiler de çıkmıştı mızırdana mızırdana, kapının ağzındaydılar.

"Bu tamamen haksızlık!" dedi içlerinden tok sesli bir erkek. "Biz ağlayacak diye beklerken o yıkıldı gitti. Olur mu canım böyle, paramızı geri verin!"

Şakir adamın ne dediğini bile anlamadı, onu bir kenara iterek pörtleyiveren gözleriyle soluk soluğa içeri koştu.

O vardığında, Muzaffer Güldiyar'ın üstüne kapanmış, sarsıla sarsıla ağlıyordu.

"Kızımı öldürdünüz!" diye haykırdı, Şakir'in gelip yanı başında durduğunu fark edince. "Alçaklar, kızımı öldürdünüz!"

Şakir bocaladı bir an.

Zangır zangır titriyordu.

Elinde bıçak, köşeden perdenin arkasındaki adam da çıktı o sırada. Gözleri yuvalarından fırlamıştı. Perde onda devam ediyormuş gibi, yüzü mosmordu. Muzaffer'le Güldiyar'a doğru bakıp yutkundu yavaşça.

"Kızımı öldürdünüz, kızımı öldürdünüz!" diye yeniden haykırdı Muzaffer, o böyle yutkunurken.

Haykırır haykırmaz da kalkıp ağzından fışkıran anlaşılmaz sesler eşliğinde var gücüyle Şakir'in üstüne yürüdü ama ulaşamadı, yere yığıldı kaldı.

Şakir dışarı çıktı hemen.

"Kimse girmesin içeri, kapıyı tutun!" dedi adamlarına.

Küçük odaya koştu sonra, birkaç yere telefon etti, tir tir titreyen bir sesle dakikalarca konuştu. Konuşurken, bir yandan da yaklaşıp gitgide yükselen avludaki gürültülere baktı pencereden. Kalabalık dalgalanıyordu habire, dönüyor, herkes birbirine bir şeyler anlatıyordu.

Aradan bir saat geçti geçmedi, Şakir sundurmanın altında sinirli sinirli volta atarken avlu kapısına siyah camlı, siyah bir minibüs yanaştı o gün. İçinden, küçük küçük adımlarla yürüyen o kıvırcık saçlı, şişmanca kadınla birlikte genç bir adam indi.

"Koş doktor, koş!" dedi Şakir, genç adama doğru elini sallayarak.

Doktor kalabalığın arasından çantasını dizlerine çarpa çarpa koştu geldi.

Hep birlikte salona girdiler.

"Katiller, kızımı öldürdünüz!" diye haykırdı Muzaffer onları görünce.

Salonun ortasındaydı, yere oturmuş, saçı başı dağınık, öfkeyle bakıyordu.

Güldiyar hâlâ hareketsizdi.

Kıvırcık saçlı kadınla doktor onun başucuna çöktüler hemen, yanlarında getirdikleri kahverengi çantayı açtılar. Metal tokanın sesi havada soğuk soğuk yankılandı.

"Nabzı atıyor mu hemşire hanım?" diye sordu doktor.

Muzaffer toparlanıp kalktı o sırada, boşlukta, düşmüş omuzları ve yanlara sarkmış kollarıyla şöyle bir sallandı.

"Allah belanızı versin, kızımı öldürdünüz, Allah belanızı versin!" diye haykırdı yeniden.

Ardından da çır çır çırpınarak şu yorgandı, bu yastıktı, o şişeydi demeden, eline ne geçtiyse bağıra çağıra sağa sola fırlatmaya başladı.

Şakir dayanamadı o vakit.

"Bunun zırıltısını mı çekeceğiz be, atın şunu dışarı, atın!" dedi öfkeyle.

Direnmesine rağmen tartaklaya tartaklaya salondan çıkardılar Muzaffer'i.

"Sadık, sen bak hele!" diye bağırdı Şakir arkalarından.

Adamlardan biri geri döndü.

"Göz kulak ol ona," dedi Şakir. "Bakarsın çeker gider, olmadık işlere kalkışır. Avludan çıkmasın! Kimseyle de konuşmasın!"

"Tamam," dedi Sadık.

"Pek de üstüne varma, ne de olsa…"

"Anladım," dedi Sadık.

Uzun adımlarla dışarı fırladı.

Muzaffer sundurmanın altındaydı, bir eliyle direğe tutunup başını dizlerine doğru sarkıtmış, omuzlarını titrete titrete ağlıyordu.

O yürüyünce birkaç adım gerisinden Sadık da yürüdü sonra, biri önde, öteki arkada, evin kapısına bakan meraklı yüzlerin, çekirdek çitleyen ağızların, ellerin, ayakların arasından geçip avlunun ortasına kadar gittiler. Muzaffer sürekli ağlıyor, yıkılacakmış gibi olduğunda durup birazcık soluklanıyor, ardından da hangi yöne, neden gittiğini bile bilmeden ayaklarını sürüye sürüye yeniden yürüyordu.

Bu şekilde, avluyu birkaç defa turladılar.

Muzaffer'in sesi kısıldı ama ağlamaya devam etti.

Öğle ezanı okunurken, Bahriye'nin bir vakitler çamaşır yıkadığı yerde, isli taşların yanındaydılar. Duvarın dibinde ellerinde çekirdek külahlarıyla, sıra sıra oturanlar vardı. Gölge çekildiği için vücutlarının tamamı güneşteydi. Kır saçlı bir adam da yüzükoyun uzanıp bacağının birini bükmüş, burnu şapkasının içinde, uyuyordu.

O adamı geçip birkaç adım ilerleyince, bir an duraksadı Muzaffer.

Ardından da pat diye yıkıldı.

Yıkılır yıkılmaz ayağa kalkmaya çalıştı ama gücü yetmedi, orada, başını yere eğerek, bacakları ayrık, oturdu kaldı.

Pidecinin çırağı elinde kocaman bir poşetle avluya girmişti o sırada.

Sadık, gözleriyle onu takip etti bir müddet.

Muzaffer'i bıraktı sonra, sundurmanın altına doğru yürüdü.

"Allah üçünüzden de razı olsun," diye mırıldandı Muzaffer, o uzaklaşırken.

Çenesi göğsündeydi, sağında solunda bacaklar, kollar, eller kımıldanıp duruyordu.

Derken bu ellerden ikisi eğilip koltukaltlarından kavradı onu, yavaş yavaş duvarın dibine doğru sürüklemeye başladı.

"Biliyor musun Bahriye," diye mırıldandı Muzaffer sürüklenirken. "Bugünlerde Hüseyin çıkıp geliverecekmiş gibi bir his var içimde. İkide bir gözüme onun hayali çalınıyor."

Eller bir an duraksadı.

Bir yüz yukarıdan yüzüne doğru eğilip geri çekildi.

Sonra eller götürdü, oturanları sağa sola iterek, yavaşça duvara yasladı onu.

O an kendini kaybetti Muzaffer, dünya gözünde karardı birden. Kulaklarına tarif edilemeyecek türden, kalın uğultular doluştu.

Bir müddet hiç kımıldamadı bu yüzden. Gözlerini kapatıp kavlak dudaklarının arasından hâlsiz hâlsiz soludu.

Birazcık kendine gelince, gözlerini açıp kuvvetlice içini çekti ilkin. Ardından da döndü, yanı başında oturan adama baktı. Onu bir yerden tanıyacakmış gibi oldu ama çıkaramadı bir türlü. Başını eğdi, bir vakit düşündü. Sonra dönüp yeniden baktı.

"Ne o, tanıyamadın mı?" dedi Dursun.

Muzaffer'in gözlerinden uzak bir esinti geldi geçti.

"Dursun?" dedi, duyulur duyulmaz bir sesle.

"Benim, ben," dedi Dursun.

Alt dudağını ısırarak uzun uzun baktı ona Muzaffer.

"Komşu…" diye mırıldandı ardından da. "Kızımı öldürdüler komşu."

"Ölmedi," dedi Dursun. "Merak etme, ölmedi. Az evvel arabayla serum şişeleri getirdiler. Zannederim serum veriyorlar şimdi."

"Öldürdüler komşu, bıçakla dürte dürte öldürdüler kızımı."

Dursun eğilip onun yüzüne baktı hayretle.

"Bıçakla mı, ne bıçağı?"

Elinin tersiyle ağzının kenarından akan suları sildi Muzaffer.

"Ağlasın diye, perdenin arkasından habire bıçakla... perdenin arkasından, habire... Sonunda öldürdüler kızımı, öldürdüler."

Dursun, Emine'nin anlattıklarını hatırladı birden.

"Ağrı saplandı demişti... Vay anasını!" diye mırıldandı.

Muzaffer duymadı onu, ağzını açmış, kesik kesik soluyarak, yanlarında yörelerinde kımıldanıp duran insanlara bakıyordu.

Sıkıntılı bir yüzle, hafifçe eğildi Dursun.

"Sana söyleyeceklerim var," dedi.

Döndü Muzaffer.

"O günden beri vicdan azabı çekiyorum ben," diye devam etti Dursun. "Bütün bunlar benim yüzümden oldu çünkü. Senin evine geldiğimde telefon edip yeğenimi çağırmasaydım, o da yanında Rüstem denen o cibilliyetsizi getirmeseydi bunlar olmayacaktı. Şunu bil ki, vallahi benim kötü bir niyetim yoktu, sadece sana yardım etmeye çalışıyordum."

"Biliyorum," dedi Muzaffer. "Zahit'ten duymuştum, seni de dövmüşler."

"Dövdüler, evet, hep birlikte tepeme çullanıp haşatımı çıkardılar. Morarmadık etim, kırılmadık kemiğim kalmadı. Dövdükten sonra, bir daha bu işe karışacak olursan çocuğunu şöyle yaparız, karını böyle yaparız diye tehdit de ettiler. O yüzden, evine de gelemedim bir daha."

Muzaffer sessizce başını salladı.

Islak kirpiklerinin arasından Dursun'a baktı uzun uzun. "Yahu, burası şehre çok uzak sanki," diye fısıldadı birden. "Her taraf taş üstelik. Şuna bak, taş tarlası gibi. Olur mu dersin, sence de münasip mi?"

Dondu kaldı Dursun.

Ağlamamak için zor tuttu kendini.

"Affet beni," dedi sonra, ellerini ovuşturarak. "Başına bu belayı ben sardım, bütün bunlar benim yüzümden oldu, affet."

Onu duymamış gibi sağa sola bakındı Muzaffer.

Gözbebekleri ince ince, sulu sulu titriyordu.

"Bunlar benim başıma neden geldi Dursun?" diye sordu yüzünü dönmeden. "Şu yeryüzünde kime ne zararım oldu benim, kime ne yaptım ben?"

"Kimseye bir şey yapmadın," dedi Dursun.

Dedikten sonra da dayanamadı artık, kollarını açıp birden sarıldı ona.

İkisi, sarsıla sarsıla ağlamaya başladılar.

"Sen burada mısın len?" dedi Şakir o sırada.

Gelip karşılarında durmuş, saçları diken diken, korkunç bir suratla onlara bakıyordu.

Kocaman elleriyle uzandı sonra, Muzaffer'i kolundan tutup çekti hemen. Dursun'u da bağrından ittiği gibi duvara çarptı.

"Kimsin len sen, nesi oluyorsun bunun?" diye sordu ona.

"Hiçbir şeyi olmuyorum," dedi Dursun.

Şakir duymadı bu cevabı, bir hışımla döndü, Muzaffer'i kolundan çeke çeke sundurmanın altına götürdü.

"Gir içeri, her zamanki yerine otur," dedi sertçe.

Süklüm püklüm eve girdi Muzaffer.

Şakir de direğin dibine doğru yürüdü.

"Açlıktan geberiyor muydun len?" diye böğürdü yürürken. "Ben sana ne dedim, göz kulak ol ona demedim mi?"

Sadık önündeki lahmacun kutusunu itip ayağa fırlamış, ağzında lokma, öylece duruyordu.

"Gözüme görünme, defol!" dedi Şakir.

Sadık sessizce yürüdü.

O kalabalığı yarıp avlu kapısından çıkıncaya dek arkasından baktı Şakir.

Sundurmanın ucuna doğru ilerledi sonra, durdu, iki elini birden havaya kaldırdı.

"Beni dinleyin!" diye bağırdı kalabalığa. "Kız biraz rahatsız, şu an serum veriliyor! Bu sebeple, evi bugün ziyarete kapatıyoruz! Boşuna beklemeyin, kız dinlenecek!"

"Peki, yarın görebilecek miyiz?" diye sordu kalabalığın içinden biri.

"Evet!" dedi Şakir. "Yarın gelin, yarın!"

Döndü, içeri girdi.

Fakat kalabalık dağılmadı o gün, işi olan birkaç kişi gitti sadece, ötekiler her zamanki gibi akşama kadar beklediler.

Ağır ağır karanlık çökerken evin içindeki adamlar da toparlandı. Doktorla hemşireyi alıp hep birlikte, ellerinde kutularla, ellerinde çantalarla, avlu kapısının ağzında bekleyen minibüse bindiler. Minibüsün farları yandı. Avlu duvarıyla dut ağacının birkaç dalını aydınlatarak ilkin kayalıklara doğru uzandı farların ışığı. Ardından derenin üstündeki boşluğu taradı. Ardından da Dursun'un evinin önündeki toprak yola düştü ve incecik bir hırıltı eşliğinde, sarsıla sarsıla kayboldu gitti.

O sırada Muzaffer yavaşça kalktı duvarın dibinden. Minderin üstünde yatan Güldiyar'ın gözlerine doğru mahcup bir ifadeyle şöyle bir baktıktan sonra mutfağa doğru yürüdü. Varır varmaz eğilip yeni bir şişe aldı tezgâhın altından. Musluğu açıp ağzına kadar doldurdu, titreye titreye salona döndü.

Duvarın dibine oturdu yine, şişeyi kafasına dikip epeyce içtikten sonra bacaklarının arasına sıkıştırdı.

Güldü birden.

Hemen ardından da kendini tutamayıp kısık bir sesle, kolunun birini yüzüne kapatarak ağladı.

"Karışma kızım," dedi sonra. "Benim şişeme karışma."

Biraz daha içti, lıkır lıkır.

Elinin tersiyle ağzını sildi.

Derken kalktı yerinden.

Elinde şişe, salonun ortasında düşe kalka dönmeye başladı.

O böyle döner, Güldiyar da mor mor titreşen perdenin dibinde sessizce yatarken, dışarıdaki karanlık yavaş yavaş soğudu yine, camlar, çerçeveler soğudu, duvarlar soğudu, otlar soğudu, boşmuş gibi görünen doluluklar, doluymuş gibi görünen boşluklar soğudu, bayır soğudu, kurumuş derenin çamurları, taşları soğudu ve gece çatıların, avluların, ağaçların ve irili ufaklı cümle mahlûkatın üzerine basa basa yürüdü, o yürürken yine polis karakolları, hastanelerin acil servisleri, kumarhaneler, barlar doldu taştı, şehrin çeşitli köşelerinde yine kadehler kaldırılıp renkli ışıklar altında şarkılar, türküler söylendi, çeşitli köşelerinde çeşitli sebeplerle gözyaşları döküldü, çeşitli köşelerinde sevişildi, çeşitli köşelerinde kırılmış yaprak tadında, göllenmiş su tadında, gelmemiş mektup tadında susuldu, çeşitli köşelerinde ölümüne dövüşüldü, çeşitli köşelerinde kaba adamlar sürekli incelikten, kibirliler dönüp dolaşıp tevazudan, kötüler ısrarla iyilikten söz etti ve artık sonunda ortalık yavaş yavaş ağarmaya başladı.

12

Ortalık ağarırken Şakir adamlarıyla birlikte avlu kapısından girdi.

Barut gibiydiler.

Ellerinde kese kâğıtlarına doldurulmuş taze poğaçalar, simitler, börekler vardı. İştah kabartan incecik buğular, sıcacık kokular yükseliyordu bunlardan, yükselip adamların bakışlarına yayılıyor, suratlarındaki sertliği az da olsa perdeliyordu.

Hızlı adımlarla avluda bekleyenlerin arasından geçip sundurmanın altına geldiler.

"Çayları doldurun," dedi Şakir.

Termosu taşıyan ince yapılı adam mutfaktan bir tepsi getirdi hemen, poşetten beyaz plastik bardakları çıkarıp çayları doldurdu.

Tepsinin başına toplanıp hep birlikte yemeye başladılar.

"Beni dinleyin," dedi Şakir, çayından birkaç yudum aldıktan sonra. "Hasılatı artırmamız şart. Yukarıdakiler öyle istiyor çünkü. Bunca talep varken, hasılat neden az diye soruyorlar. Bugünden itibaren daha sıkı çalışacağız, tamam mı?"

Tamam, anlamında başlarını salladı adamlar.

O sırada Halil çatıda usul usul dem çekti ama onu duyan olmadı.

Höpürtüler, şapırtılar almış başını yürümüştü.

Derken Şakir eğilip boşalan kese kâğıtlarından birine iki poğaçayla bir simit koydu, yanı başındaki adama uzattı.

"Şunları götür kıza ver," dedi. "Burun hakkı. Kokmuştur belki."

Adam elindeki çayı bırakıp kese kâğıdını aldı, eve girdi.

"Elinizi çabuk tutun," dedi Şakir, ötekilere. "Millet toplanır şimdi, avluda ayak basacak yer kalmaz."

Eve giren adam elindeki kese kâğıdıyla birlikte geri geldi o böyle derken.

Yüzü kireç gibiydi.

"Kız ölmüş," dedi usulca.

Kulaklarına inanamadı Şakir, hemen kalktı yerinden.

Palas pandıras, hep birlikte salona koştular.

Güldiyar perdenin dibindeki minderin üstünde, gözleri kapalı, yanının üstüne yatıyordu. Saçlarının birkaç teli yanağına düşmüştü. Pencereden vuran gün ışığı sağ omzunda donup kalmış gibiydi.

"Sahiden ölmüş," diye mırıldandı Şakir.

Bir adım geri çekildi.

Sonra döndü, Muzaffer'e baktı.

Her zamanki gibi duvarın dibindeydi Muzaffer, elleri kucağında, oturuyordu. Şakir'i de adamlarını da görmemişti sanki. Gözlerini dikmiş, sakin bir yüzle Güldiyar'a bakıyordu.

Derken güldü hakır hakır.

Şakir ne yapacağını şaşırdı bir an, olduğu yerde hafifçe kımıldadı.

"Şimdi ne olacak?" diye sordu adamlardan biri, o böyle kımıldanırken.

"Bilmiyorum," dedi Şakir sapsarı bir sesle.

Kaçar gibi salondan çıktı.

Mutfak kapısının önüne varınca telefona sarıldı hemen, kabarık saçlarını avuçlaya avuçlaya, konuştuğu kişiye olup bitenleri anlattı.

"Baş üstüne efendim," diyerek başını salladı birkaç defa.

Hep birlikte sundurmanın önüne çıktılar sonra, beklemeye başladılar.

Kuşluk vakti, avlu kapısının önüne bir cenaze yıkama aracı geldi. Geceleri örtündüğü o sarı çubuklu, mavi battaniyenin üstüne uzatıp iki ucundan tutarak araca taşıdılar Güldiyar'ı, onun içinde yıkayıp kefenlediler. Avludaki kalabalık incecik bir uğultu eşliğinde yavaş yavaş aracın yanına aktı.

O da katılsın diye, gidip birkaç defa söylediler ama Muzaffer'i kaldıramadılar yerinden. Kalkmadı nedense, gözlerini kırpmadan, Güldiyar'dan kalan boşluğa baktı durdu.

Cenaze yıkama aracının etrafını saran kalabalığın içinde Dursun'la Emine de vardı o gün, kendi avlu kapılarının yakınında, briket duvarın dibindeydiler. Sıcağa rağmen sırtına krem rengi bir ceket giymişti Dursun, ellerini ceplerine sokmuş, başını da hafifçe yana yatırmıştı. Arada bir,

"Benim yüzümden oldu, benim yüzümden," diye mırıldanıp ağlıyordu.

Derken, Dursun'u orada bırakıp ani bir kararla insanları sağa sola iterek Muzaffer'in evine doğru koştu Emine. Kapıda bekleyen Şakir'in adamı engelleyemedi onu, bir hışımla içeri daldı, salondaki Muzaffer'i bile fark etmeden büyük odaya gitti, yüklüğün dibinde duran sandığı açtı. Gözyaşı iriliğindeki taşları görünce duraksadı birden. Elini uzatıp Güldiyar'ın yanağını okşar gibi, usul usul dokundu onlara. Birkaç defa yutkundu dokunurken. Sonra taşları eşeledi çarçabuk, bir vakitler Bahriye'nin kendisine gösterdiği örtülere, dantellere ulaştı, onların arasındaki duvağı bulup çıkardı ve çıkarır çıkarmaz da ağlaya ağlaya avlu kapısına koştu.

Cenaze yıkama aracından tabutu almışlardı o sırada, mezarlığa götürmek için gelen başka bir arabaya taşıyorlardı.

"Durun, durun!" diye bağırdı Emine. "Gitmeyin, durun!"

Tabutu yerine yerleştirdikten sonra dönüp baktı adamlar.

Emine elindeki duvağı uzattı.

"Annesinin duvağı bu," dedi. "Tabutun başucuna koyun!"

Adamlar duraksadı.

"Bu oraya konacak!" dedi Emine sertçe.

Şakir'in işaretiyle, duvağı alıp koydular.

Güldiyar, son yolculuğuna başında annesinin duvağıyla çıktı böylece.

Çarçabuk toprağa verildi.

"Peki, şimdi ne olacak?" diye sordu Şakir'in adamlarından biri, mezarlıktan çıkarken.

Mermerlerde, taşlarda, servilerde yankılanan derin bir sessizliğin ucuna doğru, yavaş adımlarla, yan yana yürüyorlardı.

"Ne olacağı var mı?" dedi Şakir. "Mustafa orada bekliyor, gidip onu alalım. Siz de termostu, paltoydu, monttu, atkıydı, artık ne var ne yoksa işte, şahsi eşyalarınızın hepsini alın, geride iz bırakmayın."

Hep birlikte arabaya binip yola koyuldular.

Şakir tedirgindi, habire alt dudağını dişleyip duruyordu.

"Ağbi, o adama ne olacak şimdi?" diye sordu arka koltukta oturanlardan biri.

"O evde işimiz kalmadı artık," dedi Şakir. "Adama ne olacağı bizi ilgilendirmez."

"Zaten tırlattı galiba o, tırlattı," diye mırıldandı adam.

Şakir duymamazlıktan geldi onu.

"İnşallah ortalığı velveleye vermemiştir," dedi.

"Verecek hâli yok bence," diye atıldı arabayı süren.

Şakir başını koltuğa yasladı iyice, çenesini havaya kaldırdı.

"Verecekse de biz gittikten sonra versin," dedi, elini ön cama doğru sallayarak. "O zaman ne yaparsa yapsın, serbest!"

Kavakların yanından geçtiler.

Peşleri sıra küçük bir toz bulutu sürüklenip geliyordu.

"Bir şey olmaz ağbi," diye mırıldandı direksiyondaki adam. "Hiç kafana takma sen."

Arabanın iki yanından eğri büğrü duvarlar aktı bir vakit, toza toprağa belenmiş iri gözlü çocuklar aktı.

Sarsıla sarsıla varıp evin önünde durdular.

Avlu tıklım tıklımdı yine, kalabalık dağılmamıştı.

"Bunlar niye gitmediler ki?" dedi Şakir arabadan inerken.

O sırada Mustafa koştu geldi.

"N'oluyor len, niye dağılmadı bu kalabalık?" diye sordu Şakir.

Mustafa'nın yüzü amansız bir arbededen çıkmış gibi allak bullaktı.

"Gitmiyorlar," dedi bitkin bir sesle. "Evin içine de doluştular, çıkaramadım bir türlü."

Şakir önde, ötekiler arkada, hızlı hızlı, avlu kapısından geçip eve doğru yürüdüler.

İçeri girdiklerinde salon ağzına kadar doluydu, herkes durmuş, Muzaffer'e bakıyordu.

Şakir'in adamları kolları sıvadı hemen, bağıra çağıra, ite kaka salondakileri çarçabuk dışarı çıkardılar. Bazıları ayak diredi ama bu bir işe yaramadı.

Hep birlikte cağıl cuğul sundurmanın altına kadar püskürtüldüklerinde, içlerinden biri kolunu öfkeyle çekip aldı Mustafa'nın elinden.

"Adamı görmek istiyoruz, ne var bunda?" diye bağırdı.

"Nesini göreceksin yahu?" dedi Şakir.

"Minderin üstünde oturan kızı o hâlâ görüyor çünkü," dedi adam. "Gözlerini hiç ayırmıyor ondan."

Şakir hayretle baktı adama.

"Evet, görüyor!" diye atıldı başka biri.

Yüzünü bir o sese, bir bu sese çevirip duran siyah gözlüklü bir adam da, "Belki kız ölmedi!" diye bağırdı birden.

O böyle bağırınca, insanlar gözlerini koca koca açarak hep birlikte kapıya doğru yürüdüler. Kollar, omuzlar, bacaklar, sesler birbirine karıştı.

"Geri basın be, geri basın!" diye bağırdı Şakir.

Kalabalık duraksar gibi oldu.

"Bizi niye uğraştırıyorsunuz?" dedi o sırada yaşlıca, tonton bir adam. "İsimlerimizi yazın, sırayla girelim!"

Şakir şaşırdı birden.

"Şaka mı oğlum bu?" diye fısıldadı Mustafa, yanındakine.

Şakir göz ucuyla şöyle bir baktı ona, bir şey demedi.

Cebinden telefonunu çıkarıp küçük odaya koştu hemen.

Kalabalık göz göz dalgalandı o dönünceye kadar, hafifçe bulandı yine, su gibi, avluyu titreten tuhaf bir uğultu eşliğinde çalkalandı.

Yedi, sekiz dakika sonra evden çıktı Şakir, ellerini havaya kaldırarak, aydınlanıveren bir yüzle sundurmanın ucuna doğru yürüdü.

"Tamam, tamam!" diye bağırdı kalabalığa. "İçeri girmek isteyenler isimlerini yazdırsın önce, gruplar hâlinde alacağız!"

Kalabalık rahatladı bu sözleri duyunca.

Eller, kollar birdenbire gevşedi sanki.

Böylece, Şakir'in adamları eskisi gibi çalışmaya devam ettiler.

Hep perdenin önündeki boş mindere bakan, gözlerini bir an bile oradan ayırmayan Muzaffer'i görmek için insanlar yine her gün akın akın geldiler avluya. Onlarla birlikte o avare kılıklı, mecnun kılıklı adamlar ve olup bitenleri seyretmeye doyamayan aylaklar da geldi. Simit satan çocuklar da geldi tabii. Her gün aynı saatte, camekânlı arabasını ittire ittire, sırtında yeşil hırkasıyla çekirdekçi de geldi.

İnsanlar onun boş mindere bakışını görmek istiyor diye, Muzaffer'in yerini değiştirmedi Şakir.

Üçüncü gün, sundurmanın altında pidelerini, lahmacunlarını yedikten sonra, Mustafa sıkıntılı bir yüzle Şakir'in yanına sokuldu.

"Ağbi, bir mesele var," dedi.

Şakir sigarasını yakmış, boş boş etrafa bakıyordu.

"Ne meselesi?" dedi sertçe.

Mustafa terslenmiş gibi duraksadı bir an.

"Ağbi, adamın hiç hâli yok," dedi sonra. "Yemeğini kendi başına yiyemiyor, her defasında biz yediriyoruz mecburen. Tuvalete de gidemiyor. Hani, kendisi gitsin diye bıraksan, emekleye emekleye kaç saatte gider bilemiyorum."

Şakir uzun uzun baktı Mustafa'nın yüzüne.

"Sordunuz mu, acaba ona yardım edecek, onun yanında oturacak bir yakını falan yok muymuş?"

"Sorduk ama konuşmuyor ağbi. Zaten kız öldüğünden beri tek kelime çıkmadı ağzından. Dün de emekleye emekleye tuvalete giderken tutamadı kendini, altına kaçırdı."

"Pekâlâ," dedi Şakir.

Sundurmanın altında, direkle duvar arasında gitti geldi bir müddet.

Sonra kalabalığa döndü, iki elini birden havaya kaldırdı.

"Beni dinleyin!" dedi. "Ey millet, beni dinleyin!"

Kalabalık sustu, herkes ne söyleyecek acaba diye ona baktı.

"İçerideki adamın yanında birinin durması lâzım!" diye devam etti Şakir. "Aranızda onun hısımı, akrabası var mı?"

Muzaffer'in annesi elinde bohçasıyla kalabalığın arasından sıyrılıp öne atıldı o sırada, ardı sıra gelen kocasıyla birlikte alelacele Şakir'e doğru koştu.

"Ben dururum, anasıyım, ben dururum!" diye bağırdı.

"Ben de dururum, ben de!" dedi Muzaffer'in babası.

Sırtında kruvaze ceketle titreye titreye yürüyor, bir yandan da Şakir'in dikkatini çekebilmek için şapkasını çıkarmış, habire havada sallıyordu.

"Yok mu hısımı, akrabası?" diye sordu Şakir yeniden.

Kendi avlularından Şakir'in sesini duyunca, duvarı aşıp Dursun'la Emine de karıştı kalabalığa, o sıkışıklıkta, birbirleriyle hiç konuşmadan, güçbela sundurmanın önüne doğru ilerlediler. Kalabalıktan, insanın burnunun direğini kıracak türden, ağır bir ter kokusu yükseliyordu.

Derken evin köşesinden Bahriye çıktı, ötekiler gibi o da Şakir'e doğru koştu.

"Ben dururum ben, o benim kocam!" dedi koşarken.

Başında kenarları oyalı beyaz başörtüsü, sırtında da belden büzgülü, koyu yeşil elbisesi vardı yine. Kendisi ayrı, elbisesinin eteği ayrı çırpınıyordu.

O sırada Emine titredi birden.

Dursun dönüp ona baktı.

"N'oldu?" diye sordu.

"Gözüme Bahriye'nin hayali göründü yine," dedi Emine, hafifçe içini çekerek. "Sanki şuradaydı, o kabarık saçlı adama doğru koşuyordu."

Bir şey demedi Dursun.

Şakir, umudunu kesmiş gibiydi artık.

Ayaklarının ucunda yükselip gözlerini yavaş yavaş kalabalığın üstünde gezdirdi.

O böyle gözlerini gezdirirken Bahriye'yle birlikte Muzaffer'in annesiyle babası da sundurmanın altına ulaşmak için habire çırpındılar ama pek yaklaşamadılar. Bellerine görünmeyen bir ip bağlıymış da ucundan birisi asılıyormuş gibi, sık sık geriye kaykıldılar çünkü. Arada bir de havalandılar, bir adam boyu, iki adam boyu yükselip yükselip sessizce yere indiler. Yükseldiklerinde, telkâri bilezik güneşte defalarca parlayıp söndü.

Bezgin bir sesle, "Yahu kimse yok mu?" diye bir kez daha bağırdı Şakir.

Emine yutkundu usulca, ellerini ovuşturdu.

Kalabalığın arasından sıyrılıp Şakir'e doğru koşacakmış gibi, ipil ipil, gözbebekleri oynadı bir an.

Tam o sırada, yanı başında duran Dursun fırladı birden, "Ben varım, ben dururum onun yanında," dedi Şakir'e.

Emine kalakaldı yerinde.

Dursun'u alıp Muzaffer'in yanına götürdü Şakir, salonun köşesine oturttu.

"Yerin burası," dedi. "Hep buraya oturacaksın."

Başını salladı Dursun, yavaşça çöktü gösterilen yere.

Çöktüğü an içinde tuhaf bir rahatlık hissetti.

O sırada Halil de çatıda usul usul dem çekmeye başladı ama kalabalığın gürültüsü örttü onun sesini, kendisinden başka kimse duymadı.